XI YAN SUI MO WU RENSHENG

细研碎墨悟人生

时代出版传媒股份有限公司
安徽文艺出版社

温溪，曾用名温小兰。1982年从安徽大学中文系毕业，被分配至共青团安徽省委工作；1988年起先后在安徽少年儿童出版社、安徽文艺出版社、时代出版传媒有限责任公司影视中心供职，历任少儿社儿童文学编辑室主任、文艺社副总编辑、影视中心策划总监。1988、2001年先后破格晋升副编审、编审。担任责任编辑的图书获各种图书奖项共计五十余项，其中四次获中宣部"五个一工程"图书奖，两次获中国国家图书奖提名奖，三次获中国图书奖；1997年起先后获国务院政府特殊津贴和首届全国百佳出版工作者、全国新闻出版系统先进工作者称号；2007年被评为全国新闻出版行业领军人才；2010年受聘为国家出版基金评审专家。编撰各类作品十余部，在报刊发表文章六十余篇。

温溪 著

细研碎墨悟人生

时代出版传媒股份有限公司
安徽文艺出版社

图书在版编目（CIP）数据

细研碎墨悟人生 / 温湲著. -- 合肥：安徽文艺出版社，2025.1
　ISBN 978-7-5396-7258-8

Ⅰ．①细… Ⅱ．①温… Ⅲ．①散文集－中国－当代 Ⅳ．①I267

中国版本图书馆 CIP 数据核字(2021)第 142937 号

出 版 人：姚　巍
责任编辑：张妍妍　　　　　　　　装帧设计：徐　睿

出版发行：安徽文艺出版社　　www.awpub.com
地　　址：合肥市翡翠路 1118 号　邮政编码：230071
营 销 部：(0551)63533889
印　　制：安徽新华印刷股份有限公司　(0551)65859551

开本：700×1000　1/16　印张：19　字数：250 千字
版次：2025 年 1 月第 1 版
印次：2025 年 1 月第 1 次印刷
定价：49.80 元

（如发现印装质量问题，影响阅读，请与出版社联系调换）
版权所有，侵权必究

人生风景的感悟思索(序)

陈 墨

温湲是我大学同学,上学时她芳名温小兰。

我们上学时,考大学颇为不易,大学生多半得意扬扬,认为自己至少才高半斗。以我后见之明,那时我们班上,明白文学是怎么回事的恐怕还是少数,大部分人都还懵懂,还有一部分人有病——我本人就病得不轻。

那病是离魂:只会唱别人的歌,说别人的话,抄别人的辞章,作文言不由衷;不会自己看世界,不会独立感知,不会独立思考,不知自我为何物。那时我以为文学创作就是雕琢制造漂亮话,不知道文学需要真性灵、真情感、真见识、真心话。更不懂得,人要接受自己,才能提升自己,进而把自己修炼成才。

那时,我摸不到文学的门,恍兮惚兮,看书累了,就看窗外路过的女生。我们班女生很少,很神。男生追逐的目光,使得女同学更加神乎其神。

那时,温小兰同学是明白还是懵懂,我不知道。毕业后才听说,她嫁给了大才子钱念孙,似还经历了一场不小的磨难,但她矢志不渝。此后,浪漫倩女变成贤妻良母,添香成瘾,红袖如痴,似乎完全忘却,上苍也曾赠予她灵性的种子,只要精心呵护,也完全能生根发芽,长成玉树琼枝,收获奇葩异果。

那时,温小兰的幸福溢于言表,同学聚会,她开口必说老钱如何如何。恰好另一同学宠爱娇儿,张嘴就是宝宝,我顺口合并同类项,将他们并称"老钱宝宝",博取聚会同学一笑。温小兰倒也不怪罪,只报以鸿鹄夫人看燕雀的眼神。

年近不惑时,温小兰突然变法立志,要写文章出书。后来我才知道,出书、当作家,是她一生的梦想。因为有此梦想,她才改名温溪,她说叫小兰的人太多,而且这个名字听起来不像作家,她从很多人羡慕的共青团安徽省委机关调到安徽少儿出版社。言出即行,其果决勇毅一如她想当作家,便将自己嫁给擅长文学评论的才子。

要写文章、出书,从计划到施工,显然是不小的工程。遗憾的是,这一工程并未按期竣工,前前后后拖延了二十来年。最直接的原因是时间不允许。那时正是温溪事业的巅峰时期,她获得十几个国家级图书奖,获颁国务院特殊津贴,晋升高级职称,被评为全国首届百佳出版工作者、全国新闻出版行业领军人才、全国新闻出版系统先进工作者……在省内更是奖状成堆,这一切无一不需时间、精力、心血兑换,哪有时间去完善私家工程?

若还有深层原因,那可能是,灵气难以收藏,且极易挥发。又,我听说她喜欢下厨,善于烹调,必知厨房难免烟火气,长久积淀的油垢,容易堵塞通风管道,清纯灵感难以抵达。编书获奖与文学写作,很可能是鱼与熊掌不可兼得,我担心,这两件事还可能南辕北辙,甚至相互冲突。

没想到,大学毕业四十一年后,温小兰同学终于完成了她的书稿。读完书稿才知,三十年来,她一直见缝插针,利用零零星星的时间写作或修订,我以为她是重拾初心,其实初心始终都在。捧起这沓书稿,不能不肃然起敬。

本书所写,无非爱情、亲情、友情,以及心事、书事、游事(旅游观光事)。如果说它们有一个共同主题,应该是人生风景及思索感悟。

文章好不好?这取决于我们如何定义好和不好,以及,读者有怎样的期待视野。根据接受美学原则,这要每个读者自己去品评。如今是多样化时代,读者口味不同,有人喜酸,有人爱辣,有人嗜咸,有人偏好清汤寡水。西方有谚语:甲之毒药,乙之珍馐。法国人爱食蜗牛,一水之隔的英国人都觉得匪夷所思。

有道是:翠竹黄花,无非般若;朝菌秋虫,都沐佛光。

上面这段话,不是耍花枪。我不会推卸迎宾者应尽之责,只是要提醒读者,导游的话不可不听,却不可全信。我不希望以个人之私爱偏疏,影响或限制读者自己的独特欣赏趣味。正如在以下介绍中,我也不抄文章标题,固然是因序言篇幅有限,也是不想损害或破坏读者自己探索的乐趣。

这个集子中,我最喜欢的是写女儿的那组文章,篇篇都好看。情感真挚,笔墨生动,幽默风趣,神采飞扬。学霸亲娘的得意、自豪溢于言表,偏要加上陪伴成长的窘迫欢欣,滋味似苦似甜。育儿新方,尽在尴尬笑言中,让人羡慕嫉妒恨。这一辑中,还有追思亡父、感念小妹两篇,洗去铅华,袒露伤痛,真情动人。

集子中写秦文君、毕淑敏(多篇)、高洪波、刘海栖等人的文章,也很好看,且值得看。表层是名人逸事,里层是人间友情,最里层还有作家和编辑的职业伦理冲突与和解,从中可见温氏编辑秘籍。毕淑敏是温滢的作者,也是朋友,但在出书合作时,编辑居然能让作者十易书稿。此事可入出版史,可入编辑学教科书。

池莉不是温滢的作者,是她的偶像。写池莉的那一篇,是池粉抒情，两个女人一台戏，她们相见，更像行为艺术。写蔡琴的那一篇，台上的表演是一景，台下的表现又是一景，相互映衬比对，含义更丰的是作者这一边。

温瑗说，写旅游的那些你不用看。我问为何？说那是将近三十年前的出国游记，如今已不新鲜。我知道，她是为我节省时间。但我不能省。理由很简单，"你站在桥上看风景，看风景的人在楼上看你"。游记文章，新鲜风景固然可喜，风景中人或更值得看。《醉翁亭记》若无醉翁，有什么好玩？温氏游记并非单纯流水账，其中有亲情底色，有文化比较主题，更有作者真我闪现。

书中记叙文占多数，论说文的数量也不少。此类论说文章，或曰思想随笔，是作者对人类心性的文学体验，及对人间情事的哲学感悟。这类文章不少，分布于集子的每一辑中。此外还有，在记叙文中的夹叙夹议，为他人指点迷津。此类文章，可能有人不喜欢，也不是我的最爱。不可忽略的是，作者温瑗善良且乐于助人。此类文章若再作细分，一类是温学士人生小课堂；一类是温大夫心理咨询所；一类是温姐情感婚姻聊天室；此外还有一类是温姨生活鸡汤馆。无论哪一类，都语直心长，营养丰富，药食同源，开卷有益。

若有人把此书看作情感宝典，选为枕边书，那也是理所当然。

温瑗是我同级学姐，我答应写这篇序，不敢狂妄，实是学姐之命难违。还有一念，是想借此机会，第一个向她道贺——恭喜大作出版、夙愿达成！

是为序。

（陈墨，中国电影资料馆研究员，出版金庸小说评论、电影导演研究、中国电影史研究、口述史学研究著作四十余种。）

目录 Contents

人生风景的感悟思索（序）　陈墨 / 001

第一辑　谈婚说嫁

夫君要远行 / 003

家书抵万金 / 007

老公生平不浪漫 / 010

谁的恋爱不奇葩 / 014

婚姻城外好风光 / 018

"嫁鸡随鸡，嫁狗随狗"新解 / 022

莫把暗恋变暗伤 / 026

婚姻私家车 / 030

那是你的眼神 / 034

心动未必行动 / 038

被爱情绑架的婚姻 / 041

第二辑　谈亲说友

父亲节追思 / 049

有女如此，徒唤奈何 / 052

小女记趣 / 057

女儿读书我惶惑 / 064

与女儿初别离 / 067

射向远方的响箭 / 071

携女同游 / 075

小妹为我送行 / 080

韩蓓小妹 / 084

茶亦醉人何必酒，书自香我不须花 / 088

我的"红舞鞋"情结 / 093

护身符 / 097

第三辑　谈女说男

与优秀男人为友 / 103

寻觅优秀女人 / 107

女人一恋爱，上帝就发笑 / 111

女友如云 / 114

傻大姐说傻 / 117

妇唱夫不随 / 121

"千金难买早知道" / 124
同行未必同路人 / 128
子虚乌有的"半边天" / 131

第四辑　谈天说地

与大自然的永久爱恋 / 137
过关不易 / 141
绿色伦敦 / 146
安居才能乐业 / 151
"出有车乎" / 155
拜谒威斯敏斯特大教堂 / 159
真作假时假亦真 / 163
月是故乡明 / 171
夜渡英吉利海峡 / 176
在拉雪兹神父公墓追悼巴尔扎克 / 181
难忘的波兰捷克之行 / 186
你不能同时蹚过两条河流 / 191
天南海北来相聚 / 194
青葱岁月的荒凉地带 / 198
万佛湖畔说沧桑 / 202

第五辑　谈雅说俗

菊花须插满头归 / 209

与美好心境做伴 / 213

此生注定结书缘 / 218

难忘的"女生贾梅" / 223

看似寻常最奇崛,成如容易却艰辛 / 229

播撒欢乐与智慧的儿童文学作家 / 234

知人论著话海栖 / 239

徜徉在《微风细雨》之中 / 244

"读你千遍不厌倦" / 248

提篮采买跑市场 / 252

君子远庖厨 / 255

幸福是什么 / 259

抑郁逆流成河 / 265

江山未改,性情已移 / 269

笑谈"好色之徒" / 272

人生若只如初见 / 275

你认识自己吗 / 278

也说人生意义 / 282

细研碎墨悟人生(后记) / 287

第一辑　谈婚说嫁

夫君要远行

结婚十周年那天,夫君送给我一份特别礼品——去英国做一年访问学者的通知书。想到接踵而至的长期别离,我有点恐慌,赶忙盯住先生脸上的表情,发现他居然一副泰然自若的模样。不知为啥,我的脑中突然就冒出白居易"商人重利轻别离"的诗句。可夫君分明是个标准书生、典型的老夫子,绝无商人为日进斗金四处奔波的劲头。从业二十多年来,不论外面世界多么精彩、周围朋友如何闹腾,他都如老僧入定般枯守书桌,闭门著述。眼见着论文著作越出越多,他老人家离现代文明生活越来越远:不会划拳打牌搓麻将,也不谙卡拉 OK 交谊舞,甚至连微博、QQ 都摆弄不好;遇到开会、赴宴等活动,这边吃饭喝酒的序幕刚刚完毕,轻歌曼舞的正式节目还未开张,他那边就已抹净嘴巴提前溜回自家书房去了。一向深居简出的他,如今要去大西洋畔的"十里洋场"独立门户,我担心他如何解决一日三餐的基本生活问题。

那一阵子,许多常年难见的老友同窗不时登门叙旧话别。他们大惊失色地发现,我们家居然还是封建传统模式:女人包揽烧煮买汰全部家务;老公除了做学问写文章,是一位油瓶倒了也不知道去扶起的甩手掌柜。这件新鲜事在小圈子里流传开来,惹得我那帮大学男同学大为感叹夫君点石成金的能耐。有人公开向老公打趣道:"尊夫人是咱们中文系里有名的罗曼蒂克小姐,没有男生敢娶这样的'金枝玉叶'!想不到现在为你成了死心塌地的贤妻良母了!"

本以为两个文学专业人士缔结的婚姻,自有对酒吟诗、赏花论道的浪漫时光,事业上也可以琴瑟相和、比翼齐飞。万万没想到,家庭生活以每日三餐生火煮饭为大,主妇职责唯相夫教子、任劳任怨是举。这期间,先生接受上海文艺出版社"文艺探索书系"约稿,开始撰写他的第一部学术专著《文学横向发展论》。该社当年精心策划组稿、重磅推出的"文艺探索书系",囊括海内外实力超强的作家原创新作。书系中既有刘再复《性格组合论》、钱理群《心灵的探索》、余秋雨《艺术创造工程》这些文学评论大家的扛鼎大作,也有夏忠义、鲁枢元等一批新锐名家的原创。丛书第一辑出版后很快售空,影响轰动,一时间洛阳纸贵、好评如潮,成为当时名震海内外文化界的佳话。

时列出版界领军方阵的上海文艺出版社,选取作者十分审慎。出版社通过三级论证选拔的作者人选名单,先生忝列其中。他很快进入通宵达旦地伏案垒字的状态,连在产房陪夜的工夫也带着纸笔,这让我大为震动,觉得创作辛苦实在不亚于女人妊娠,也是一场心力交瘁的分娩。我从此洗心革面,将以往的爱好兴趣一一摈弃:歌厅舞场再难看到我的裙裾飞扬,夜场影院、商店柜台绝少出现我的悠闲身影。从前隔三岔五聚会的闺中好友经年难见;呼朋引类闲侃神聊的做派一去不返。每天穿梭奔走于单位、菜场、家庭、学校之间,已让我筋疲力尽、粗气大喘,再难有工夫有闲心出去交游娱乐。女友们全都痛心疾首地责怪我完全不懂"驭夫术",感情太投入,生生地把自己男人给宠坏了。

果然这一宠利弊并生,先生从此落下"衣来伸手饭来张口"的顽疾。有一次单位加班,我晚上九点多钟到家,刚一进门,这老兄就遇救星般地大叫起来:"你再不回来,我就要饿晕了。"我又好气又好笑地白了他一眼说:"你自己就不会弄点吃的吗?"谁知他居然十分认真地回告说:"我哪里知道家里柴米油盐放在何处呀？"

先生虽然很少插手家里的生活琐事，但从未放松过掌管经济的户主大权。他知道太太"财商"太低，连自己口袋的银两数目都记不清楚，时常在家惊呼钱财不翼而飞，还常常让到期的国库券和存款无人认领。更可笑的是，有一回先生从我扔进簸箕的信封中，抖出了一张百元大钞。家庭分工的楚河汉界从此明晰：投资理财、置房买地之类的经济项目由老公"全权拍板"；预算在百元之下的柴米油盐琐事我可自主行动。

十年夫妻做下来，我俩注意扬长避短，发挥对方优势，将这座婚姻围城维持得比较安稳平静，已经两次被居委会评选为"五好家庭"了。这一朝分别，家中这边少了一位坐镇掌管经济的户主；那一头离开"专职厨娘"，他一日三餐生计大事面临严重危机。看到我的脸色随着行期临近日趋焦黄，夫君一个劲地说："我不过是出趟远差而已。"

分手的日子到了！1994年4月14日上午，阳光格外明媚，天空万里无云。首都国际机场大厅人声鼎沸，一片欢声笑语，大哥大、BP机的呼啸声此起彼伏，哪哪都看不到"执手相看泪眼"的离别情形。先生拿着我次日返程的机票，和海关检票入口的值岗人员说情，请他能高抬贵手破例放我进去送行。可那位面无表情的年轻人，连连使用斩钉截铁的拒绝语。素来谦和的夫君忽然倔劲大发，硬是将机票塞进那人手中，拉着我就要闯"关"。幸亏此时遇见与他同行的学友过来打招呼，我赶紧将他就势推进了检票口内，告诉他去办理离境手续，自己就在这个"关口"处等待着最后道别。

先生平日很少有婆婆妈妈的黏糊劲，上街过马路时总是一马当先，常常撇下我独自在路边踯躅不前。我只当他不善解人意、缺乏温情，没想到这一回他变得十分贴心，来来回回办理每道入关手续的空当里，都跑过来陪在我的身边。该说的事情早已交割一清，剩下来的便是静静地四目相望，唯恐对方突然间从视线里消失。

我终于从夫君眼神中读出了最后分手时刻的到来。大众场合下从未与我拉过手的先生,这次却在众目睽睽之下将我紧紧拥在胸前,然后毅然转身离去。我知道此时此刻他无法回头,也许与我一样,他不愿将自己满脸泪水的样子留在对方眼眸中。

刹那间,身边所有的喧嚣戛然而止,周围人影纷乱的世界骤然变成一片空白,唯有他高大魁梧的身躯占据了整个空间。只见他那件银灰色风衣随着远去的步伐来回摆动着,无声地飘扬起来,渐行渐远,渐行渐小,缓缓消失在海关深处……

此时此刻,我的感官世界突然发生了一种奇异错觉:偌大的机场出发厅万籁俱寂,人流遁空,只有他挥手作别的身姿如雕塑般在我眼前定格,久久挥之不去……

不知过了多久,国际航班出发厅的人群早已散去。光滑如镜的大理石地面上映出我孤零零的身影。下午1点40分,从北京飞往伦敦的班机腾空而起。它带走了朝夕相伴十载的夫君,从此在无边无际的天地之间,布下我生命中最长最大的相思之网。

"分手!分手!"一时间我如痴如醉,反反复复地默念此语,恍惚间感受到一种好生生的手臂被分开的苦楚,刻骨铭心!这种生离痛别的况味,浓缩了难以言传的苦辣悲伤,从此抵达我内心最深之处。

(1995年完稿于曙光新村)

家书抵万金

夫君以写字为生,至少已发表过几百万个方块字了。我与他相识就是从那些方块字开始的。进入恋爱阶段以后,我非常希望能得到他专为我一人写的墨宝——当然是不便于公开发表的那种。可那会儿两人好得形影不离,不需要通过邮局来传递信息。

结婚以后,每逢长长短短的分别之际,我总要再三叮嘱先生给家里写信。可往往是伸长了脖子也难以看到他的笔迹。回家后,我忍不住要怪他手懒。先生却毫无歉意地声明:生平最不喜欢做的事情之一,就是写信。我这一惊可是非同小可:想当初——我俩亲密关系尚未明朗的夏日里,是他那封散发着"高温酷热"的书信,打消了我最后一点疑虑,毅然投入他名下,将自己的人生小舟与他拴在一处。我在私下里打过小算盘,以为嫁给文人为妻,虽说经济上会贫困些,但可以做个精神富翁:比别人多读些书不说,还能不时收到文字妙曼的情书,享受形而上的美味佳肴——谁说这样的精神财富不重要?我们在小学政治课上就听过"精神可以变物质"一说。二十世纪六十年代,伟大领袖在《人的正确思想是从哪里来的?》一文中,谆谆教导说:"物质可以变成精神,精神可以变成物质。"想不到如今我一跨入围城,那桩精神美事就打水漂了。这对我的期待,不啻一种打击。西方人把书信写作称作"最温柔的艺术"。许多爱情名著都写到有"丘比特之箭"称谓的情书迅速攻占恋人芳心的浪漫故事。偏偏我家先生不谙此"温柔之道",白白丢失了自己的文笔优势不说,还让我在尺牍方面的才能受到了压抑。上大学时,与好友、家人分离两处,偏偏正逢情感泛滥时期,我曾创下系里邮寄书信最多的纪录。

1994年间,先生要去大西洋彼岸的英国做访问学者。夫妻俩朝夕相守的交流与对话,眼看将为时空阻断。当然,越洋电话可以为我们架起一条热线,但那高额话费委实让人觉得烫手。唯有通信才是保持常态交流的最佳方式。在海关分手时,我极其郑重地叮嘱先生"勤写家信!""勤写家信!"

先生第一封家信在我殷殷企盼中如期而至。密密麻麻的几大张纸,从衣食住行到每天起居日程,从沿途名胜古迹到异邦他乡的奇闻逸事,全都事无巨细地娓娓道来。此人秉承一贯的严谨学风,还附上了厚厚的实景照片配文介绍,图文并茂、情景交融,让我的满心悬念一一有了着落,也间接感受了一番异国风情,顿时勾起我去英国实地探访的兴致。不过想想要办那一堆出国手续,还需破费一笔数目不小的银子,便在心中按下了这项出游热望。

想不到先生于万里之外也有感应。我的回信还未发出,就意外地收到了他寄来的快件。打开一看,居然是先生讲学的校方发来的正式邀请函,以及出国所需的整套材料。最令人惊叹的是,连我们母女俩去英国使馆签证时才能领到的申请表,他也一笔一画地代我们逐项填好。真不知他何时练就这般神通,从前他在家里素来都是"衣来伸手饭来张口"的甩手掌柜,想不到这段海外生活居然让他有了"脱胎换骨"的长进。

婚前恋人纵然睁圆双目,也难以看到彼此缺陷;成家夫妻即使闭紧眼睛,也无法疏漏对方瑕疵。在家时我总是不满先生成天抱着书本不问家务的懒汉作风,埋怨他关心妻女不够、缺乏生活温情等等,十分武断地将他宣布为"不宜居家型伴侣"。可他如今的表现,却让我蓦然间发现了一片"新大陆":夫君其实不乏好丈夫的潜在素质——家庭责任感强,做事十分认真细致。

不满十岁的女儿接到先生单独称呼她的专函十分惊喜,立马大声朗读起来,但念着念着声调越来越低,后来几乎就听不到动静了。原来先生还在信中列举了她平时爱犯的小毛病,并且在每条缺点下面提出了改正方法。可惜女儿并不领情,反倒噘着嘴一个劲地追问我说:"爸爸为什么只记着我的缺点呢?"无论我怎么哄她,也不肯给她"敬候赐复"的老爸写回信。

进入申办签证的最后阶段,先生的来信更为稠密,行文更为具体细致。他将签证中可能遇到的种种问题全都整理分类,并逐一列出应对方案。有了这一番纸上的反复演习,后来在使馆签证官连珠炮般的提问面前,我果然对答如流,胜利归来。

北京至伦敦的国际航线不下十几条。经过精心选择,先生来信为我们订购了"机美价廉"的芬兰国际航班机票。考虑到在赫尔辛基转机时有误入歧途的危险,先生在信中给我们设计了几项"可以因地制宜地进行选择的安全方案",并附上了好些中英文对照的小纸条,内容为询问入境手续、填写表格、登机舱位、行李到达等等,连如厕问题也没有遗漏。

这位可爱的老夫子情急之下偏偏忘记了最关键的问题——我们这对"又聋又哑"的"英文盲人"即便能捏着纸条发问,可对方的英文回答我们咋能听懂呢?望着这份严密而详尽的"安全计划书",我和女儿面面相觑,掩口而笑。

这条历时半年的家书热线,直至一家人在伦敦希思罗机场会合之后才悄然而止。但它携带的种种轶闻趣事,却成为我们终生温暖的美好记忆。

(1995年完稿于曙光新村)

老公生平不浪漫

常常对朋友们戏称,谈恋爱、结姻缘像"盲人骑瞎马",是一场与命运豪赌的历险记。不论文人如何穷尽笔墨,把它说得天花乱坠,我以为也没有这五个字形容得准确精彩。决定这场豪赌输赢的不是运气,不是动机,也不是耐心,而是判断与选择!偏偏所有坠入爱河的女人,都像掉了魂似的丧失理智,思维完全偏离正常轨道,情令智昏,判断常常出错。看看闺蜜们私下吐槽婚姻,有谁不笑骂自己"当初真是瞎了眼啦"……

对此"放之四海而皆同"的恋爱感受,法国作家西蒙娜·波伏娃有句经典语录:"凡是真正恋爱的女人,多少都有妄想症。"这些形形色色的妄想,都源于女人的自作多情及其浪漫幻想(或曰理想)。它干扰与阻碍了女人的视野与眼力,将她们变成了爱情盲人,难以认识恋爱对象的真实面目。至于"盲人骑瞎马"的后半句"夜半临深池",则道出了婚姻难以预知的危机,更是我们这般纯真女孩万万料想不到的。

回顾我这一干女友的"妄想症",多是当年受那些爱情故事的蛊惑和熏陶,认为"生命诚可贵,青春价更高。若为爱情故,一切皆可抛"。那时节,我的典型症状是将专业研究文艺的准老公,认作生性浪漫、感情细腻的好男人。看他成天摆弄诗词赋画,与风花雪月故事打交道,以为"近朱者赤,近墨者黑",怎么着也会比常人多出一副温柔情肠。

殊不知领结婚证那天,此人的表现就让我目瞪口呆,半天转不过神来。不管怎么说,那都是让每个人心潮澎湃的日子。兴冲冲地从婚姻登记处大门出来,我用空前期待的眼神盯着他,指望这位喜欢"舞文弄墨"的文人夫君发表一番告白,让我刻骨铭心终生难忘。

谁知道看了半天,他也毫无反应。再三追问之下,他才慢悠悠地回答:"这下子咱俩就成了拴在一根线上的蚂蚱——谁也跑不了啦。"他这话让我当场蒙圈,不知所意为何,一时间瞠目结舌不知如何对答。以我当时的幼稚心智,还完全意识不到面前这位毫无浪漫细胞的夫君,会将我的婚姻梦想击成齑粉。

和绝大多数女人相比,我觉得自己的浪漫标准并不算高,不外乎就是能够偶尔说说情话;逢年过节、分别重逢时记得送个纪念物;还有每年安排一次家人旅游,等等。那些老套情话,如今已不太稀罕,实在不想说也罢;可要是实际表现也差强人意,那就让人耿耿于怀了:前些年,他从欧洲回来,带了一条做工精细、样式别致的项链。我和女儿一起问他是送给谁的礼物,这家伙先是一愣,然后打哈哈说:"谁喜欢就送谁好了。"见我和女儿一起去夺那项链,他居然又打圆场说,"你们俩不妨轮流戴好了。"归属问题不明确,女儿就一直挂在她的脖子上面,不肯让我"染指"。

夫君喜欢用他那一套职业语言打趣我的性格特点,说我的爱好是"事物两极矛盾的结合体"。听起来有些玄乎,其实就是指我那"动静相反"的两大爱好——读书写字与出外旅游。"静"可以手不释卷足不出户;"动"起来呢,恨不能踏遍千山万水,探访天下所有名山大川,做个放浪形骸、不受拘束的旅行者,这一点与夫君爱静不好动的性情完全背道而驰。每到节假日,大多数人合家出游、其乐融融之时,就是夫君"躲进小楼成一统""独握书卷自在吟"的大好时光。我因工作需要,出差机会多,不必依赖他领我出门。只是苦了女儿一人,好不容易才有了不必早起上学、困守校园的时光,却得窝在家里埋头做功课。那满腔怨气实在难消,她便愤愤不平地批评她爹是个"独乐乐"分子,完全缺乏一家之主的"众乐乐"仁德。对女儿一向疼爱有加的夫君,为此连连辩解说他"厚积薄发",定会恶补她做一次环球大旅行。

夫君最让人耿耿于怀的"劣迹",便是绝少记得家人生日,当然连他自己的也一并忽略;至于结婚纪念日,更是毫无概念,搞得我每逢此日就不满陡生……凡此种种,罄竹难书,感觉他的情感世界犹如冷漠无情的高堤大坝,总让家人的浪漫诗情化成粉齑飞沫。

女儿十岁那年,夫君远渡重洋去英国讲学。临近放假时,他居然一下子寄来了两封邀请函,要我办理护照领女儿去英国旅游。那是二十世纪九十年代初期,我们家的"原始资本积累"尚未完成,经济条件并不宽裕,一下子拿出五位数以上的资金携手出洋旅游,确是一桩富于天伦之乐的浪漫旅行,但对于入不敷出的我们来说,实在有些奢侈难为了。

我赶紧给他电话,申请取消这趟国际旅游,劝他细细算账,改成孩子放假以后全家同去黄山度假,将钱袋子捂紧些才是硬道理。

满以为一向精打细算的夫君会采纳我的"现实主义"方案,不承想此人脾气倔强,下定决心要"将浪漫进行到底",第二次寄来的挂号信,索性连两张国际机票也一并奉上了。女儿顿时欢呼雀跃起来,抢过夫君来信。她那时刚刚开始知晓人事,非要看看她爹说了哪些献给我的"肉麻话"不可。

翻来翻去,她在信里找到一些小纸条,亢奋极了,迫不及待地大声朗读起来。可读着读着,她的声调就明显降低了八度。原来,那些小纸条写的全是些鸡零狗碎、不上台面的琐事,还是中英文对照版的。比如:"请问,去洗手间怎么走呢?"最可笑的一句是:"对不起,我迷路了,您能帮助我找到×××宾馆吗?"

这一回真让我无话可说,这位老夫子平时在家里大大咧咧的,事事得让我们操心。想不到去趟国外"角色大反转",居然变成事无巨细的"操心婆"了。

  我俩二十多年(以成稿时间记)的婚姻故事实在乏善可陈,发生矛盾冲突及碰撞最多的问题,既非"三观"不同,也无关钱财,多是生活习性和个性气质的差异所致。我喜欢感情用事,容易浪漫冲动,与他严谨务实、刻板理性的做派常有龃龉。由此引发的种种口角摩擦,有时微风细雨、波澜不惊;有时也能掀起暴风骤雨,形成旷日却不持久的冷战局面。

  婚姻的磨刀石,如铁杵成针般渐次磨平了我的性情棱角;时间长河的反复冲刷,让我越来越平和地接受与包容夫君不谙浪漫、平实无华的"顽症"。当然,遇到心情不佳之时,偶尔发些牢骚怨言也是在所难免的。

(1995 年完稿于曙光新村)

谁的恋爱不奇葩

看到自己的恋爱与周围女友的差别挺大,有点不淡定了。她们的择偶路数大致分为"高攀"与"低就"两种:"高"者即才(财)貌双全的"白马王子",家资或才干过人、相貌英俊倜傥;"低"者,外形与经济条件虽不够理想,但性情温和、体贴入微,忠诚度拔尖。女友们按此标准甄选对象,纷纷嫁人,只有我一根筋地坚持"三点基本原则不动摇"——即坚决不找高干子弟;不与美男子交往;不与"海派"(当时对上海人的别称)男人通婚。这三条择偶标准,不仅与当时多数人的婚恋观大相径庭,就是用如今社会流行的标准来看,也很不合时宜,甚至有些针锋相对。因此,虽说本人五官端正,家境尚可,还拥有七八级大学生的"金牌"学历,可混到"大龄"之时还是单身,无人问津。我在当时的朋友圈及家人眼中,就成了一枚"奇葩"。其实,我心中有数,知道自己嫁不出去的大半原因,应该归罪于那"三点原则",实属"咎由自取"。

那时候我们将高干子弟与纨绔子弟视作一路货色;"海派"男人,则是我们对上海男人的戏称。小时候我家对门有户上海人,抠门至极,笑料甚多,被我们私下称作"高老头"(即吝啬鬼的代名词,系巴尔扎克名作《高老头》中的主人公),让众人小瞧,以至于我们以偏概全,以为上海人都气量狭小、斤斤计较、精于算计。而以"娘娘腔"闻名的"海派"男人,尤其为我们所不齿。至于那些长相俊美、性感撩人型的美男子,我更加没有好感。特别是巧舌如簧、能吹会侃的男人,尤其不被我看好。那些世界名著中女主人公的爱情悲剧,如苔丝(《德伯家的苔丝》)、达吉尼娅(《欧根·奥涅金》)、玛格丽特(《茶花女》),还有美丽高贵的安娜(《安娜·卡列尼娜》)等等,无一例外地都是为徒有其表的美男子所迷惑,最终覆没于茫茫情海,令人扼腕痛惜。记得少年时代读《茶花女》时,我哭得泪人一般,从此对风度翩翩、魅力四射的俊男帅哥,怀有本能的戒备心理。

二十世纪七十年代初期,不论国家还是个人,与外面世界沟通交往的渠道封闭,许多知识、信息都难以获悉。那时候要求全民"用战无不胜的毛泽东思想武装头脑",人们的思想来源和信息渠道单一狭隘,不像现在身处网络时代的年轻人,上至九天揽月下到五洋捉鳖,天南海北、古今中外,无事不闻,无所不晓,对于恋与爱、情和性等等更是无所不知。

身处那个孤陋寡闻的大环境,唯一能给自己的精神生活开的"小灶",就是偷偷传阅那些被官方斥为"封资修"的世界文学名著。无独有偶,多年之后才知道,经2000年《纽约时报》和美国《读者文摘》组织五大洲百城十万读者投票调查,选出了世界十大文学名著,按照得票排序分别是:托尔斯泰《战争与和平》、雨果《巴黎圣母院》、高尔基《童年》、勃朗特《呼啸山庄》、狄更斯《大卫·科波菲尔》、司汤达《红与黑》、雨果《悲惨世界》、托尔斯泰《安娜·卡列尼娜》、罗曼·罗兰《约翰·克利斯朵夫》和玛格丽特·米切尔《飘》。这十本名著当年经过八方联络四面寻觅,我都已偷偷摸摸读完,对《安娜·卡列尼娜》《红与黑》《飘》《呼啸山庄》都爱不释手,反反复复读过好几遍。书中女主人公安娜、玛蒂尔德、郝思嘉小姐的爱情观,对我产生的影响最大,认为精神高尚、思想旨趣相投的异性,就是能和自己终生相伴的理想人选了;至于其他诸如家庭背景、本人性情特点什么的,我一律没有概念。

细细算来,这些年少气盛时的孤陋寡闻与偏激做派,委实耽误了我不少"大好姻缘"。当年和我父母一起从胶东老根据地南下参加解放战争的战友,在新中国成立后有不少人当官做将,都开始积极操持儿女间的婚配大事,存心想让战友之谊再添亲情。无奈我坚持自己的"三项原则"不动摇,对"父母之命"一概坚拒门外,弄得我爸妈无计可施,很没面子。

这种"精神至上"的婚恋观,也差点让我与如今的婚姻擦肩而过。记得介绍人是我们中文系教授,当时他兴冲冲地拿着一位"青年才俊"的近照给我过目,反复强调他家有海外关系背景。我知道他的潜台词是说此人家庭经济条件优越。在二十世纪八十年代初期,那确实是令人钦羡的姻缘。只是我很反感别人将圣洁爱情与世俗条件相提并论,总期待着来自神奇邂逅的浪漫爱情,对这种"保媒拉纤"的相亲极其不屑。到了介绍人越俎代庖定下的"相亲"那天,我根本就没去赴约。

谁知,山不转水转。一天,我在市图书馆阅览室里翻到了这位"青年才俊"的大作。一读之下,为他的精辟见解与文采倾倒。巧合的是,此君的研究课题与我的毕业论文选题十分吻合,我决定接受介绍人安排,请他做毕业论文指导老师。因为"爽约"在先,我初次登门拜师时,心中有点忐忑不安——不管怎么说,我都有点"好马想吃回头草"的嫌疑。

相见之下,那点不安顿时烟消云散。此君一副忠厚兄长风范,很快博得我的信任。也许是将才智都积聚在笔头上了,他的口才欠佳,谈吐毫无风趣,言语举止间透露出几分木讷。不过,这一点倒挺合我的心意。不知为何,我一向很看好那种憨厚稳重、性情温和内向的男人。从此,我们之间开始了纯粹以求知研学为主要内容、以师生关系为纽带的正式交往。渐渐地,我俩发现彼此精神志趣十分相投,于是很快就成了无话不谈的好友。有一回,我让他陪我去父母战友那儿拒绝一次相亲。在回去路上,他忽然问我:"你不会是因为我才拒绝这次相亲的吧?"

我没有料到一向说话平和委婉的他,会有如此突兀的发问。说实话,我当时并不明确让他参与拒绝相亲的意义,只是喜欢让他陪伴的感觉。被他忽然间一问,倒有点心虚起来。

正不知如何作答,此人又特别顶真地说出了令人难堪的话来:"你千万不要以为我陪你去,就表示咱俩是那种关系了。"这一下,我真的非常生气了。在此之前,彼此间从未有过这方面表示,凭什么他就认为我看上他了呢?我当时又气又恼,立刻拂袖而去,并且暗暗发誓:从此不再和他见面!反正我的毕业论文也已结稿完工了。

想不到,这老兄很快从邮局里给我发了一封书信。大意是说,两人即便不是恋人关系,但仍然是好朋友,希望我能再去和他"共同探讨学术问题"。他最后还补充说,真正感觉我俩特别合得来……现在回想,觉得这场恋爱的全过程似乎都在他的掌控之中,我不过是被灌了迷魂汤瞎转了一圈而已。

如今看来,当年的恋爱观实在幼稚单纯,缺乏最基本的生活常识与务实精神,丝毫不懂得婚姻既有两情相悦的精神契合,更关乎柴米油盐的物质生活;不懂得精神文明和物质文明两手都要硬,两手都得抓!哪像现在年轻人这般理性明智,讲求实际。在他们眼里,我们这拨"老古董"的恋爱经历,未免有点像塞万提斯笔下的堂·吉诃德骑士那样可笑吧?

(1998年完稿于曙光新村,2020年12月修订于北京麦子店)

婚姻城外好风光

二十世纪九十年代初期,自打夫君接到公派出国留学的通知起,家里电话铃声就骤然密集起来。除了通常的问候祝贺外,我这边好友最关心的是"将在外君命有所不受"——先生是否会到期不归,发动一场家庭"哗变"?

朋友们的担心并非空穴来风,九十年代的"陈世美"们留洋镀金戴上博士帽就抛妻弃子的故事,我早已听得见怪不怪了。如今这种危险突然潜入我的生活,朋友们让我防患于未然,实在是忠心可鉴。不过,我素来以为缘分乃天作之合,非人力所为。十年的婚姻若是一遇到大西洋彼岸的风浪,便化为飞沫碎屑,那实在也不足为惜,活该我有眼无珠认错人罢了。

有了这份豁达,自然乐得做一回开明太太,对夫君出走远洋采取"悉听尊便,来去自由"的姿态。想不到临到海关分手时,这份潇洒劲就变成一脑门子的惜别浓情——"风萧萧兮易水寒,壮士一去兮返不返?"当然这"返"不同于那"返",但那满腔离情别绪,却古今相通。只是夫君好像一点儿也没有同感。看到有报道说,英国离婚率位居世界之冠,我有意提醒他注意加强免疫力。可这家伙完全避重就轻,对我耳语道:"我不过是出趟远门而已……"

三个月后,我带着女儿在伦敦希思罗机场与先生会合。这趟海外之行,让我领略了先生独居异乡的"城外"生活,充分体会到朋友先前的"警示"并非危言耸听:先生隔壁有位留英多年的东北姑娘,性情爽直泼辣,几乎每天都会上门来找先生,不是帮忙去修东西,就是要搬个物件,再不然就有什么专业问题要"好好请教一下"。总之说辞种种,不外乎就是要拉先生到她屋里去。生于中华礼仪之邦,如今又栖身举世闻名的绅士国度,加上男性多具怜香惜玉之心,我知道先生断无拒人门外之举。但看她天天殷勤来访,私心里盼望先生能让这位不速之客吃一回闭门羹。可事与愿违,只要她那副嗲兮兮的嗓音一在门外响起,先生便佯作没看见我的不悦脸色,立马拔腿而去。

一日去超市购物,我去取趟小推车的空当里,就有几位花容月貌的女孩围着先生谈得热火朝天。我不想打扰,便待在一旁留意她们。只见她们叽叽喳喳地说了好半天才挥手道别,其中一位女孩走出好几步外,还回头叮嘱先生:"保持联络啊!"先生转身便向我解释说,她们都是同学院的台湾省留学生,大家有时在一起讨论学术问题。

那帮女生果然没有食言,直到我们回国后还源源不断地邮寄信函,让我不能不感叹海峡彼岸同胞的一片炽热乡情。闲时帮先生整理抽屉,看到不少花花绿绿的明信片,我颇感惊讶。这些明信片多出自一个署名"梅子"的女性手笔。我捏着它们想了半天,也不记得先生提过这个名字。先生在家时,基本上日日如老僧打坐般枯守书斋,看不出有什么女人缘,想不到出国后魅力四射,让我不禁窃窃念叨:"士别三日,即更刮目相待,吾何见事之晚乎?"

早就听说过"婚姻是围城"的名言,至于它后半句说"城外人想进去,城里人想出来",更是大家点赞率极高的婚姻金句。窃以为,"想进去"的多是对婚姻真相严重不明者;而"想出来"的情况就不可一概而论了:除了因为城内风景单调陈旧,渴望回归城外八面来风的自由世界之外,"出来"逛逛外边风景,也符合人喜新厌旧之本性。先生有幸沐浴时代先风,远赴英伦研学,实乃"行万里路读万卷书"之美差,学业水准与人生见识皆可提升。至于"城外"的异域风情,自然亦是生命逆旅里的一片靓丽风景。对此有所心动,这本是人性使然,大可理解。只是在婚姻世界中,这风景与爱情的排他属性水火不容,常常会成为使夫妻感情产生嫌隙的一大"块垒",需以理性把持,不可越过"雷池"。

我向来以为自己洒脱开放,未承想也难以免俗。好在家中向来盛行"知无不言,言无不尽"的民主气氛,我决定与先生探讨一下这个话题,顺便测试一下自己是否属于"排他性强大的妒妻"。

夫君似乎早已洞悉我的言外之意,开场便坦言相告,这位叫梅子的留学生,单身在外飘荡多年,早有倦鸟思返之心,有些事喜欢找他聊聊。"在国外生存艰难,精神压力很大。加上身处异国他乡举目无亲,永远也踏不进外国人社交圈,所以倍感孤独压抑,总想找人倾诉一下,这也是人之常情。"他顿了一会又说,"其实许多留学生并不是因为发迹,或是喜新厌旧做了'陈世美',其中重要的原因,是心理失衡和孤独造成了情感倾斜。"

听先生说,有些留学生或为寻求精神慰藉和感情依托,或出于经济和生活互助的考虑,会选择男女 AA 制方式同居租房,就像当年"上山下乡"的知青小组那样成为"临时大家庭"——这也是后来将海外留学生涯叫作"洋插队"的由来。"这种同甘共苦、相濡以沫的生活方式,自然容易产生感情纠葛。处理不好常常会导致原先家庭的破裂。"

虽然知道他已选择不惜重金"独立门户"的"清流"做派,我却故意问道:"既能省下一大笔开销,又可免去家务炊事之劳,你为何不找女生合租呢?"

先生莞尔一笑道:"负笈远游学业当先,瓜田李下避嫌为大!我不想因小失大,徒生事端。"

"春光如此大好,可有两全其美之策呢?"我紧追不放,步步为营。

先生看我当真,不再敷衍作答了:"两全其美?人生不如意者十之八九,说的就是世上难有两全其美的好事!古代先哲对人类面临的两难取舍困境,早有精深见地。孟子说得非常透彻:'鱼,我所欲也;熊掌,亦我所欲也。二者不可得兼,舍鱼而取熊掌者也。生,亦我所欲也;义,亦我所欲也。二者不可得兼,舍生而取义者也'。"

先生职业研修传统文化典籍,平日难得有此雅兴为我专述心得:"人格高下之分,在于取舍选择。古今英雄豪杰为取道义宁失生命,被称为'舍生取义'。我们这些凡夫俗子能够做到的,也就是不逞性不智昏而已。东山繁花西坡景,尽可欣赏不必亵渎!"

看来先生对"城外一片好风光"早有一己之见、一定之规,无须我再班门弄斧,多作置喙了。

1994年夏季启航的这场海外旅行,在我们家庭历史上趣话多多,饶有兴致之时在此记录一二,也算作是一闲笔吧?

(1995年完稿于曙光新村,2021年修订于北京橡树湾)

"嫁鸡随鸡,嫁狗随狗"新解

年轻未婚时常听人说"嫁鸡随鸡,嫁狗随狗"这句话,很有几分惊悚,感觉婚姻这件事有点不妙,像是出门旅行还未动身,就听到前方发来了红色警报。我最初的解读有两层意思:一是结婚好似赌彩票,赢输没有后悔药,要是手气实在衰,就随波逐流认栽吧;二是出嫁是条不归路,女人必须恪守"从一而终"的封建伦理观念,即便遇人不淑,或者说自己瞎了狗眼也罢,也别想要咸鱼翻身啦!

再后来年轻气盛不甘平庸,开始接受了一些现代文明教育,对这样的嫁人之说颇有几分不屑:凭啥非要女人往死胡同里走到头,在一棵树上吊死?"随不随鸡""从不从狗"得由我自己看着办!

做过母亲做外婆,在婚姻深潭里上下扑腾几十年,如今从这句老话里品咂出了不同以往的滋味,终于读出它更为精深的含意。原来这个"随"字,可不能等闲视之。看看字典里的解释,就有五层意思:1."跟",追随;2."顺从",随顺;3."任凭",随意;4."顺便",随手;5."像(相像)"……

婚嫁中的"随"字,更是内涵丰富、意义不凡了。它首屈一指之意就是指"追随""遵随"。女人出嫁或是遵随媒妁之言、父母之命,或是追随自由恋爱、旷世痴情。其"随"之态,一如高山深泉踏遍千层岩壑落入河床;其"随"之志,有如苦海孤帆跨越万顷波涛抵达彼岸。君不见古往今来书籍浩瀚,记载了多少女子追随爱情赴汤蹈火的传奇。这种义无反顾的信赖与托付,这番不计后险、无惧无畏的情义和勇气,世间哪个痴心女子不曾体会?

婚嫁之"随",也是"随和""随合"之意。相爱容易相处难。几乎所有的婚姻生活,上演的都是浪漫恋爱的颠覆版故事,无怪乎婚姻常被人贴上"恋爱坟墓"的标签。对婚姻和家庭素有精深研究的哲学家周国平先生也说,爱情和婚姻是完全不同的东西。"爱情是精神生活,遵循理想原则。婚姻是社会生活,遵循现实原则"。

地球人都知道,婚姻压根就是恋爱的宏大转场:揭下红盖头,那些花前月下的浪漫场景,转眼即成锅碗灶台、油盐酱醋的"一地鸡毛"。从前两个人的情爱世界,立马转换成两大家族盘根错节的社会小舞台。公公、婆婆、小姑、大嫂、七大姑、八大姨,哪个都不是省油的灯!哪块都是不能怠慢的料!两个原生家庭的不同习性,都在耳鬓厮磨的居家生活中渐次展露;两种文化观念的分歧差异,难免不在鸡零狗碎的琐事面前发生冲撞摩擦。没有宽宏大量的"随和"之功,没有宽厚豁达的智慧与胸襟,再炽热的爱情也抵御不了婚姻琐事的磨损消耗。

纪伯伦说:"爱虽给你加冠,它也要把你钉在十字架上。它虽栽培你,它也刈剪你。""它虽升到你的最高处,抚惜你在日中颤动的枝叶。它也要降到你的根下,摇动你的根柢的一切关节,使之归土。"古希腊神话传说中,有位著名的"荒谬英雄"西西弗斯,每日忙于重新推动从山顶滚落下来的巨石,周而复始,永无止境。婚姻中的女人何尝不是如此?那些吃喝拉撒睡的日常功课,再加上养儿育女的终生辛劳,堪比西西弗斯无休止的劳役之苦。加上夫妻间合合分分的情感危机、围城内外明明灭灭的狼烟烽火,也是每桩婚姻无可逃脱的关隘险境。唯有"随和""随合"的法器,才能帮助我们化险为夷、遇难成祥,顺利蹚过泥沙俱下的激流,走出泥泞裹足的沼泽地带。

多年前，我们小区租居着一位牛奶公司送奶员，其人其貌不扬不说，性情也十分暴烈，却在五十开外的年龄，娶了位年轻貌美、笑口常开的姑娘。对这桩典型的"赖汉娶花枝"婚姻，我这样的好事之徒自然免不了探奇心痒。和那姑娘混熟以后，便询问她的生活感受。不承想文化水平不高的她，只说了一句话，便让我醍醐灌顶、记忆犹新："外面不相干的人都忍得，咱自家老公有啥不能忍让呢？"

更有甚者，有位上市公司董事长的太太直接呼吁为老公做任何事都不必迟疑："甭管用来干吗的，自己人理应盲从！"惊得我只有连连感叹的份：难怪她能在家庭、事业上比翼齐飞，原来是懂得与自家人相处的法宝，就是以低调取胜。周国平在《男人眼中的女人》一文中说，一个女人向伏尔泰透露同性的秘密："女人在用软弱武装自己时最强大。"我的理解是，懂得退却的女人最容易获得成功。三十六计走为上计，这个"走"字，在婚姻字典里的要义，就是"随从"，就是以退为守，避免正面交锋。即使你能将对方打得落花流水，到头来也不过是一场内部消耗的乌龙战而已。

"随和"与"随合"不是随意附和、盲目顺从，也并非没有底线，而是在根本方针不动摇、前进方向无二致的前提下，藏巧守拙，求同存异；是在"两军对峙"、家庭内战一触即发之际，审时度势，隐忍不发，做到以大局为重，不拘一时之成败、不争一事之短长。

"随和"的女人胸藏大格局，眼望高远处，肯委曲求全，擅于以柔克刚；能够以"随"求"和"，凭"随"取胜，将婚姻的幸福指数，牢牢操纵在自己手中。这种自主型的"随和"，和封建社会妇女被迫接受、无奈选择的"随和"，有着天壤之别、云泥之差。后者没有经济收入，缺乏独立条件，她们只有用逆来顺受、忍气吞声的"服从"，来维系婚姻，从而维系自己的个人幸福。

中国文学史第一部长篇叙事诗《孔雀东南飞》，讲述的就是这一悲剧婚姻的典型。仅仅因为刁钻蛮横的婆婆不喜欢媳妇刘兰芝，就用一纸休书强迫她和恩爱夫君焦仲卿分离,最后弄得两人双双殉情自尽。封建时代的妇女婚姻实在悲情深重,除了殚精竭虑地伺候好丈夫之外,还要低三下四地讨得公婆的欢心,已真正沦为实实在在的"婚奴"。与如今新时代妇女的经济实力、独立条件及社会地位无法同日而语。

在自我意识日益强盛、个性精神高度张扬的现代婚姻中,越来越多的夫妻感叹相处之难是婚姻难以为继的主要原因。听业内人士介绍说,现在因"性格不合"而离婚的数量,已超过了"第三者插足"的说项。看到生活中越来越多的爱情童话,都如空中彩球般脆弱娇艳,一旦坠入婚姻的现实土壤,就会变成碎片细末随风而逝,我们不能不唏嘘长叹:"问世间婚姻究竟为何物?直教天下众多情人有始难终?"

(1999年完稿于曙光新村,2021年修订于橡树湾)

莫把暗恋变暗伤

暗恋的意思很简单,就是没有表达出来的喜欢或者爱,也称暗中之恋。它最初表现为单恋,原本是一种发自初心的美好纯情——没有功利色彩,不图回报和结果,大多发生在我们纯洁年龄的纯洁心灵里。

我的暗恋萌芽是在初中时期,那种朦朦胧胧的感情,有点像拂晓时分半明半暗的花蕊,似醒非醒的。现在看来,其实那还不能算是暗恋,因为恋的成分很轻,只是有点喜欢罢了;而且时间也不长,像是发了一场无伤大雅的热病,很快就过去了。

在大学毕业二十周年的同学聚会上,有人趁着酒热耳酣之际,大吐当年读书时暗恋的苦水。那一派"老夫聊发少年狂"的天真烂漫,很是打动人心,惹得一大帮子中年"男生女生"春心荡漾,争先恐后地揭秘自己的暗恋对象,让我深感意外又觉安慰。如果不是亲耳听到,我是无法把这些昔日不苟言笑的班干、如今在单位里也是"头头脑脑"的"一方诸侯",与暗恋这种浪漫事情联系起来的。看到他们如今笑谈旧情、坦陈往事,我十分感慨。可见,对大多数人来说,暗恋并非什么"隐私感情",而是一种不失甜蜜的美好回忆。

不过,也并不是所有人都能够把暗恋变成甜蜜回忆的。我有一位女友生性内向好强,遇事思虑重重,行止端庄谨慎。她的暗恋对象是单位里的"大众情人"——一位人见人爱、才貌俱佳的帅哥。据女友介绍说,他身边"美女如云",追求者前呼后拥,她即便挤上前去,恐怕也不会如愿以偿。因此,她始终不敢向他表露心迹。可偏偏又不死心,遇到别的男孩向她示爱,她都犹疑不决,难下决心,就这样七推八拖的直到今天已经年过半百,她还没把自己嫁出去。可那"帅哥"早已成为别人家的乘龙快婿了。

眼看这场暗恋变做了深埋心底的暗伤——虽然不为人知(尤其是没向当事人表白),但它留下的创口终生难以愈合。年届不惑之岁时,她辞去了人人羡慕的单位公职,孑然一身漂洋过海,在他乡异国打发孤独时光,把自己的暗恋变做了一场永久的单恋。在我们旁观者看来,她全身心投入的是一场没有舞台场景的演出——只在她的心灵世界中有声有色地上演。

暗恋是一把锋利的双刃剑:在性格爽朗、敢作敢为的人手中,它很可能成就一段"有情人终成眷属"的佳话;对心灵自闭、性情软弱的人来说,它像是紧随身后死死纠缠的鬼魅冤家,搅得人难以安生。摆脱这种可怕的暗恋,其实并不难。当事人只要静下心来,好好整理整理自己的纷乱思绪,就会柳暗花明。首先,我们应当分析一下自己的暗恋,是青春期的一次"热症",还是情感世界里的一场"潮汐"。这两者都属"人之常情",无须着慌,只要静观其变、耐心等待这场风浪平息下去好了。

若是这暗恋久久挥之不去、难下心头,你就得正儿八经地对自己下手,尽早了断——你要做的第一件事就是让暗恋走进阳光地带:对方如能欣然接受自己的爱恋,那当然是皆大欢喜的天作之美;可要是爱上了不能爱的人(比如说有妇之夫、名花有主之人),或是爱上了不该爱的人——他不爱你或是他压根就不值得你爱,这时候你就得拿出"快刀斩乱麻"的爽快劲,忍痛拔去那根扎在自己心头上的暗恋毒刺——长痛不如短痛,免得日后酿成心腹之患,留下久痛不愈的暗伤。

人生之事十有八九不如意：不论是事业、生活，还是感情，几乎无一幸免。据说最容易伤人自信自尊的、最难跨越过去的坎儿，就属感情方面的挫败。仔细分辨一下，世上比较难对付的麻烦其实不应该是暗恋的问题，它不过发生在男女两个人之间，而且多半是一方出现了问题（若是两人同时都出现问题，那反倒没有麻烦可言了）。不像事业上的困扰那么复杂，牵涉天时、地利、人和三方面的因素，往往人力难为。连诸葛亮这样的旷世英才欲破曹操大军，也先是"声东击西""暗度陈仓"，又设"反间计"加"苦肉计"，可谓心机用尽。到末了"万事俱备，只欠东风"——还是得天公作美，刮起东南风。否则，那三百里火烧曹营的大捷断难成功，也就没有了这一段为后人所津津乐道的历史美谈。

可见，人生与事业的成功，往往非人力可为。不像暗恋之事相对简单，只要自己深明事理，拿捏恰当，懂得感情一事强求不得、主观不得的硬道理，就不会做出伤害自己的蠢事。这年头来自外界的各种伤害已经是有增无减，若是再和自己的情爱过不去，那可真成了天大笑柄。

和其他事情相比，感情的另一个特点是变数大、玩法虚，常常是来无影去无踪的，让人捉摸不定、难以把握。感情因子好像化学性能极不稳定的氢原子，未免过于活跃了，常常会将所谓的爱情弄得起伏难料、变幻莫测：今天两情相悦时，双方如胶似漆、难舍难分、海誓山盟；一朝恩断情绝，两人形同路人，甚至誓不两立、反目为仇。这样翻手为云、覆手为雨的情变故事在我们身边比比皆是。在这个变数越来越大、变化越来越快的现实社会中，许多人（尤其是男人）的感情犹如疾风骤雨，来去匆匆。这中间的大起大落、聚散分合，无章可循、无法可依，绝非一方拼力固守，就能挽狂澜于既倒。因此当事人对情变一事千万顶真不得、痴迷不得、自虐不得。如果偏要死钻牛角尖——"剃头担子一边热"，将暗恋变成旷日持久的单恋坚守到底，那可真是无可救药了。

暗恋不应成为单恋，它与明恋其实常常只有一步之遥。这世上许许多多感人肺腑的爱情,就是从暗恋起步发生发展的。我们可以言之凿凿地宣称:暗恋常常就是相爱出发地。

德国著名文学家托马斯·曼对勇敢的求爱者表示了自己的真挚敬意,他说:"求爱的人比被爱的人更加神圣,因为神在求爱的人那儿,不在被爱的人那儿。"不论何时何地,充满真情的求爱者永远都是我们苦涩人生中的美好使者。只是我们得以勇敢无畏的姿态,让自己的暗恋走进阳光地带,才能使天下更多的有情人终成眷属。这是爱的真理,也是每个有情人都应具备的人生积极姿态。

(1996年完稿于曙光新村,2020年修订于书香苑)

婚姻私家车

人生逆途寂寞无边,孤独难耐的时光最难将息。忽然间,遇到一位可意的异性侣伴,顿时会生出无限兴致——从素昧平生到下半辈子的安排,细细密密、牵牵绊绊,两人会有说不完的心语、道不尽的话题。那绵绵不绝的倾诉,是双方精神交合的第一乐章。

婚姻犹如一辆私家车,把我们从大自然的豪兴壮游中拖进了名为家庭生活的独门小院——一个起初只有两个人的世界。这里没有大自然秀美的背景,没有呼朋引类、放歌豪饮的喧闹。两个人的柔情蜜意,足以弥漫全世界的空间。情欲的熊熊烈焰,照亮了两个人生命的所有角落。新婚蜜月期的无边喜悦拒绝外界的一切侵扰,爱情轻车正以最大马力在阳光灿烂的坦途上飞驰向前——正所谓"两岸猿声啼不住,轻舟(车)已过万重山"也。

不过,当爱的结晶——我们的小宝宝呱呱坠地之后,这辆婚姻车的减速行程就开始了。嘹亮的婴儿哭闹声,成了全家最高级别的总动员令。不论白天黑夜,不分就餐睡觉,只要一声"令"下,所有人都会不约而同地放下手中的活儿,立刻从各个角落呼啸而至。取代夫妻双方手中书本笔墨的,更多的已是奶瓶、尿布、童车、玩具。从前两个人高谈阔论的话题,已不知不觉地转移了中心,变成庸常琐碎的家长里短。

孩子出生是家庭新生活的开端,伴随他(她)成长的则是婚姻不断成熟的历程——一部写满平淡与艰辛、琐细和单调的人生笔记。它记录着我们年复一年乏善可陈的生计劳作、日复一日毫无新意的居家小事。一年三百六十五天,每日不可或缺的"开门七件事"——柴米油盐酱醋茶,不管我们是否乐意,都会像潮水一般扑面而来,让人无可逃避。那些挥之不去的种种烦琐杂务,像一座座潜伏水底的暗礁,常常会把两个人的爱情小舟撞得伤痕累累。

天长日久,这种重复往返、无比单调的沉闷生活,会一笔一画地把充满浪漫传奇情节的爱情版本,改写成为平淡无奇的婚姻记事。在时间的壁炉里,初时噼啪作响、光芒夺目的爱情焰火,正渐次化作暗淡而无言的灰烬。最让人心碎的是昔日的甜蜜恋人,一旦升格成为家庭户主,常常会出现令人始料不及的变化:家中吃喝拉撒琐事多是袖手不问,借口事业繁忙分身无术,或是埋头自己的事业做鸵鸟状……

婚姻的私家车,明明是从选择意中人开始出发的。可一旦出发之后,就会有许多意料不到的乘客"强行搭车"——那些七大姑八大姨不算,最麻烦的要数公婆、丈人、丈母娘、娘亲小舅、小叔这帮子"嫡系部队"了。

如果运气大好双方投缘的话,那可得额手称庆、口诵"阿弥陀佛"了;万一碰到彼此不对付、互相碍眼的情况,就只能是"吃不了兜着走"——自认倒霉罢了。他们都是你"亲爱的"派生出来的"亲爱的",是事先不打招呼就会随时到来的"不速之客"。不论作何感受,你都只能强颜欢笑、曲意款待。如果他们要在你家中"安营扎寨"住着不走,你最好是捏着鼻子忍住气,更有每日三餐柴米油盐酱醋茶的供奉善后,绝对不可掉以轻心。否则,与对方亲友团疏离,就会成为两人反目相向的"导火索"。

婚姻私家车里的麻烦事,显然难与外人道。锅碗瓢盆积尘锈,柴米油盐耗时多。两个人的婚姻之旅,开始从阳光灿烂的平川大道,转入了崇山峻岭——或许是荒山野岭之中:良辰美景不再有,雷雨交加时常来;生活的种种不顺与磨难此起彼伏,令人招架不迭。从前那些风花雪月的浪漫童话,不知何时销声匿迹了,倒是下车的愿望,开始时常偷袭你郁闷的心境。

更令人气恼的是,突然抛锚的情形时常不邀而至。不知它是因为负荷过大不堪重压,还是因为两人各自的"机件"发生了严重摩擦致使转轴卡壳?总之,我们的婚姻私家车已经到了必须重新调试、认真检修的关头。婚姻生活的这番洗礼,使无数玫瑰色的爱情渐次暗淡褪色,以至于许多昔日爱侣黯然神伤,去意已决。

被高度发达的现代文明和物质生活宠坏的现代人,不少患有典型的心理脆弱症和十分功利的浮躁病,已经成了爱情"速溶咖啡主义"的拥趸——只想以短暂的享受代替持久的付出。别说遇到问题,有时仅因为遇到一点小挫折,就想退避三舍,不愿有所承担、有所坚持,轻易就能做出弃车而逃、彼此分手的选择。他们从小到大一直注重的多是"自我意识、自我感受",很难懂得换位思考和感受对方情绪的婚姻要诀。

仔细看看,这世上居高不下的离婚率,大多不是由什么"第三者"造成的,而是因为当事人的消极心态:对待问题和处理麻烦过于轻率和软弱,缺乏承受困难的耐力和勇气。其实只要我们愿意冷静地检视一下各部位"零件",心平气和地将发生错位的问题调试修正一下,许多麻烦就会迎刃而解,一场原本不算严重的危机就会平稳度过。

也有些婚姻车的状况与此不同:它们不是因为负荷过重,也不是由于小小部件的摩擦而临时抛锚,确切地说,它们并不是一时抛锚,而是出现断然中止行程的僵局。也许,当初婚姻车匆匆上路,原本就是当事人一时头脑发热、感情用事,不知道未来路途有多久多长,也不清楚彼此储存的能量能够支撑多少时日。我们知道,狂热爱一回的激情很容易发生;而挚爱一生的深情,则是人生中可遇而不可求的。如果当事人缺乏足够的情感储备和认知能力,缺乏能够风雨同舟、白头偕老的担当,能走完一生旅程的婚姻,终究只能是种幻想。

　　行驶在人生长途中的婚姻私家车,一路遇到种种始料不及的变数:有风雨飘摇、暴雪骤至的气象灾情;有闹市堵塞、荒径崎岖的路况不顺;还有上述"乘客"发生的诸多麻烦干扰,都影响着这趟婚姻行程的远近好坏。这就要求婚姻私家车车主们,必须练就一套自己的应对招数,能够逢凶化吉、遇难成祥,给自己的生命旅程打造出别样风采与美丽风光。

（1996年完稿于合肥曙光新村）

那是你的眼神

人的一生会与无数人相遇。几乎所有的相遇都是从眼神交换开始的:热切的、冷漠的,含蓄的、夸张的,坦诚的、虚伪的,友善的、敌意的,倾慕的、鄙视的,从容淡定的、焦灼不安的,意味深长的、装模作样的……每种眼神都在有意无意地传递或明或暗、或强或弱的情绪信息。"目为心之门户",只要心灵有所触动、情绪有所起伏,眼神就会如影随形地发生应激变化,就会像温度计一样记录人们心理活动的升降起伏。只可惜绝大多数人都很少理会老祖宗"耳听为虚、眼见为实"的箴言,更喜欢相信耳边言之凿凿的话语,不知道人们思想活动的庞大山体往往淹没在外表的海平面之下,常人难以觉察,他们的言语往往只不过是浮出海面的冰山一角。

年轻时我们不懂得眼睛里的内涵,不知道眼神表达的思想情感远比语言文字更为真实可信、更加贴近心声。尤其是在当今恶炒成风、讲求包装的商业化社会里,"空心化""同质化"的语言泛滥成灾,人们使用的语言经过了层层漂白,可信度已经大打折扣了。比如,男人不论高矮胖瘦,常被冠以"帅哥"恭维;女人无论俊丑妍媸,都能听到不绝于耳的"美女"称呼。职场中的大话、空话、套话、假话,如同统一批发;生意场上花言巧语、夸张虚饰,已超乎人们的想象力范畴。

相比之下,眼神流露出的含义则往往要真切得多。在自然放松的状态下,人们不经意间流露出来的眼神,未经雕琢、不加掩饰,往往都是心灵世界的真实写照。我一向相信人们初次交往时的第一眼感觉:彼此还未启唇,但第一次的注目礼,便能感受对方的气质特征,甚至推测到彼此的缘分深浅。有人将此情形称为"气场",或者用专业术语说,叫做"生物电"。《红楼梦》中贾宝玉第一眼见到林妹妹的描写可为佐证:"(这个妹妹)真是与众不同:两弯似蹙非蹙笼烟眉,一双似喜非喜含情目……"他心中认定这个妹妹"虽然未曾见过,倒像是旧相识,恍若远别重逢的一般"。那黛玉此刻的感觉则是"心有灵犀":"好生奇怪,倒像在哪里见过一般,何等眼熟到如此?"就是这一眼,两人还未置一词,就有相知已久的心灵感应,从此结下生死相依的旷世情缘,成为中国文学史上妇孺皆知的传世佳话。

与表达精准、诉说清晰的语言文字相比,眼神的精妙之处则是更善于传递微妙幽深、波诡云谲的情感讯息,具有含蓄丰富、细微复杂的特质,尤其擅长表达异性间说不清道不明的难言之隐。恋人重逢,情深言浅,"此时无声胜有声",唯有细腻生动的眼神,耐人寻味,能够表达繁杂起伏的感情蕴涵。唐诗宋词中许多描写有情人生离死别、无缘携手的爱情佳句,如"还君明珠双泪垂,恨不相逢未嫁时","相对无言,唯有泪千行","樽前拟把归期说,未语春容先惨咽",等等,都用噙泪难言、欲说还休的复杂眼神,表现恋人无法言传的汹涌激情和万千倾诉。

年轻时期我们迷恋的男神偶像,是日本演员高仓健那种寡言内敛、眼神深邃的沉稳类型。电影《追捕》《远山在呼唤》《幸福的黄手绢》的票房收入,一半以上都是高仓健别样眼神所收割的女影迷贡献的。我以为情爱一事,不是你言我语的表白,不是山盟海誓的约定,不是男才女貌的绝配,甚至不是什么志同道合的缔结,它是两个人心照不宣的默契,是彼此眉目传情的意会,是蓦然回首时的默然对视,是驻足远望中的无语凝神。

这番不着边际的"眼神论",频频遭受身边女性朋友嗤笑,却也是歪打正着,对我的姻缘起到关键作用。

转角遇上了老公,先是因为对上了"眼神"。准备大学毕业论文时,偶然读到他发表在杂志上的一篇"雄文"。深深折服之下,我决定按照班级任课老师的强烈推荐,前去投师拜访。就在敲门探问之时,心中还有几分胆怯,生怕自己才浅露丑。没承想第一眼对视,他就让我顿生好感与信任。其实当时对他的了解基本为零,只是因为此君眼神十分平和友善、目光清亮慈祥,便让人感觉瞬间有种莫名的轻松愉悦涌入心胸。

第一次见面我们就很投缘,一口气聊了四五个小时。这初遇的眼神,像是茫茫人海中矗立的醒目航标,为我们指引了结伴而行的通道。随后是渐行渐密的交往,终于日久生情,落入谈婚论嫁的老套路数。日后三十年来的婚姻,经历了种种悲欣苦乐,从柴米油盐酱醋茶的琐事消耗,到生活习性的差异磨合,人生大剧中"擦枪走火"委实难以避免。恋爱中清一色甜蜜美好的眼神,渐次展露出漠然置之、麻木不仁、冷若冰霜以及大不耐烦的另一面。若双方不幸发生严重口角或激烈冷战时,那些横眉怒目、冷眼以对、瞋目而视等影视剧中的"狗血桥段",也会有现实版出镜。

在这副冰霜雨雪与和煦温馨的眼神变换中,我亲身体验了婚姻风云中的阴晴圆缺,日渐体悟到眼神的复杂含义:原来生活有多么丰富、人性有多么复杂,人们的眼神就会有多么繁复多样的内涵。那第一次的对视,只可看作是一场大剧的序幕,切不能当作事物的全部真相。好在日久年长,渐次熟悉了户主眼神不同色调的反差变化,总体感觉还是万变不离其宗,与当初第一眼见到的目光基本一脉相承。不像有位闺蜜,当初因对方澎湃激情的眼神而痴迷,相处日久却发现那厮嘴脸丑陋、面目全非……

有位写小说的朋友见我对眼神的信任度很高,不免有些生疑地问道:"难道你没有被眼神欺骗过的经历吗?"

我的回答十分肯定:谁的人生中没有那些让人沮丧的遭遇?

人性复杂多样,人心变化莫测,现实生活中被他人眼神误导或欺骗的教训屡见不鲜。归纳起来,这三种的眼神不足为信:一是居心叵测之人,总是刻意隐藏自己;二是人性巨变、初心全无者,他们的行止做派在种种事故挤压下发生严重变形;三是人格过于复杂,超过常人认知范围的"奇葩"。后者的眼神中表露出来的只是此一时、彼一时的"碎片"或是浮出水面的"片段",并非其精神世界的本相。解读各类人不同的眼神,需要具备丰富的人生阅历,以及知人识物的明眼慧心。此为另题,在此不赘。

第一次听到著名台湾省歌唱家蔡琴演唱《你的眼神》,怦然心动,它让我想起年轻时一段柏拉图式恋情:有段时间,我特别想知道他是否在意本人对他的"垂青"。可按我的个性做派,不喜欢与异性朋友进行这方面的沟通交流。终于在一次共同参会的午餐途中,我俩偶然"狭路相逢"。在互相对视的刹那间,我看到了他那充满殷殷关切的深沉眼神,心中顿时浮起汹涌激情。从此,我继续坚定不移地做他的"铁粉"好友。

说来有些奇怪,年轻时与朋友交往,脑中都是他们掷地有声的言谈话语。如今年岁大了,脑海里留存下来的记忆,却是那些让人难忘的眼神。它们常常会在暮阳西沉独自漫步中忽然浮现,在夜阑更深辗转反侧时熠熠生辉。在窗外雪花飘飘或细雨霏霏的日子,在万籁俱寂夜幕四合的梦乡,甚或是十分平常琐碎的某个时刻倏然而至,与你对视默语,向你问候致意,让你情不自禁地发出会心的微笑。

(1996年完稿于翡翠园,2021年修订于北京麦子店)

心动未必行动

身边有几位女友都出演过婚外恋主角,其中最率真热情的一位,结婚不久就爱上她老公的好友——一位擅长"挂羊头卖狗肉"的所谓诗人。她情不自禁,毅然冲出原先"围城"。可就在她满怀激情投往婚外恋对象怀抱之际,忽然发现以往那个满口真爱、信誓旦旦的意中人,其实并无娶她为妻的诚意。悲悔交加之余,她不顾父母老泪纵横的苦劝,掉头远去他乡。

另一位女友的情形似乎有些另类,她当年的婚变有点迫于"兵临城下"的"威逼利诱"——那个毛头小伙子行伍出身,居然在一个大雪纷飞的寒冬,弃车步行了好几十里路来到她夫家的楼下,彻夜呼喊她的名字。她的丈夫本是心高气傲的高干子弟,岂能容忍卧榻之侧如此猖狂的挑衅。那时候还没有"110"报警一说,怒火中烧的丈夫自然迁怒于她"行止不端"。两人很快分手离婚。事已至此,她别无选择了,只好花开二度再结连理。可惜,那个热血沸腾的小伙子激情风暴来得迅猛、去得仓促,俩人的再婚生活仅维持了五年左右,便黯然结束,二人劳燕分飞。令她一直无法释怀的是,他不顾"好马不吃回头草"的古训,居然重新投回前妻怀抱。女友不无辛酸地对我说:"据他说是因为舍不得和原配共养的亲生爱女,到底是'血浓于情'啊!"

第三位女友的行为,有点让人匪夷所思:她费尽周折离婚后,追随那个痴情等待她多年的意中人,闯荡江湖共创江山。在打拼数年、大获成功之时,她出人意料地急流勇退,断然舍弃蒸蒸日上的事业和情爱,回到出发地,至今不嫁,也绝口不提个中原委。

采取了离婚行动的几位"过激"人物,自然令人注目。但隐藏在现存婚姻背后的婚外恋故事,却是难为人言,也不愿被人所知的。这些故事也许更为曲折动人,更加隐晦难言。

有一年春节期间,我们这几位女友聚到一处。谈及各人婚姻之外的情感问题,起初大家都沉默不语,只是一个劲地闷头喝茶。后来,有人提议要我坦陈自己的婚外情经历,说我历来就是大伙中最富于浪漫色彩、情感最丰富的人,怎么如今反倒成了"汪洋大海中的一座孤岛"呢?意思是指我一人至今没有爆出什么婚外恋绯闻,"这实在让人生疑!"大家对此异口同声地表示严重质疑。我明白,这种场合必定要有人充当"抛砖引玉"的角色,干脆"自毁长城"大方说来:"首先申明,我认为婚外情与婚外恋是性质不同的。婚外情是心动,婚外恋是行动。在我看来,两者咫尺天涯,不可轻易跨越。只可惜现在绝大多数人把它们混为一谈了。"

这个开场白好像有点直白,而且针对性过强。她们全都不吭气了。我索性实话实说,侃侃而谈起来:"记不得是哪位诗人说过:人世间比江河湖海更为宽阔的是天地;而比天地更为宽阔无垠的,只有人类的情感世界。我一直认为,每个人的爱人再完美,也不能具备所有优点与光彩,就如同世界上没有一处园林,能够尽收天下的美景佳境一样。所以,在人生长途的徜徉跋涉中,我们的目光常常会被沿途令人称奇的风光胜景所吸引,我们的心灵会因意外邂逅的'才子佳人'而泛起波澜,这并非是异端邪念,而是合乎自然本性的人之常情。除了阳光、雨露、空气之外,上帝还赐予了我们弥足珍贵的精神财富——那就是人类丰富无垠的情感世界及自由奔放的思想疆域。

"人生虚无短暂,充满艰辛悲苦,如果有幸于茫茫人海中,感受一副贮满温存的眼神,遇上一种相知相悦的欣赏,拥有一份真挚深沉的关爱,那理应当作奇珍异宝、终生保藏!诗人张籍在粲若星河的唐代诗歌史中名气不算很大,但他的《节妇吟》流传至今,其中又以'还君明珠双泪垂,恨不相逢未嫁时'最为人称道,被人们视作描绘婚外情的出色诗篇。

"我们必须承认,在当下社会里,婚外恋是一桩充满'负能量'的麻烦事。它牵动的是两个,至少是一个半家庭的骚乱与痛苦。如果之前婚姻确实已经死亡,这个问题便很简单,从心动走向行动的步伐将会无比轻松愉悦。否则,只能用圣贤孔子'发乎于情,止乎于礼'的'邦交'原则,用婚姻责任感和社会道德规范来约束,这是底线和原则……"

心动未必行动,是我对婚外情的一贯主张。三位女友的真实故事,其实已将这一主张的个中原委叙述透彻。我们深知,人类心灵是放飞情感翱翔的自由云空,而现实人生则永远是人们安身立命的坚实土壤。在脚踏实地、心仰云天的生命跋涉中,唯有如此清醒而浪漫的人生态度,才能使我们的精神生活变得日益丰满充实,我们的情感世界更加美好幸福。

某日,在家中与老公议到此事,两人的看法"一拍即合"。大家一致认为,健康的婚外情是一泓春水,温婉可亲;而缺乏"礼制"的婚外恋,则是密布地雷的陷阱,千万不可轻易涉足。一旦误入其中,便会万劫不复了。

(1996年完稿于曙光新村,2021年修订于北京橡树湾)

被爱情绑架的婚姻

忽然发现身边半数以上的女性亲友,都上演过现实版的"婚姻大逃亡"。再看看自己的闺蜜圈子,更是触目惊心:几位发小级死党的婚姻之舟,都遭遇了全军覆灭的结局。让人痛心疾首的,不是她们貌美如花的红颜消退,也不是黄金青春的岁月蹉跎,而是初嫁时的满腔爱情热血,尽在一场婚姻中消磨殆尽。大伙相聚时每每谈到我续航三十多年的婚姻,都戏称我成了"世上最后一位理想爱情的逐梦者",调侃这桩"跨世纪婚姻"像是"十二级台风中心眼"——任凭周围电闪雷鸣惊浪滔天,兀自波澜不惊。

我一时难辞其美,给大家讲了古希腊哲学家苏格拉底的婚姻段子:苏氏太太辛太普是个其貌不扬、脾气暴躁的悍妇。有一天不知为何事,又对他大发雷霆,嚷得街坊四邻们纷纷驻目。不一会儿,只见苏氏夹着一把伞从家里出来。一出大门,他就把雨伞撑开了。有人好奇地问他:"如此朗朗晴日,打伞是为哪般?"苏氏呵呵一笑说:"刚才家里电闪雷鸣,马上就有倾盆大雨。"果然,话音刚落,就见他家阁楼窗户砰然大响,一大盆凉水对着他的脑袋倾泻而下。美国作家莫尔顿·亨特在他的《情爱自然史》一书中也写过苏格拉底悍妻殴打他的故事:"有一次,两人发生口角,她不仅用污水泼他,而且当众剥下他的长衫,让他在众人面前出丑。有朋友问他:'你为什么不教训这样一个世上最没有教养的女人?还乐意做她的丈夫呢?''因为我要了解人类',这位哲学家以他特有的嘲讽口吻答道,'我选她做妻子时自有意图。如果我能忍受这样一个女人,岂不可以容忍天下所有的人了吗?'"(见作家出版社1988年12月版《情爱自然史》第31页)联想苏格拉底有句名言:"好的婚姻仅能给你带来幸福,不好的婚姻则可使你成为哲学家",便可体会其中况味。

五四时期著名思想家、文学家、哲学家胡适先生的婚姻,是典型父母之命、媒妁之言的产物。他的妻子江冬秀是个目不识丁、相貌平平而且性情泼辣的乡下小脚女人。据说因为嗓门大、脾气又暴躁,被外人称为"虎妻"。以倡导"白话文"、领导"新文化运动"闻名于世的胡适先生,受过西方文明教育和影响,对此婚姻自然不满。但他不愿忤逆母命,努力做到了与妻子相敬如宾,厮守一生,是张爱玲笔下"旧式婚姻罕有的幸福例子",被称为民国七大奇事之一。胡适先生以他特有的戏谑口吻发表了"新三从四德"歌,被朋友们称作"婚姻宝典"流传下来:"太太出门要跟从,太太命令要服从,太太说错要盲从;太太化妆要等得,太太生日要记得,太太打骂要忍得,太太花钱要舍得。"

这两位名人的婚姻史实均有案可稽,闺蜜们听后相顾无言,沉默良久。看来这世上的婚姻之屋没有不冒浓烟的,只不过哲学家与咱们平民百姓的灭火之策不同而已。当然,策略优劣首先取决于见识高下,像苏格拉底、胡适这样的高人自有高见高招,已将婚姻之痛修成正果。而如我这般心智平平、德行未琢的庸人,则多是唉声叹气,徒唤奈何。

一向擅煲心灵鸡汤、为大众指点迷津的著名哲学家周国平先生,主张在婚姻中不谈爱情。周先生说:"婚姻有很多问题,最大的冲突就是因为有了爱情的要求,如果不讲爱情的话,婚姻会是很牢固的。"他认为:"在婚姻中屡屡作祟并导致最终崩盘的罪魁祸首,不是别的,恰恰正是两人曾经甘之若饴的爱情!"周先生这回支的招数让人有点蒙圈:恰是那"曾经甘之若饴的爱情",才让一对充满浓情蜜意的新人踏入了婚姻殿堂。两者的因果关系如同血脉一体无从分割,如果"不讲爱情",哪来婚嫁之谈?这样的悖论操作起来,未免让人手足无措。

与笃信爱情与婚姻终将水火难容的周先生相反,著名作家池莉女士则坚持认为唯有爱情才能让婚姻牢不可破。她说:"对于有爱情的婚姻,人们美誉'在天愿为比翼鸟,在地愿为连理枝';对于没有了爱情的婚姻,人们淡然,'夫妻本是同林鸟,大限到时各自飞'。可见爱情这个东西,在婚姻里头,不管你承认还是不承认,它都尤其重要。它就是婚姻的骨头、支柱、钢铁构架、坚固基石。"

两位文化大家的婚姻观如此相左,其实是彼此眼中的爱情迥然有别:周先生说的爱情"是一个容易变化的东西,它不像利益、不像伦理道德那么稳定。所以,越是强调爱情是婚姻的基础,实际上婚姻就越不稳固"。它像是化学元素表中的不稳定元素,一有风吹浪起就会随波逐流。要是遇到其他不同条件,这些"不稳定元素"还会彻底变性变质,成为始乱终弃的"变节分子",让人扼腕痛恨。

人们习惯将异性相吸的生理本能,或者是男财(才)女貌的倾心爱慕,统称为"爱情",这是因为在一般情况下,大多数人无法区别爱情一事,其实存在着善恶不同、美丑有别的本质差异。比如,明代通俗小说《杜十娘怒沉百宝箱》中的男主人公李甲,当初真心爱慕姿色出众的京师名妓杜十娘,不顾家中严父的封建礼教约束,打算迎娶十娘为妻。谁料在商人孙富(亦可称作"人贩子")一千两银子条件的诱惑下,就将自己宣称的"挚爱"杜十娘转卖给他,以至于十娘看清真相后含恨跳江而亡,白白牺牲了卿卿性命。这种功利的脆弱爱情基础,正是周先生所说"容易变化的"标准案例:在金钱利益诱惑下,它形同流土细沙一击即溃,根本无法谈及承载婚姻之重。如此看来,周先生极力摈弃的为这般爱情所绑架的婚姻,实是隐患多多,令人心惊胆战。

第一辑 谈婚说嫁 | 043

与此截然不同,池莉女士视爱情为"婚姻的骨头、支柱、钢铁构架、坚固基石",与"山无棱,江水为竭,冬雷震震。夏雨雪,天地合,乃敢与君绝(《汉乐府民歌·上邪》)"的汉代情歌声气相和,完全传承了传统文化称颂褒扬的爱情观,表现了中华优秀女性坚如磐石的爱情理想和精神追求。《杜十娘》中的女主人公遇人不淑,虽为青楼女子,却有怀瑾握瑜之志。她拿出毕生攒聚的价值万两的珠宝,欲与意中人同甘共苦、共赴余生。想不到真情虚掷,被爱慕财色、虚伪懦弱的小人李甲转手易主。悔痛交加之下,她最后怀抱百宝箱投江自尽,不惜以身殉情。这一对男女主人公的形象,成为中国文学史上爱情真伪有别、人格优劣迥异的人物典型。

那些"曾经甘之若饴"的爱情,为何成了周先生所说"婚姻中屡屡作祟并导致最终崩盘的罪魁祸首"?排除李甲之类的伪君子伪爱情案例(不在我们讨论之列),对这一人生屡见不鲜且难以破解之谜,池莉女士直言不讳:"爱情有它的生理性高潮。是高潮,总会过去。而婚姻往往是漫长的。"爱情的起伏变化不仅有生理性,更关乎心理与情感的消长盛衰。常常听过来人感慨说:恋爱与婚姻像是天壤之别,爱情感受也是云泥不同。处在"生理性高潮"的恋爱双方正当情爱飙升、荷尔蒙爆表之时,彼此着意释放的是百般取悦、万千逢迎的向心力与正能量。纳兰性德"人生若只如初见"的名句,揭示了爱情善变且不可捉摸的魔性,表达的正是无数人对"有情人难成眷属"的痛惜感受。周先生所谓"曾经甘之若饴"的爱情感受,与婚姻生活一地鸡毛的阴霾晦暗,无法同日而语,反差实在太大。

谁都知道一旦变身新嫁娘,她立马就会明白:那场美轮美奂的恋爱,仅仅是人生大书中一个小小伏笔,婚姻才是它最真实、最棘手的正文篇章。恋人们踏上婚姻红地毯之时,就是人生化蛹为蝶、脱茧而出的修炼重生之始,这恰如希腊神话中被罚推石上山的西西弗斯,必须终生不辍地"推石上山",才能完成交织着悲欣苦乐的婚姻历程。

在婚姻之旅的漫长岁月中，许多阳光明媚、晴空灿烂的日子固然令人欣悦交加，如沐春风，但那些风雨兼程、阴霾密布的时光也许更难将息。与甜蜜恩爱如影随形的，还有难为外人道的苦涩和龃龉。新婚蜜月后接踵而至的，一定是来自两个不同原生世界的人的磨合与交锋。这期间，一次次蜕皮出壳的苦乐，如人饮水，冷暖自知。

对于"如何把爱情转化成恒温状态"，池莉女士十分明确、肯定地回答说："不是金钱，也不是物质，更不是什么地位和权力，而是爱，善于爱，才是美满婚姻最重要的要素。"她为此祭出的尚方宝剑是"宽容、忍让和体谅"，这确实是能充当"婚姻润滑油和保鲜剂"的不二法器，也是苏格拉底和胡适在婚姻中"长袖善舞"的真经秘诀。

和闺蜜们一番理论下来，我不知道大家是否心有所知，倒是自己有点明白，离婚也好，"跨世纪婚姻"也好，都是因了不同爱情的"绑架"而已。

（2001年完稿于曙光新村，2022年8月修订于书香苑）

第二辑 谈亲说友

父亲节追思

"真是非常对不起了！我的爸爸！再也无法向您传达我的父亲节问候了……"

父亲是我在这世上最亲最熟的人，亲得仿佛一生一世也不会分离，熟得好像一言一语都不会听岔。从小到大，他只要看我一眼，我就能明白他的意思。他晚年罹患帕金森病身心十分痛苦，最后不愿说话。

每次去看他，见到他无望而充满抑郁的眼神，我就能知道他心中的痛苦有多深：生性好胜与骄傲的父亲，怎能容忍那种被病魔剥夺自由与尊严的屈辱？每当我深陷父亲骤然离去的痛苦难以开脱时，转而念及父亲因此解脱身心俱痛的苦境，便能稍稍消减自己的悲痛之情。

仔细想想，其实我错过的父亲节是难以计数的。

父亲一向寡言少语，尤其是在病重之后，几乎连续多日都不开口说话。父亲还没有住进医院时，我回家看他，总会先在卧室外面的客厅里低低唤他一声，然后提着脚步轻轻进屋，凝望着他老人家——因为无事可做，他成天昏昏沉沉地躺在床上，不知是醒还是睡着。

从小我和他的交流就不多，我们姊妹四人都有点畏惧他，唯独我敢和他顶撞，也许是自恃最为得宠吧。

至今还记得小时候，父亲托着我爬上他的肩头，在逍遥津公园大草坪上看露天电影;记得他在三孝口大街上教我怎样移动脚步、怎样迈出步伐,才能走得更快更稳;记得他从北京出差回来,拿着我开的书单兴冲冲地买回一大包世界名著;记得有一次为小四弟弟和他发生争执、被他抬手打了一巴掌后,我离家出走,被他好歹哄回家来,几个月都不肯开口喊他"爸爸"……

从小到大,性格倔强、不肯轻易就范的我,不知道给他带去过多少烦恼与痛苦。如今阴阳相隔,父亲再也不用为我那时的执拗无知伤心难过,可是我给自己留下的人生遗恨却永远挥之不去了。

家中四个子女,我是老二,但长兄性格内向,高中毕业就远赴甘肃当兵。父母工作繁忙,把家中柴米油盐酱醋茶一应诸事,全都交给我这个只有十四五岁的"小不点"打点,让我从小就学会操持家务、里外兼勤。我遗恨的不仅仅是自己身为女儿,没能好好体会似海如山般的深沉父爱;更遗憾作为他最疼爱的女儿,我始终没能走进他的精神世界,没有真正理解他经历过的种种困苦境况。

我结婚不算早,二十六岁时告别父母搬出家门。可在这之前,我不知道自己整天恓恓惶惶地忙些什么。"文化大革命"期间父亲已是单位负责人,披星戴月地加班工作,几乎没空和家人说话,加上前前后后去蹲干校农场、外出公干等等,感觉他像是"神龙见首不见尾"。我则成了地地道道的"野丫头"——我们的少年时代和青春期正赶上了无学可上、无书可读的十年"文革",那时候不是"纠集"一帮子小孩四处串街走巷看热闹,就是呼朋引类聚在一处自编自演排练文艺节目,深入工厂农村、街头巷尾"宣传毛泽东思想"……

直到1977年一声春雷震大地——国家恢复高考制度,我有幸成为四年里从早到晚死啃书本的七八级中文系大学生,这下就更不舍得拿出空闲来陪父亲他老人家说话了。在这样十分古板和严肃的家庭氛围里,我和父亲交流彼此思想情感的时光很少很少。

慢待父亲,成了我人生中的最大遗憾。不知为什么,以前我总是把家人位置落在外人之后,总以为先把外面事情对付完了,再找时间照看家里人不迟。而且同是家里人,我又把自己小家庭的杂事放到了娘家前面。不知是生性愚钝还是太过自私,我竟然如此本末倒置、轻重不知,如今也实在是无话可说。看来,这世上真正能包容体谅及无限宠爱你的人,其实就是自己的父母了。

一直想给远在高邈天堂、近在心中驻守的父亲写信,诉说自己滔滔不绝的思念与心语。到今年 8 月 7 日,他老人家离我而去已有整整九年了。他一定不会知道,女儿对他的追思与怀念有多么深切绵长……

(录自 2019 年 8 月 7 日上午日记)

有女若此，徒唤奈何

女儿刚刚学会走路不久，我领她上街。碰到一位忘年老友问及小女特点，我脱口而出四个字——善解人意。女儿聪慧乖巧、活泼可爱，婴幼儿期一派乖乖女模样，实在让我和老公俩额手称庆、好不得意。

没想到她初晓人事后，便开始有些"非分之念"，时有惊人之举，让我们瞠目结舌、匪夷所思。她五岁时我带她去北京，站在长安街国家安全局大门外面，她驻足不前久久不愿离开，一副无限向往的神情。那时候她就宣称自己的梦想是要做个闻名世界的大侦探。

小学二三年级时，她就很少规规矩矩地按照要求放学时与同学们一起排队回家，多是和班上几个调皮男生翻墙攀树、爬高涉险，据说是要练练飞檐走壁的功夫。有一天，趁我们不在家时，她坐在五楼阳台外沿墙裙上面，向外晃荡两条小腿，差点没把一楼院子的王奶奶吓得半死。更有甚者，是她在学校里和老师玩"猫腻"的功夫：因为贪玩或看杂书，她时常不能按时按量完成作业。到了老师三令五申要严惩"未上交作业本的同学"时，她才若无其事地把本子交上去滥竽充数。躲过这一关后，再瞅准老师不在的空隙，飞快地把作业本子抽回来狂补一番，然后悄悄摸进老师办公室里，把自己的本子塞进桌上厚厚一大摞作业本中。

如是再三，终于露出破绽。老师在她的作业本上写了一篇"讨伐檄文",意在告知家长严加管教。不料,"魔高一尺道高一长",女儿索性将这页撕掉,换了一个新本子拿给我们检阅……女儿在这方面的"天赋异禀"让我们大惊失色,直到后来发现家里一套八本《福尔摩斯探案集》和《世界间谍战大观》,让她翻得掉了封皮,这才明白她是"师出名门",把心思都用于此道了。

女儿临近"心理断乳期"的变化十分惊人:从前男孩子般的豪迈之气,忽然化作小儿女的绕指柔情,开始十二万分依恋父母。放学回家时,我们还没有下班归来,她便常常独倚临街窗前,望尽楼下滚滚人流寻觅我俩的踪迹。看不到我俩的身影,她就会捏着几角钱去电话亭连连呼叫,追问我们行踪。那一阵子,我深为她的"骚扰"所苦,每天都会软硬兼施地教训她一顿。可她就像中了邪似的屡教不改,有好几次我们回家迟了,一进门就看到她泪流满面望穿秋水的苦模样。为了排遣心绪打发时光,她写下了好几首名曰《思念》《苦盼》《等待》的小诗,清新感人、十分押韵,以至于先生根本不相信出自她的手笔,以为是从别处抄的,让她委屈得又大哭一场。

记得她小学毕业前夕,我打算去探望英国讲学的夫君,意欲将她托付给我的父母。可女儿认定我和先生会合后就不再回国,成心要让她做"孤儿",死活要跟着我同行。她那副悲痛欲绝的模样,把我也弄得泪水沾襟、悲悲切切,不忍把她落下,只好咬紧牙关掏出银两给她买票。

如今回头去看这段时光,竟是"镜中花水中月"一般美丽缥缈。因为从上高中以后,她再也不肯与我们一同外出,还毫不掩饰地把独自在家的时间称做"幸福时光",弄得我俩反倒有点黯然神伤。

进入"逆反期"之后,女儿脾性变得有点乖张难测,时常让我感觉难以承受:一分钟前她还小鸟依人对你撒娇发嗲,忽然间不知道是哪句话不对味,她立刻就会甩出一句噎死人的话来:"你神经病啊!"让人气得半死。遇到我有时气不过,随手就操起一根扫帚或是晾衣棍,想要抽她一顿或是立时将她"扫地出门"。所谓"肺都气炸了"的感觉,就是在和女儿怄气中我才有所体会。其实,我很担心她会负气出走,让全家人包括我的老父老母寝食难安、"倾巢出动"。这当口夫妻俩最好不要妇唱夫随:一个以"赶走"要挟,另一个则应堵住大门截断她的出路为宜。

刚刚开始知晓人事、进入半懂不懂的人生初级阶段——初中以后,她开始有点肆无忌惮,让我们每每领教了"童言无忌"的意味。加上我们家庭的民主化程度过高,女儿更加喜欢"参政议政"——干预家事,发表一些与我们思想观念大相径庭的不同"政见",仿佛成心要让家里闹点"动乱"才罢休。比如她宣称"和一个人生活十年以上有点不可思议"(暗示我们死心塌地的婚姻时间太长了);"我们这代人坚决不会过'嫁鸡随鸡嫁狗随狗'的日子(明确抵制我向她宣传'从一而终'的婚姻观)"。她还积极充当我们夫妻关系的观察员兼司法官,不定期地发表"婚姻质量白皮书":"这一段情况糟糕透顶,换成我的话早就发'红色警报'了","最近以来你俩还有点老夫老妻的味道",等等,弄得我和她爹只有啼笑皆非的份儿。

中学时期班里同学做"测字游戏"填写最喜欢的词汇时,女儿不假思索地写上"神秘"二字,引得众人纷纷大惊失色,也让为娘我对她的怪癖爱好暗自发愁。想不到,她的志向很快就有了180度大转弯——一心一意要当个大律师。她言之凿凿地论证说:"因为我的辩才太好了,反应又快。当然最主要原因还是干这一行年薪高,一年挣个几十万没问题。"她十分认真地对我和她爹说,"到时候我会买套别墅送给你们住。"

女儿许下的"空中楼阁",我们只有一笑了之。在我们看来,年少之人的狂想不论多么高远无羁,都"聊胜于无",比浑浑噩噩的毫无人生目标要强许多。

不幸的是,女儿施展"辩才"、操练口技的靶子基本上非我们莫属:有时候刚刚想教训她几句"人生真言",结果你这厢话还没说完,她那边就涌出排山倒海般的"滚滚洪流"将你打得落花流水。这一回她果然没有食言,学校里每次举办演讲、辩论大赛,女儿不论担任正方反方,都能毫无悬念地夺取桂冠。

女儿出生在我们这种"书生型"家庭,纯真烂漫,充满浪漫主义情怀与高洁理想。高中时,她发现自己的自行车车篮里每天都有一枝鲜艳的红玫瑰。问她做何感想,她轻轻摇头笑道:"如果我想要的是钻石,送给我一座金山也不会屈就。"大有"燕雀安知鸿鹄之志"的气概。她说自己曾经和班里的一位男生探讨过早恋问题,两人一致的观点是"情动未必心动,心动未必行动"。

我不觉有些疑心,问她何时何地会与男生进行这种"亲密对话"?女儿反笑我少见多怪并质问我:"这种观点不对吗?现在哪个男生女生还没开窍呢?"最后她庄重声明:"老妈你不必疑神疑鬼!你家女儿也不弱智,再喜欢哪个男生,现在都不会去发展纵容这种感情的!"听得我一愣一愣的,这下方知女儿已长大成人颇有自己见解,无须我再饶舌多言。

二十世纪八九十年代,本着"量入为出、收支平衡"原则,家里大力实行压缩开支、勤俭节约之策。当年的我正值风华绝代的季节,哪能不爱红装脂粉。可惜身无余款(家中收入基本"月月光"),也不想学女友克扣"粮饷"去买化妆品。记得平生第一瓶香水、第一个口红都是拜友所赐,平时舍不得拿出来使用。想不到不论我藏匿何处,女儿都有"特异功能",将它们一一找出来偷偷把玩。偏偏我一向马大哈,不到用时想不起来此事。每到需盛装浓抹、限时限刻出门之时,遍寻不着,只好黄脸青面地迟到赴约。

想必是见我面带愠色,宴会主人大多非常识趣,分明已因等我延误了不少时间,也未加问责。

举家大扫除时,从女儿床下骨碌碌滚出来的,不是前些日子新买的口红,就是友人隆重相赠的胸花饰物,等等。且慢窃喜——那口红已被齐斩斩连根切断,而胸花则需用针线缝在衣上才可展示风采。

及至年长,女儿开始变秘密手法为公然侵占:最新式的发夹要先在她的头上戴过瘾才能转移阵地;在与我身型、鞋码相同的时段,小女的审美观常常与我不谋而合,从此我新购置的连衣裙、高跟鞋等一干服饰用品,她一概坦然享用或是"试穿"过瘾之后,我才能"染指"。如果有什么喜欢的物件下落不明时,我只需直奔她房间去寻便可。

当然,我也并不总是利益损失方。夏初时分,忽遇寒风冽雨来不及翻箱倒柜找衣服,我也顺手从她衣柜里找一条牛仔裙套上。想不到,徐娘半老配上青春衣裳,倒也英姿飒爽,别有一番风致。

如今女儿虽已离家在外,但仍然坚守哨兵职责,积极协调家庭事务。我五十大寿那天,意外收到了一大束鲜艳夺目的玫瑰花,从不知浪漫为何物的老公居然还附上十分感人的祝词:"永远和你在一起!"让我感动得久久都不舍丢手。

其实,这一切都是女儿精心策划且电话遥控老公的杰作。彼时只有我一人被蒙在鼓里罢了。

呜呼,有女若此,徒唤奈何!

(2007年完稿于翡翠园)

婴儿时期的我 　　　　　少年不识愁 　　　　1978级安徽大学中文系毕业照

1988年从团省委跳槽至出版社时留影 　　　人届中年不忘红妆（1998年"燕子摄影"拍摄）

父亲永在我心中

童年兄妹

后排右起：妈妈、爸爸、小姨；外婆居中，左为长兄、右为小妹与我；前排右起为小弟（外婆怀中）和大表弟

花前湖畔·1983年春与先生蜜月行：广西桂林—广州—上海

小女记趣

都说母爱无边,其实儿女对妈妈的爱也是可歌可泣的。女儿对我的反哺之情在她少不更事时就已体现出来了。

女儿一周半从她奶奶家迁徙至我父母家中。那时我从大学被分配到共青团省委工作不久,职业生涯、社会资历刚刚开始起步,一直累及父母帮忙把孩子带到上小学之际。说实话,那时候共青团干部加全职化家庭妇女(因为婚前信息极其不对称,没想到老公有家务劳动方面的"低能化"缺陷)的双重角色,累得我整日气喘吁吁、疲于奔命。

有一天中午下班,我急匆匆赶回家做饭,一进门却吓一大跳:迎面一堵墙面上画着满满腾腾的小鸟、鲜花和绿叶……稀奇的是,墙中央有个大大的红太阳,上面写了两个大字——妈妈;在那些仿佛正啁啾鸣叫的小鸟中间,歪歪斜斜地写着"立立祝你生日快乐"。看到这幅涂鸦那一刻,我的惊讶、感动和辛酸之情化作夺眶泪水,瞬间滚滚而下。淹没在公私双重职能之累中,我完全忘记了自己生日,更丝毫没想到,刚刚进入小学不久的女儿会有如此暖心之举。

女儿三四岁时爱喝一种饮料,天天大哼其广告词。有一天家人团团坐定吃午饭时,我唠叨说别人家丈夫对太太如何如何关心备至,言下之意是批评夫君不够关心我们。女儿突然冒出了她常哼的那句广告词来:"晶晶亮、透心凉。"我们忍不住喷饭大笑。

女儿感悟人事的敏锐天性和语言表达能力,在三岁时便让我们有"小荷已(原文系'才')露尖尖角"的感叹。及至进入中小学后她的口才更加精进,常有惊人之语,令人愕然不已。

女儿上小学后,我存心找机会让她在语文方面多加练习。过年前请她给诸亲好友写贺年卡,特意嘱咐她要记得写上:"请接受我……衷心祝愿!"不料她十分不屑地把头一摆说:"给他们祝福,高兴还来不及呢,哪里还要写'请接受'呢?你这是用词不当啊!"

女儿上小学时,语文和数学两门课的成绩一直遥遥领先。她的作文经常被老师当作范文在班里宣读,还在全市的征文比赛中拿了一等奖,后来又被主办方收入书中出版发行。她自称是写痛苦的高手,嘲笑那些从作文书上"改装"过来的文字统统只能得低分。

有一次老师布置的作文题目是《挫折》,女儿自认为饱受忧患,洋洋洒洒地写了一大篇,老师居然给了全班最高分。我不免夸奖她几句,没想到她回答说:"这没啥了不起的,要知道你们让我受的痛苦太深了,我的素材丰富啊!"我顿时无言以对。

女儿上小学的成绩如水银温度计般不够稳定,让我们无从把握。但要想判定哪一次考试的"战况"优劣也很容易,只消望望她的脸色即可:春风得意或乌云密布就是最好的说明。可有一次情况不太对头:她放学一进门便开始号啕大哭,其声势如暴风骤雨般猛烈。我也并不好奇,任凭她自己"风平浪静"下来。

次日早晨,待她上学之后,我揭开锅盖一瞧,这才大惊失色:她平日最爱吃的汤包一只未动。到了这种伤心得吃不下去美食的地步,确实史无前例,看来她学习上的问题非同小可了。

果然,很快接到校方要求面谈的传令。班主任给我下达的任务是:只要保证孩子每节课用心听讲十分钟,成绩肯定能跃居班里前十名。我和她爸并不指望她小小年纪就能"力拔头筹",但老师的话不能不从。所以约见女儿如是要求一番,谁知她马上表态说:"哪需要听十分钟啊?我只要听五分钟就可以了,老师讲课实在啰唆,翻来覆去的内容,其实只要五分钟就能搞定了。"惊得我和她爹面面相觑,心想:那剩下四十分钟你干吗呢?

伶牙俐齿、活泼好强的女儿见我们下班进门,便会如麻雀啁啾般叽叽喳喳地喧嚷起来。面对我们的"逆耳忠言",她更是予以连珠炮式的一大番"辩解"。今日却一反常态,不论我们说她什么,女儿均三缄其口。

我不禁诧异,细问之下,方知此人正在攻读《个性与成长》一书,并试图改变自己多言浮躁的毛病,便按照书中的谆谆教导,以"沉默是金"的方式作为进退自如之良方。

某日,女儿放学后愤愤不解地告诉我说:"坐我旁边的男生真讨厌,上课时不停地擤鼻涕。每擤一次便向我道一次歉说:真不好意思,真不好意思! 殊不知我每听一次,就会联想到他那副模样,真让人起鸡皮疙瘩。所以我就对他说,'能否合并同类项只说一次就可以了?'"

我听后无言以对,只好笑笑说:"这就是你想象力太丰富的害处啊!"

女儿期终考试复习至政治课时,对"法人"条目中"法人不是自然人"难以理解。那日,突然听见她自言自语地说:"给我爸改名叫'钱法人'算了,我爸一年到头写字看书从不出去玩,就不是自然人嘛!这样我就能记住法人的定义啦!"

女儿告诉我说,坐在她们前排的那位男生实在太好吹牛了,有一次要她们说出世界上最有创造力的伟人是谁。还没等她们开口,他就赶紧声明道:"我,你们就不要重复说一次了吧。"

当有人说到爱因斯坦时,他轻描淡写地说:"那是我教的一个不怎么样的徒弟而已。"由此,女生们称本班爱吹牛的男生已经成了一个"泡泡子公司",直呼里面那些不学无术的成员为"没的泡",极个别有一点实力的就叫"小泡泡"。

女儿爱吃鱼,我从菜场买回来两条气息尚存的鲫鱼。到家一看,它们身上沾满泡沫。一向喜欢刨根问底的女儿,便十分好奇地询问我。想起她一直对"相濡以沫"不甚理解,我赶紧借机告诉她说,这是两条离水即将干死的鱼儿用吐沫相互湿润对方,可以用来比喻人在极端困难的处境中,以微薄之力来互相救助。

谁知女儿立即补充道:"那它们一定是一雄一雌,因为只有爱情的力量才能这样无私……"我先是诧异,本想向她阐述世上其实只有母爱才会如此无私,后来想到小女恰逢情窦初开之年华,便释然于怀。

待破开鱼肚一看,果然一雄一雌也。看来连冷血动物也会做出爱情壮举啊!

人生不同阶段的女儿自有不同的心境,这每每可从她喜欢的流行曲里窥探一二。

初中期间,她常常哼唱的一句歌词是"就这样被你征服",尾音拖得很长,余韵绕梁;后来又改成了类似"不要在我的伤口撒盐"的一句,听得我心里直发毛:莫非这小丫头失恋了不成?仔细观察她的行踪并无半点破绽,于是忍不住问她详情。

谁知这臭丫头把眼一斜,反唇相讥道:"难道你不知道我在感情上从来就是一个'理论的巨人,行动的矮子'吗?"

女儿的惰性从小就能看出来:有一个夏日之夜,她躺上床后发现蚊香未点,便大呼我帮忙。我有心培养她克服懒惰之积习,婉拒不予合作,并循循善诱其"不因小懒而失大利(免受蚊虫叮咬)"。不料,她淡淡答道:"那我还不如锻炼锻炼自己挨蚊咬的毅力呢。"我顿时无语。

我四十二岁生日前夕,女儿申请五元钱"补助"。第二天,她放学后捧回了一大束鲜活美丽的鲜花——八枝红玫瑰、康乃馨,两枝黄菊和飘飘洒洒的满天星,花丛中的卡片上写道:

亲爱的妈妈:这束小花仅代表我对您真挚的祝福!花儿虽然会凋谢(针对其父"鲜花三两天就会败谢"的观点),却能给人带来美的感受和甜蜜的回忆。每个人都像花一样会盛开、会凋谢,但母亲之花却能在人的心中久开盛放!

进入高考复习期后,女儿告诉我,男生一上地理课就说:"记热带雨林的特点只要多看看钱立立的头发,就不愁记不住了……"

我有点警觉地追问:"为啥?"

女儿也用了两个字回答:"茂盛!"

她常为自己一头茂密黑亮的长发自豪,声称是母亲馈赠她的一份厚礼。进入高三,争分夺秒地备战高考,她连洗头发的时间都不舍得花。我好几次听到她在自个儿嘟哝说:"我现在的头发真比扫把还脏,高考让我老了十岁呀。"

和女儿双双下楼去散步时,她问我说:"知道有人要你'出去谈谈'是啥意思吗?"

我立刻有些紧张起来,说:"那就是要和你约会的意思吧?"

女儿头一偏,用十分不屑的口吻答道:"妈,你真是土得掉渣了。现在都什么时代了,还玩什么浪漫纯情?这是要和你打一架的暗语。"

我愕然无语。

有一天,女儿和我闲扯说,现在独生子女时代的男生被父母养得越来越雌性化了,女生反倒变成"强悍族"。他们班男生正流行一种评价女生的顺口溜:"从后看想犯罪,侧面看想后退,前面一看要自卫——太凶!"

最近,这些男生又增加了新的说法:100%回头率的是美女;而200%回头率的一定是丑八怪。因为几乎每个男生见到"丑八怪"的女生后,都会转告另一位男生去"欣赏一番",所以自然就加倍了"回头率"。这成了他们的新说辞。

进入高三备考阶段,女儿经常忙中偷闲地向我们发布班里男生的复习动态。比如他们吐槽那些让人挠头难记的"卖国条约"说:"清朝政府的腐败,还在于签下了那么多耻辱的条约让我们来背。"而对地理课本中"耐寒动物"的解释,则被他们调侃为:"世界上最耐寒的动物其实是我们班的女生,她们在最冷的大冬天里也不穿棉衣。"

女儿在大一圣诞节前,收到高中同学寄来的精美贺卡。上面写道:"去年的今天,你坐在第三排第一位(应该是指教室的座位吧),而今年的此时你已在千里之外。北京的大雪纷飞,而我们这里是时阴时晴。不论时光如何变幻,我还是×××。也许我们之间有过误解,但这并不妨碍我对你的衷心祝福!"

原来,此人每周必打一个电话给女儿,除了倾诉"衷肠"这一大主题之外,就是关照小女的生活琐事——事无巨细,无微不至。在上高中时期,他就曾经为女儿不吃早餐(估计是常常看到她在早操时间买早点)和骑自行车太快两个"专题事件",塞过几次纸条提醒女儿务必关注"身体健康和交通安全问题"。

终于有一天,女儿正式否定了他的多情之念。想不到他立刻追问道:"那我去追×××可好?"不到半个月,他又恢复了热线"骚扰"电话。据说是已经追不上了,还想回头来"看看你的态度如何",弄得女儿啼笑皆非。

此人的故事续篇更为有趣,也算是女儿读书时代的一段"趣闻"了。

(2022年7月修订于书香苑)

女儿读书我惶惑

有幸结缘我家户主,纯粹是因为拜读了他的大作才萌生交往之意的。热恋期间发现他每周进书店的频率,与造访我的次数持平。想想自己在他心中地位不过尔尔,这使我当时颇有一番失落与不平之意。

结婚之后,家里居住空间在饱受这位"书虫"日益"侵蚀"之苦的同时,又增添了"小书虫"到来的挤压:就在先生的书橱日渐扩张之时,"小书虫"女儿的藏书量也毫无愧色地膨胀起来了。我在少儿出版社工作的重大"福利"之一,是本社样书与日俱增、全国各地同行的友情赠书也从四面八方源源而来。我和她爹工作都忙时,总拿一堆花花绿绿的图书让"小书虫"自己去啃。这父女俩的藏书常常会师于沙发、茶几、餐桌等一切平面物件之上,甚至合并于洗手间里。每周家务劳动中,将父女俩的书籍整理分项、"遣返归乡"成了我费时不少的必修课。

更让我惊讶的是,不论采取任何软硬兼施的取缔手法,女儿的枕下或垫被中,总能发现不断变换的新书。从童话故事到科幻小说,从历史演义到动物趣闻,报纸杂志、卡通漫画,一应俱全;天文地理,古今中外,无所不涉,真可谓五光十色、时空交错。其种类之繁、形式之多、内容之杂,令我这个在出版社干活的专业编辑汗颜。尽管我和先生喜欢从小以书"喂"她,可她小小年纪就有如此惊人的"胃口"和"吞吐量",倒让我有些不安:

且不说古人劝学有"读书百遍,其义自见"之诫,单就眼下而论,如此广泛的阅读兴趣,怎能不与她日趋繁重的功课相左?何况她尚未年满十周岁,按照古今相通、中外一致的循序渐进之方,她不可能,也不应该把如此庞杂无序的东西,一股脑地装进她那尚未成熟的头脑里去。

从此,我不断提醒家中的户主——他以写字为生且已购书成瘾——为女儿置书务必慎之又慎,唯世界名著、经典作品是举。我希望能以精读佳作、少读杂品,来取代女儿大杂烩式的粗嚼快咽,从小杜绝那种囫囵吞枣的阅读习气。

不料,我设计的方法并未奏效。在知识更新大提速、信息洪流汹涌而至的时代环境里,对资讯采取"封杀围堵"的方法早已过时。尽管我俩大大收缩了女儿图书的供给量,但她的泛读资源依然屡禁不绝、源源不断。学校里同学们互相传阅、议论的书刊不算,她早已懂得自力更生、另辟蹊径——自己去小书摊上甚至是新华书店选购了。

看到所谓"正本清源"的方法彻底失效,我只好放下身段主动和女儿商量沟通,"可否自觉减少课外读物的阅读量"。想不到,女儿旁征博引(已经显示出来"泛读"的效用了)、振振有词地批判了一番我的"功利"主义,小小年纪居然就会说什么"读书应将娱乐与知识并重",并不接受我们"只推经典,反对泛读"的观点。

一天,办公室一位编辑喜出望外地告诉我说,他担任责编的《爱国主义主题获奖作文选》中,我女儿的作文也被主编单位选入。赶紧拿过来细细阅读后,我确实非常吃惊:女儿的文笔虽说有些稚嫩,但字里行间文气贯通、感情充沛。最难能可贵的是,文章写出了自己的思想见解和真实感受。回家后我毫不掩饰自己的喜悦之情,向先生夸赞了一番。谁知,女儿在一旁听后的反应十分平淡,说这篇文章写得一般,并不能代表她的最好水平。在家长会上我们得知,女儿的作文成绩在整个年级中一直名列前茅,几乎每篇作文都被老师当作范文在班里宣讲。看来,女儿的泛读习惯并非乏善可陈。

随着年龄增长,女儿似乎不再安于充当忠实读者,开始兼任图书评论与信息发布的角色。她喜欢对自己不感冒的书进行毫无保留的评点,并时常向我透露周围同学们流行传阅的热点书目及时尚话题。与此同时,女儿也常常向我"施压",连连追问我们"为什么不能多编些更有意思的书"。

置身于家中这位咄咄逼人的"书评人",以及这群嗷嗷待哺的小读者之中,面对日益汹涌磅礴的商品大潮袭击,我无法按捺自己内心时时涌动的惶惑之情:许多真正有益孩子身心健康的优秀读物并非匮缺,只是种种原因,比如出版社编辑自身素质、专业眼光的局限,比如"叫好不叫座"的图书经济效益一时不尽如人意,就会让不少急功近利的出版社放弃精品,炒作那些能够走俏一时、利润不薄的快餐图书。它们对孩子们的精神发育成长确实无甚益处,好比市场上那些口感虽好但并无营养可言的"快餐"食品一样。

图书制作人过去一直被人尊称为"人类灵魂的工程师",如今在经济利益驱动和汹涌而至的快餐文化挤压下,正在不断地丧失自己的主体话语权,"灵魂工程师"开始变成经济利益和时尚文化的"打工族"。

女儿的提问,常常让我无言以对,心中那份惶惑之情自然就可想而知了。

(1993年"六一"儿童节完稿于曙光新村)

与女儿初别离

从女儿呱呱落地那一刻起,她就成为我生命须臾不可分离的部分。就像习惯自己的手足眼睛一样,我习惯于她时刻在我视界圆周之内。直到分离之时,我都没从与她形影相随十八年的状态中醒过神来。

2001年9月3日傍晚,我和老公扛着鼓鼓囊囊的行李,登上北去京城的火车,举家向录取女儿的大学——北京广播学院(现更名为中国传媒大学)进发。夕发朝至的火车次日一大清早到达北京站,睡眼惺忪的大学同窗陈胜利开车来接站。在人山人海的校园来来回回折腾一天,把入学报名、体检、住宿、就餐等等杂事一一安顿完毕,就到了我们和女儿分手的时候了。

记得很清楚,9月5日傍晚,京城已过立秋时节,天气仍然十分燠热。这回是女儿送我俩返程——距她刚分配的新宿舍不远的十字路口,有跑火车站专线的小巴。我们刚走到路边,就有一辆小巴停到面前,心急火燎地大按喇叭催促。我们只来得及和女儿扬了扬手,连一句话都没说上,就匆忙分手了。我紧紧注视着女儿越来越远、越来越小的身影,只见那高高的羊角辫,随着她的步伐来来回回地甩动着。那副充满稚气的背影就此定格在我的眼眸深处。

在北京站隔壁快餐店,老公端在面前的晚餐已经凉透了。我望着蚁群般忙碌的滚滚人流发愣,想到从此将自己的最爱独自遗留在这陌生而庞杂的尘世,一种剜心裂肺般的痛排山倒海般袭来。我实在无法控制自己,伏在快餐店饭桌上抽泣起来。老公在一旁也默然无语。

回到家中,我独自走进女儿闺房——这是她备战高考以来拼力搏杀的疆场。墙上的《中国地图》《世界地图》标满了不同颜色的记号;大衣橱和书桌边沿各贴着一米来长的白纸,上面写了密密麻麻的"复习要点",正好与窗户两侧的"励志语录"赫然相对,它们是日夜陪伴女儿备考鏖战的无声"啦啦队"。这一年来,女儿只要一回到家里,就像粘在书桌前一样,一动也不动地埋头做着无休止的试卷、习题和形形色色的作业,还是小小年纪,她就经常抱怨腰酸背痛、眼睛刺痛不已……屋里高考备战的气息还未散去,一纸入学通知书已将她掳去远离家乡的地方。

两日之后迎来了与女儿别后的第一个周日——一个没有女儿婀娜身影的陌生星期天。形影相随、相依为命十八年的女儿走了,我迎面撞上了令人手足无措的孤独荒漠:无尽的牵挂和惜别,像突如其来的山洪淹没了我的身心世界。未及吃完晚饭,我便早早打开床灯倚在电话机旁,以便第一时间听到女儿的声音。

时间一分一秒地过去,没有期待已久的电话铃声响起。"莫非是她初离家门水土不服,病卧床榻,无力下楼去几百米外的电话亭?那么晚饭、午饭一定也没吃!同室都是陌生的新同学,她不会愿意去麻烦别人的。"

我在脑子里搜索着北京的亲友熟人,竟然没有一个能搬动的"大驾"。想来想去,她的同校中有一位从未谋面的朋友——朋友的朋友,通过几次电话,感觉人挺热心。这会儿也只有横下心来请他赶去女儿寝室看看,带些感冒药去。不知是被同寝室人传染,还是从未远离南方家乡在北京生活水土不服,女儿到学校没几天,就觉得鼻子堵得难受,早上来过电话问该吃什么药。可想起女生宿舍不准男性入内的校规,这个念头被迫打消。焦灼情急当中,免不了数落老公没给女儿买手机,暗暗发誓她这次国庆节回家时无论如何都得配备。

又是一个多小时过去了,断定女儿不会来电话了。我毅然拨通她的班主任家里电话。真是喜兆!对方告知班主任"去学校带学生们开会了"。女儿病倒的可能性一排除,我们俩紧绷的心弦就松开了。

果然,十几分钟后,电话铃如救命福音般响起。一捉起话筒,那头就传来女儿抑制不住的啜泣:"妈妈,我现在就想回家……"

挂上话机,独自站在黑夜的窗前,我久久无语。周末的夜晚灯火通明,能看到对面楼房里的电视屏幕闪闪发亮,聚集一处的家人亲友们笑逐颜开。如果说女儿出生时的"断脐"仅仅只是肉体分离,那这一次远赴异乡求学,完成的是独步漫漫人生的精神"断脐",被父母双翅紧紧捂抱着十八年的雏燕,终于放飞了!看着孩子羽翼未丰、摇摇晃晃的身躯在风雨中启程,没有一个母亲不是热泪盈眶、悲欣交加……

此时此刻,我又想起黎巴嫩裔美国作家纪伯伦有首著名诗歌《你的儿女其实不是你的》,其中说道:

> 他们在你身旁,却并不属于你。
> 你可以给予他们的是你的爱,
> 却不是你的想法,
> 因为他们有自己的思想。
> 你可以庇护的是他们的身体,
> 却不是他们的灵魂,
> 因为他们的灵魂属于明天,
> 属于你做梦也无法到达的明天。
> 你可以拼尽全力,变得像他们一样,
> 却不要让他们变得和你一样,

因为生命不会后退,也不在过去停留。

你是弓,儿女是从你那里射出的箭。

弓箭手望着未来之路上的箭靶,

他用尽力气将它拉开,

使他的箭射得又快又远。

怀着快乐的心情,

在弓箭手的手中弯曲吧,

因为他爱一路飞翔的箭,也爱无比稳定的弓。

(2001年10月完稿于翡翠园)

射向远方的响箭

——女儿第一次探家

9月26日是我的生日。一大清早,我强忍偏头痛发作的不适,一手紧按脑门,一手提着行李匆匆踏上从九寨沟返家的路程。就在长途汽车即将开动之时,我意外收到同行好友韩蓓小姐送来的一大簇玫瑰花。怀抱这份颇费周折的贴心礼物,我一路辗转,回到家里。

九寨沟之行美不胜收,付出的代价也是空前的:高原缺氧、旅途劳累,从海拔4000多米的黄龙顶峰一下来,我的体力消耗已到极限。要不是韩蓓小姐有先见之明,给我准备一瓶氧气"救驾",估计那偏头疼顽症会将我放倒在九寨沟松滩宾馆,数日不能启程。平生第一次离家求学的女儿国庆将归,我正着急赶回家打点杂事呢:清理屋里的凌乱积尘,张罗假日返程车票,定制鲜花、采购食物……一件事也省略不了!

10月1日清晨8点30分,终于在车站见到我朝思暮想的宝贝女儿了!

只是短短二十五个日夜,女儿变了!火车上一夜不能入睡的疲惫(她费了很大力气才挤上前买了张硬座车票),在她又黑又瘦的脸上写满憔悴。大大小小的行李包塞满了带给我们的北京特产,什么蜜桃、葡萄、鲜奶等等。看她一只手提着几个包上上下下地奔波,我真不敢相信眼前的她,就是一个月前还在我们面前撒娇使性子的"刁蛮小公主"。

女儿远离家乡踏入大学的第一课,是去郊区参加为期两周的军训活动。这种安排本身就带有"下马威"的意味——让这帮娇生惯养的独生子女尝尝被"军事管制"和军营生活的滋味。

想不到他们的运气太差了,分配来的带队班长是一个十七八岁刚入伍的新兵。听女儿滔滔不绝地讲到此人实行的一桩桩惩罚措施:什么10秒钟内提着两只板凳在队列中来回奔跑,动不动就把女生喊出队列匍匐卧倒,散操以后平白无故地威逼学生写检查,等等。不知道为什么他总是把攻击目标对着我的女儿,经常不问青红皂白地把别人私下讲话,强行当作女儿的"罪状"加以整治……我听着听着早已按捺不住了,可女儿却心平气和地安慰我说:"我对他的种种惩罚唯命是从,不过是想好好锻炼一下自己的忍耐力……"我真是无话可说了!

讲到寝室里六人同居种种难以避免的摩擦、同学之间不同的个性做派和面对英语学业上的重重困难,女儿已是一副风轻云淡、如数家珍的语调神态。我深知她不易屈服的倔强个性,可以想象她独自承受和战胜每一种困苦的心路历程,更诧异于她与人为善的良好心态和处事智慧。

女儿在家时爱吃零食,吃东西挑剔得要命:再好的菜肴只吃第一次起锅的;牛奶面包不肯沾边;巧克力非进口的不要;鸡鸭鱼虾专挑肥嫩的部位下手……她对食物的精细感觉和判断力几乎无师自通,或者说是悟性很高,弄得我常常头疼不已。这次归来"省亲",吃什么都是大快朵颐的样子。看来独自在外闯荡的生活,已开始磨去了原先她身上的娇弱任性,让我们做父母的大为感慨。

最让人高兴的是,女儿开始拥有正视困难和自我排忧解难的勇气和能耐了。她从小好动贪玩、学习不肯下苦功夫。其他功课靠小聪明还能冲一冲,可英语就不行了,成绩始终不冒尖。大一学业的重要变化之一,就是英语词汇量陡增。学校根据英语入学测试成绩进行分班,女儿考了三班第一名,居中上游水平。这让她对自己很不满意,于是痛下决心用心钻研,还主动要求担当英语课的发言人。几次课上下来,受到英语老师的表扬,现在的英文学习兴趣和决心都很大,这趟回家还背着好几本英语书和厚厚的英文辞典。女儿现在好像进入了阅读巅峰期,读书的兴趣既浓又广。以前初高中时没有时间读的名著名篇,恨不能在大一时全都看完。我觉得既要保护她的读书热情,也应引导她精读佳作,处理好专业学习与"业余"兴趣的关系,便一再劝告她"莫着急,慢慢来"……

女儿的变化十分显著,生活开始有条理了。用她自己的话说:现在想想,从前高考备战的时光真幸福,只要管好学习一件事就行了,吃喝拉撒睡家长都给安排好了。现在每天除了紧张的学业之外,什么事情都得自己亲手去做,一件也不能少,一天也不能拖。要是偷懒拖到明天会更麻烦……看来她对此深有感触。

在家短短五夜六天的日子,女儿过得十分惬意:除了和父母谈心、见同学会朋友,看看影碟,还度过了自己珍贵的十八岁生日……对这样几日从天而降的闲适生活,她一开始还有些不安。我安慰她说放松一下也是必要的,家就是让你轻松休憩的避风港嘛!

女儿动情地对我说:"你知道女人最大的成功是什么吗?"我一时未解其意。

她接着说:"我觉得你最大的成功是事业上进取搏击,用言传身教影响着儿女;而且还给我和爸爸营造了避风遮雨的幸福港湾,让我不论何时何地都能感受到家的温暖。"

女儿的话让我有些惊愕,也有些内疚:其实我一直都在自责为妻为母还不够尽心尽责——本该在女儿的教育上花更多的时间精力,让她比现在更成熟更出色。我还可以更加宽容温和地对待家人,让家里时时处处充满温情愉悦……

短短六天假日转眼逝去,10月6日晚上7点49分北去的火车将女儿一个人带去了远方。这是她生平第一次独自背井离乡。

站在熙熙攘攘的月台上,望着列车玻璃窗后女儿的稚嫩面容,我百感交集。卧铺车厢的密闭性很好,我们无法对话,只能对视,对视,对视得眼角有一颗颗泪珠滴落下来……

火车启动的那一瞬间,我的呼吸似乎凝固起来,难以抑制的悲伤一下子涌入我的胸腔。看到女儿的小手在车窗后不停地挥舞着,我无奈而凄伤。擦拭不尽的泪水,一直到走出车站还在不停涌出。世上真的没有语言能够描述母亲与儿女离别时的悲酸滋味啊。

我只有一遍又一遍地对自己说:"父母是弓,女儿是箭。她有自己的方向,她不属于那弓——弓只能给予她生命的起点,却无法代替她自个的人生旅行。"

(摘录自 2001 年 12 月日记)

携女同游

二十世纪九十年代初期,先生远赴英国做访问学者不到一个月,就发来邀请函让我们去探亲。他随信附上了办护照所需的全套"文件资料",甚至连去使馆申请签证的表格也一并送到我们手中。其动作之神速麻利,安排之细致妥帖,仿佛是为我们大部队出征打前站一般。想到此行花销甚大,我颇觉踌躇。可周围亲友们纷纷劝我早早动身,"权当两人重度一次蜜月"。

蜜月虽好,可女儿如何安顿让我头痛。刚刚上小学五年级的女儿生性活泼好动,想象力丰富,满脑门子想入非非的念头常常叫你目瞪口呆。也许是太热衷于看闲书,她对学校的功课不太上心,老师总向我们反映说,她像个不肯安分守己、难以管理的男孩子。我要是带她出去耽误了几个月功课,那考上重点中学的保险系数就得大打折扣了(彼时还未取消"小升初"入学考试,报考重点初中,须达到划定的分数线才能被录取)。

从经济便利的角度看,带上这位难侍弄的"小公主"远行,更是劳民伤财之事。她五岁时和我去北京旅游,非要穿上那双崭新的红皮鞋。不论是逛街还是爬长城,这位注重仪表美的小姐,每走几步必定要掏出小手绢来擦拭鞋上的浮尘,不论怎么好言相劝都无济于事,气得我恨不能当街就给她几巴掌。晚上睡到半夜,我迷迷糊糊地听到一点动静。早上起来一看,原来是她从床上滚落在地,正睡得人事不知呢。她年龄虽小,却知道享福,每天吃饭点名要去"有音乐伴奏的大饭店";往返路途执意要乘"能喝饮料的大飞机"。要是出国带上了这位讲排场的小祖宗,那家中的财政预算要大大超支不说,我的旅途负担也会成倍加重的。于是,我用种种许诺诱劝她留在外婆家里上学。可不知为什么,女儿一口咬定我和先生会合后会逃之夭夭不再回国,存心要让她做"孤儿",因此死活不肯留守家里。她那副悲痛欲绝的模样实在让人不忍,弄得我也差点泪水涟涟、悲悲切切起来。

女儿见她也在户主发来的邀请函中榜上有名,大为受宠若惊且激动不已,将那阵子天天哼唱的流行歌曲《世上只有妈妈好》,临时改成"世上还是爸爸好"。听她那几日喋喋不休地唱了又唱,我实在觉得可气亦可笑。仔细想想,真把她留下来我也不能放心,外公外婆管不了她不说,她自有能量把全家人弄得鸡犬不宁。我还不如见风转舵,请她同行算了。

没想到这回可是"乾坤大倒置",女儿一路上不仅不需要我费心,而且角色大转换身兼数职,变成了我的"保护神"和向导了。

从北京出发去机场时,开车送我们的表兄叮嘱了一些走南闯北的"注意事项"。我听听也就忘了,倒是小女一一记得囫囵。在海关等待办理行李托运时,有个大个子男人肩扛手提一大堆行李,走过来和我们搭讪,先是自我介绍是久居海外的音乐家,说来说去最后想请我们帮忙带只大包过关。我看他笑容可掬不像坏人,正要答应下来,女儿在身后用小手直捅我,悄悄地提醒说:"陌生人的东西不能带,要是里面有毒品,连我们都得一起抓起来。"

我一听大惊失色,忙问她如何得知。她把小嘴一噘,反问我说:"刚才表叔不是说过吗?"

从前我总觉得自己的智商不算太低,可这回出门在女儿面前可是大跌眼镜。在国内出差我常乘飞机,可登上荷兰国际航班,我却弄不明白飞机上那些设备的用途。女儿却是无师自通,一下子就把座椅旁边所有按钮的功能分得清清爽爽,她先帮我调试耳机频道,又给我摆弄电视开关,还知道"哈罗哈罗"地示意空嫂拿来靠垫毛毯,俨然一个悉心照料长辈的小大人。

在芬兰赫尔辛基机场转机时,我想去洗手间,可在大厅里左盼右顾地寻不着标志。我和女儿都不会说英文,也无法开口打听具体方位。正在着急之时,女儿自告奋勇要独自前去打探。我哪能放心让个毛孩子在这语言不通、举目无亲的陌生国度里乱跑,便竭力强忍着。可这国际航班的转机得有好几个小时,女儿见我坐立不安、急切难耐的模样,孝心大作,瞪大了她那双圆溜溜的小眼睛,一再向我保证她的方向感极佳,然后独自在这几层高的候机大楼里转了两圈,便回来给我当了向导。

想不到厕所设备也比国内的复杂,我一开始不知如何下手。女儿乐此不疲地一一示范:冲洗开关用脚踏、洗手香波则要拿手往上顶。最新鲜的是擦手纸舒卷自如,只要轻轻一扯,就会掉下来一截已经消毒处理过的纸巾。看着女儿对这些"洋玩意"驾轻就熟,实在让我生出"后生可畏"的感慨。候机大楼里螺旋形阶梯曲曲弯弯如暗道一般,女儿却将这座迷宫似的建筑摸得透熟。她送我下底层如厕,去二楼换票,然后又带我绕到裙楼去逛超市。我一边大叹自己"廉颇老矣",一边表扬她有侦察员天赋。谁知这乳臭未干的小丫头毫不领情地说:"你不知道吗,我最喜欢的词语是'神秘',我最向往的事是做闻名世界的大侦探……"直听得我喏喏而退,不由得暗自庆幸携女同行的抉择英明至极。

不过,这位自命不凡的"准侦探"也有马失前蹄的时候,而且这一失非同小可,差点在伦敦上演一幕流落异国他乡的悲剧。

女儿一到英国后便迷上了电话磁卡的收藏,当然她在大饱眼福的同时也丝毫不忘大享口福:一英镑(那时合十三元多人民币)一只的冰激凌,成了她百吃不厌的第二爱好。据她说这两样东西都比国内的够味。

英国的电话磁卡画面幽默、造型可爱，确实招人喜爱。要是有耐心收齐一套漫画磁卡，既可当作一本微型连环画来欣赏阅读，也可以当作一种艺术品收藏。英国人似乎特爱打电话，大街小巷除了汽车之外，就数电话亭最多，为女儿的收藏爱好提供了丰富资源。可惜与她同好的"竞争者"比比皆是。先生介绍说伦敦的许多小商品集市里都有收藏卡交易，有些珍稀品种的磁卡价格不菲，英国人的"集卡热"也不亚于国人。然后，他正式宣布说："本人也是磁卡收藏爱好者之一。"

女儿一看身边就藏着一位强劲对手，顿时感到危机四伏，不免暗暗提高警惕：每次上街她总是独自跑到我们前面，先行打探那些磁卡最可能藏身的角落。除了电话亭是他们父女俩的必争之地外，路旁的草地、街心花园的长椅，甚至垃圾桶周围都不放过。有时父女俩同时发现这些宝贝，女儿就充分发挥其身手矫健、动作敏捷的优势，得手后便满面春风；遇到"大意失荆州"的情形时，她便施展死缠硬磨的拿手功夫，逼得她老爸不得不乖乖向她"缴械"。

为觅此宝物，女儿付出了不小代价。一天，我们一家三口在伦敦闹市漫步闲逛。这一带的电话亭鳞次栉比，乐得女儿在马路两边来回穿梭，进进出出地搜索电话卡。我和先生则顾着欣赏街景，对她的这股痴劲早已见怪不怪。一路走过来，我俩已觉得人倦腿乏，但见她收获颇丰兴致不减，就在路边长椅上坐下等她打道回府。

没想到她三转两转从电话亭出来绕到了另一个街道，看不到我们踪影，她一下子就蒙了：一句英文都不会说，也弄不清我们在伦敦住处的方位。离开我俩（确切地说应该是先生一人），就同盲人和聋哑人没两样了。

女儿本能地意识到自己身处危机，顿时吓得魂飞魄散，禁不住在街上狂奔大喊起来，一口气跑出了好几里地远。不知道是她确实有超出同龄人的记忆力，还是因为急中生智，冥冥之中有种超常之力引导她顺着来路又跑了回来。看到我们还坐在街边长椅上谈笑风生,对她的这番历险居然毫不知情,她一头扎进我们怀里跺着脚又哭又笑,将那头上的羊角辫直甩得我脸上阵阵作痛,已不知该用哪种表情,才能表达自己悲喜交加的心情。

在英国历时两个月的种种见闻,在十岁女儿的人生历程中画上一个大大的惊叹号。看到国外赏心悦目的生活环境、先进高超的科技水平,她总是不住地问我们:"我们中国人这么聪明,为什么不如别的国家富裕发达呢?"

这个题目太大,不是三言两语就能说明白的。我们只能十分简略地对她说:"咱们的起步比他们晚了一点,但是从现在开始加油干,也一样能达到这种水平!"

女儿若有所思,脑子突然顿悟了一般,说:"我懂了,这得靠我们这一代人的努力了!"

回国以后,女儿最大的变化就是知道埋头学业、踏实读书了。眼见着她的成绩节节向上,在班里很快名列前茅,我们夫妻俩都觉得,这倒成了我们不惜重金(在那个年头这笔费用真不是个小数目)漂洋过海的意外收获。

(1996年完稿于翡翠园)

小妹为我送行

有个同胞妹妹实在幸运,这是老天爷对我的特别关照:凭空赐来一位忠诚密友——能让你在这风雨人生中永远相依相傍。

共同的家庭背景,相近的体貌气息,终日耳鬓厮磨,同吃同眠同进出,同一个生命源头,同一方水土天地,这一切铸就了姐妹间与生俱来的默契和牢不可破的亲密。对如今的独生子女来说,这份相知相怜的手足亲情,已如登天揽月一般稀罕和珍贵。

对我而言,更为锦上添花的是,小我两岁的妹妹常常一身二职:既有小妹的乖巧柔顺,又具大姐的宽厚关爱。她的性情温和敦厚,为人谦让良善。小时候我俩发生矛盾冲突,从来都是她退避三舍;姐妹俩合住一屋,叠被扫尘清理房间的琐事多是她主动代劳。这一习惯她保留至今,来我家看到脏乱差的情形还是主动出手帮忙。我出嫁时的新被褥,都是她捐着头一针一线地缝起来的。所以父母常感叹我们姐妹俩的角色是颠倒过来了。

二十世纪九十年代初,我打算漂洋过海去英国探望夫君。只是一想到得准备那一套套的出国手续资料、一大堆的衣物用品,我就禁不住心烦意乱。彼时我担任责编的一套百万字的重点书稿,必须在出发日期前编定发排。算算时间我几乎绝望:除非掰成两半我才能"熊掌与鱼兼得"。

好在每次我遇困犯愁之时,小妹都会如祥云飞降,助我渡过一次次难关。趁我在北京出差,小妹请了公休假陪着我和女儿来办签证。那正是七月酷暑时节,娇蛮任性的小女寸步不离地缠住她逛故宫、爬长城,一天也不愿跟着我。从呱呱落地开始,她就成了小姨的掌上明珠。那时还是单身贵族的小妹,一下班就到我家来抱她,还帮着洗涮那些让人避之不及的污秽尿片。女儿两三个月大时我带回娘家,和小妹一起,三人同睡一张大床。半夜里我呼呼大睡,常常是小妹独自起身给女儿把尿喂食。有时她下夜班回到家,看到床褥被女儿尿得湿蓬蓬的没法睡觉,便总是一声不吭地换下来,"呼哧呼哧"地洗干净作罢,从来不会向我抱怨。她这副和善、能忍辱负重的好脾气既让我自愧不如,又钦服不已。

小妹的这种美德对家人和亲朋好友们来说,是一大幸运与福利,于她自己可就多受了不少苦累,有时甚至是多遭了不小麻烦。记得我的一位女同学患病住在小妹工作的医院,不舍得花钱请夜间护工。她老公只好每天早出晚归来回奔波照料,清晨一大早就得从好几公里外赶到病房,在医护人员上早班前端走让人掩鼻而过的夜盆。生性良善的小妹一向怜惜他人,知道此事后便执意承担了此事,每天早上都要提前不少时间,到病房去帮她倒掉污秽尿盆。这件事小妹一直未对我说过,我听那位同学说后,有点心疼,忍不住怪她"多事"。谁知小妹只轻轻一笑,道是"举手之劳而已"。

我私下里一直认为小妹的天资比我强,从上小学起,她就是班里品学兼优的班长,尤其是动手能力远远超我许多。我俩的兴趣爱好不太相同,加上性格差异,后来的人生轨迹与生活境遇才渐次区分开来。1977年恢复高考,她因事错过了复习时机,后来也没和家里人商量就报考了中专。我知道以她的实力等到来年再考大学,是丝毫没有问题的,便对她有些抱怨之词。没想到她对我说:"我只想早点离开农村。"我们兄妹四人,只有她这个老三在十六七岁时独自"上山下乡",去安徽寿县农村种了几年地。现在回想起来,才能体会到她当年吃了不少苦头。

直到启程前夜,我才编完书稿最后一句文字,起身来看小妹忙碌了半个多月的成果。嗬!满满两大箱行李,大至我和女儿两个月的必备用品,小到女儿用的辫绳头饰、裤带鞋袜,还有一大堆零食干果,什么话梅、牛肉干、火腿肠、方便面等各种小吃一应俱全,花花绿绿的让人眼花缭乱。她真是心细如发,看来比我还清楚女儿的口味爱好。我开玩笑道:"你不会以为我们去难民区吧?"

小妹一本正经地答道:"我已经问过汇率了,英镑是人民币的十三四倍。你们是穷人去富国,花点力气多背点东西没错的。"

事实证明小妹此举果然英明,为我们后来到英国四处漫游省下不少银两和麻烦。在医院工作的小妹身上还有一种最具魅力的才干与美德,令常人无法企及:她永远是家里家外亲友们"招之能来,来之能战"的良医和特级护理员。从父母的大本营到经过两代再生分化的几个小家庭,以及各个"二级机构"成员的旁系亲友,都常来找她求医问药,弄得小妹时常寝食难安,但她照样鞍前马后任劳任怨地跑得不停。这回出远门,她为我们配足了治伤风感冒拉肚子等等病症的常备药,还有专治我偏头疼的特效药品。她把每种药品的服法、名称都标注在药瓶上,整整齐齐地码在一个专用盒里。

忙到下半夜,我们姐妹俩总算把所有的行李捆扎清理完毕。最后她拿出一只真皮坤包送给我说:"出门在外少不了用它,晓得你自己舍不得买,干脆让我做回好人好事吧。"

我深知小妹经济拮据,平时十分节俭,但为我掏腰包却毫不含糊。这只包少说也得花去她大半的月薪,但此时再说啥都是多余,我只有接下这份礼重情更重的礼物。抬腕看看表已近出发时刻,那年头找出租车还很不易。小妹早已找好帮手,将大大小小的行李捆到自行车上,我们几个人扶的扶、推的推,一路紧赶慢追跑到车站。

与小妹挥手作别之时，车子已经启动。小妹的身影很快消失在我的视线里，化作幻觉。我们姐妹同住一室近三十年，从来没有如此遥远相离。记得她出嫁那天，我代表女方家长送行。把她送达新郎手中的那一瞬间，我忽然觉得胸中灼痛、两眼迷蒙起来，似乎感觉生命深处的某种东西被轻轻剜去。

说实话直到成人之前，小妹并未占据我精神世界的重要位置。少年时期，文艺小说读得有点走火入魔，我满脑子想入非非的念头，觉得和喜欢织衣绣花的小妹没有多少共同语言，倒是和班上一位文采出众的女孩结为生死至交。两人好得形影不离，比亲姐妹还要亲热。那时候我十分偏激，认为朋友情谊高尚纯洁，理应高于血缘亲情，无形中冷落了小妹。

如今我才知道，人生有条叫作同胞姐妹的溪流，原来已追随自己走过了人生的所有岁月历程。在你欢畅得意之时，她也许会悄然隐退到你的身后；但在你疲惫不堪、身陷困苦孤寂的时候，她便会不期而至，化作甘霖雨露洒落在你的枯涸心田。

小妹送行，犹如寂寞人生中奏响的轻柔乐章，伴我在风雨行程中心旷神怡，一路轻快前行……

（1999年完稿于曙光新村）

韩蓓小妹

我的密友圈里，多是比我年长者，像韩蓓这样年纪小我许多的女孩好像属于特例。虽然她口口声声称我大姐，但我自己很清楚：她的人生智慧和生活阅历已远远超越了同年之人，更在我之上，这是我从一开始就喜欢她的原因。可她总说，我们俩是相知互信、性格互补的典范。想来也是：我的性格热情似火，她天生温婉如水；我时常大大咧咧，她总是心思细腻；我做事执着较真，她处世随遇而安且从容。

我们相识于1991年夏天在承德举办的儿童文学研讨会，第一次见面我就觉得她像邻家小妹般灵秀可爱、熟悉亲切。那时候全国少儿出版界每年举办一次儿童文学编辑年会，由各地少儿出版社轮流主办。我和韩蓓同为儿童文学编辑，便约定一起赴会且要求同居一室，每年如候鸟般往返于相聚之地，如影随形，密不可分。十多年交往下来，成为无话不谈的挚友。我俩共同经历和相互交集的精彩故事难以胜数、源远流长。其间有最为难忘的两次年会，我遭遇了终生难忘的"历险"事故，可每回都有韩蓓小妹挺身而出，方才化险为夷、遇难成祥。

1999年前后，我似乎流年不利，"天灾人祸"频频造访。我以一次"莫须有"的手术为代价，解除了由本地医学权威团认定的"癌症"警报。惊魂虽甫定，但心中不免郁闷。接到"浙江年会"通知，我欣然前往，有心想在山清水秀的新安江畔一扫心中积郁。却不料第一天入驻酒店,夜半时分碰上了穿墙而入的"不速之客"——一个江湖盗贼从白天偷偷凿穿的墙洞潜入了我的房间。

因被单位选派参加新闻出版总署的EMBA(高级管理人员工商管理硕士)培训,韩蓓此时正在上海投身紧张的学习应考,原本打算放弃这次参会。只因挂念我手术后的情况,白天上完课程后她特意赶到杭州来看我。那天晚上,我俩聊得很迟。按照多年形成的生物钟规律,我应该睡得很沉。可不知为什么,凌晨四点来钟,我蒙蒙眬眬地感觉屋里弥漫着一种浓烈的恐怖气息。虽说迷迷糊糊的不太清醒,却还是下意识地打开了床灯。

说来奇怪,那晚上的电灯一闪,便在头顶上猛然迸出极其刺眼的强光。几乎就是同一瞬间,对面床上的韩蓓发出了撕心裂肺的惨叫——这是我生平听过的最为惊魂摄魄的惨叫,整个楼层的住客全都从深眠中惊醒且怔住,以至于当时没有人敢起身出门一探究竟。

我循声一看,有个光着上身的男人正在我们房间里低头翻着皮箱。似乎也被这瞬间爆发的惨叫声震慑,他本能地扔下手中东西拔腿就逃,但始终背过脸去,不让人看到他的真容,极其训练有素地拉开房门从容而去……时至今日我还后怕:如果那个夜晚,韩蓓没有从上海过来看我,并且在第一时间发现窃贼;如果她没有以平生最大气力发出惊魂尖叫,使那窃贼不寒而栗、迅疾出门,那我将面临何等祸害,实在不堪细想……

第二次历险发生在2001年9月四川少儿社主办的"九寨沟年会",恰逢我生日前夕。我从小就有血管性偏头痛的顽症,几十年来频频发作,饱受其苦。按照医生的说法,此毛病最忌去高海拔地区活动。那天从九寨沟返回途中,我和韩蓓一行几人又乘兴去爬黄龙。一路上但见彩池错落,雪山、瀑布、原始森林和峡谷交相辉映。黄龙特有的地表钙化坡谷,犹如金色长龙蜿蜒于原始林海和石山冰峰之间,构成奇、峻、雄、野的绝佳景观。我一向贪玩，见此美景，欢呼雀跃，"逸兴遄飞"，早将医嘱丢到脑后，不过很快就感到心力不支、气喘如牛。望着海拔4000多米的最高峰，同行中不少人都劝我和他们一起打道回府。可我生性好胜、糊涂胆大，还想拼力体验一回自己的生命极限，因此与韩蓓、汤锐几位女士奋勇攀爬到达了黄龙最高点。下山时刻大伙发现离返程规定时间所剩无几，个个健步如飞地奔下山去。

半天时间都在海拔4000多米的地带剧烈运动，我的身体承受极限在到达山下时骤然降临：只觉得大脑瞬间失去意识，我的双腿一软，眼前一黑，扑通一下跌倒在地。这时所有人都已登上了返程车，无人发现我的情形。蒙眬中依稀意识到有满满一车人正等着我上路，只好拼出全身力气，连滚带爬地挨上了车。

一待落座下来，我已口不能言，陷入极度虚脱之中，那种胸闷难当、无法匀气的难受滋味记忆犹新。就在此时，韩蓓为我接上了救命的氧气管（其实上黄龙之前，细心的韩蓓就备好了两袋氧气再三要我吸上，偏偏我是"无知者无畏"）。回到宾馆我整整睡了两天，都是韩蓓给我端水送饭。

散会返程的那天正好是我的生日，一大清早，韩蓓如变戏法般送来了一大束鲜艳的红玫瑰。记得我一直小心翼翼地捧着这束美丽的鲜花回到家里，将它插在我的病榻之侧（回去之后我的偏头痛全面爆发），陪伴我度过了整整一周的休养治疗。

屈指算来，与我相交三十多年的朋友并非寥寥可数。但如韩蓓这般两度援手解救我于倒悬之危的交情绝无仅有，这种山高海深般的恩谊也绝非常情。

这些年来，许多老友故交像轻烟样匆匆聚散，新近结识的朋友亦如流星般飞快划过，纷纷在视野中悄然而失。可是我与韩蓓两人的关系，如同向日葵与太阳一般，不论相距多远，都在遥遥相望，从不离弃。即便是山高路远的隔绝，工作单位的变化——从前候鸟式的每年聚会不再举行，这一切都没有丝毫削减过我们之间的关切激赏与相互扶持。彼此的心灵深处,似乎都珍藏着一帖永不失效的灵丹妙符。在困顿遇难时,只要将它轻轻地诵读一下,对方的援助之手就会从远方飘然而至,将我拉出困境重新送入坦途。即便毫无事由,我有时也会在闲暇中拨通那个熟知的号码,轻轻地问候一声:"韩蓓小妹,近来可好?"

(2013年完稿于书香苑)

茶亦醉人何必酒，书自香我不须花
——与池莉老师喝下午茶

我从不讳言自己是池莉老师的"铁杆粉丝"——是那种早已过了热情奔放之年，却仍旧痴迷不悟的终生"铁粉"。这是因为我从未见过哪个作家，能够像池莉老师那样真实生动地描摹出我们这一代人，更具体地说是我们这样的"文学女生"波澜壮阔的生活经历与"私密心语"。她的中篇小说《致无尽岁月》，描写了一对男女知青历经岁月沧桑始终保有珍贵友情的动人故事，书中许多场景和细节，与我们这代人的生活经历及所作所为几乎重合，成为我百读不厌、品味无尽的"挚爱"；她的《烦恼人生》《不谈爱情》《生活秀》《一夜盛开如玫瑰》，又将我们这些庸常女人千转百回的"小感情""小隐私"披露得淋漓尽致，让我们自觉"无处藏身"；而《小姐你早》《梅岭一号》《水与火的缠绵》，则把周围红男绿女形形色色的欲望，以及他们繁复多彩的声色行止，拿捏得无比精准传神，使你没法子不惊叹她的过人机灵，没法子不钦佩她的笔力神奇……

神交十年之后，突然得到了和她见面的机缘。这让我没法不兴奋、没法不喜悦。那是 2006 年 5 月 18 日，我终于在无比磅礴的大雨中和池莉"初次会晤"。那一次，我表现得似乎有失一贯的"外交"风度——像鲁迅笔下的祥林嫂，喋喋不休地说个不停，好像一口气说了两个多小时。

这一次去上海之前，我照例先给池莉发了短信，打探她是否在沪。想

左牵右扶·我的新生家庭:1984年在合肥董铺水库(女儿立立十个月)

1994年与先生久别重逢在英伦

2013年合家出游越南岘港

1994年在先生访学的英国杜伦大学公寓过中秋

1994年伦敦桥下的合家团圆照

1994年先生携女儿同游罗浮宫

1994年和女儿在法国协和广场遇见婚礼新人

不到她在回信中告知："昨日刚到上海。"我顿时心情大悦，当即约好了见面时辰。

想不到见面那天，上海忽降旷日大旱后的滂沱大雨。一见面我就对她开玩笑说："怎么咱俩一见面老天就狂下暴雨啊？"

"啊哦！你的六点水（温溪），加上我的三点水（池），不光会下雨还得是倾盆大雨才对呢！"池莉真是属于"快速反应兵种"。

进屋后发现池莉咳嗽挺厉害，顿觉太不过意。这次与池莉约会，因我受凉感冒，已往后推迟了四天。池莉为此还劝我取消这次"旅途劳顿的奔波"，体贴说感冒会很难受的，想不到她自己也感冒了。正觉局促不安间，就听到她的手机"嘀嘀嘀"地响个不停。池莉向我解释道，她与老友一同新购了德国"双立人"炊锅，可以"用冷油冷锅烹饪"，能够完全杜绝油烟污染。可是遇到炊锅蒸螃蟹这道菜时，老友不知如何下手，频频发短信来求教。池莉一边远程支招，一边开玩笑道："把螃蟹带过来吃了，这麻烦就解决啦！"

来上海的前一天，我请家政人员来家清扫厨房油污，足足忙乎了四五个小时。看来天下主妇都对厨房油污头痛，就连池莉这样的大作家也和我们一样感同身受。我马上想起了她在《城市包装》中说的一句大实话："我们没有别样的日子。"池莉如此质朴本色的做派，甚合吾意！

没想到池莉还带病为这次"茶会"，做了精心准备。生在名茶之乡的安徽，我一直以为，天下最棒的茶品非咱家乡莫属，安徽的黄山毛峰、祁门红茶和六安瓜片，在国内十大名茶排名中就占了三席。对名声大振的外地茶，我一概抱有"任他弱水三千，只取一瓢饮"的淡定。可池莉刚端上精美考究的日本茶具，茶还未及入口时，我就被一股扑面而来的异香迷住了。等到徐徐呷入口中时，一种从未有过的甘甜醇香顿时溢满唇齿、沁入肺腑，那种口感确实是从未体味过的。相问一番，才知这道福建安溪"铁观音"，也是茶中精品佳茗。

无独有偶,就在不久前,我破例品尝了曾被炒得沸沸扬扬的普洱茶。那次陪同从加拿大回国探亲的大学同学,去九华山甘露寺拜访藏学大师。当天夜晚皓月当空,我们几人围坐在山庙小院石桌旁,聆听来自京城的一位副教授为我们讲授他"钻研"《金刚经》的心得。

身为安徽九华佛学院院长的藏学大师,对我们热火朝天的讨论不置一词,只在一旁殷勤布茶添水——喝的正是普洱。我深知这位大师博学多才、佛理精深,他撰写的散文集《转眼看世间》,在平实浅近的文字中叙述自己的禅机精悟,既有空灵玄妙之意境,又不乏通晓流畅的美感,专程前来探访九华山的同窗,十分虔诚地向他讨教如何读懂《金刚经》。想不到藏学大师只淡淡回说:"要是读懂就是不懂了。"——这实在是金言妙语。

从九华山归来一周后去深圳组稿,我顺道去老同学家中小聚。大学毕业后此君专攻戏剧创作,曾获曹禺戏剧大奖。他拿出普洱茶一边沏水布茶,一边笑说此茶的稀罕之事:他太太素来勤厉干净,头年里喝了一壶普洱茶后,就把茶壶涮得干干净净收了起来。谁知,第二年再拿出茶壶时,发现里面爬了一层密密麻麻的蚂蚁。这让他大惊失色,立将此事说与懂茶的朋友。不料这位朋友一听,立刻击掌大叫道:"这可是头等好普洱啊!可惜死啦!你们喝掉了十万块钱哪!"

与池莉一边漫无边际地闲扯喝茶趣闻,一边浏览起家中摆设。墙壁上的一组照片引起了我的兴趣——上面有她自己亲手拓荒培植的农舍小景,我已在她《最难得的是方式》一文中,熟知它从无到有的演变历程。最重要的是,我终于从照片上认识了她的宝贝女儿亦池——她的中篇纪事《怎么爱你也不够》的主人公。

池莉的育儿观或者叫做教育观确实有些与众不同。她在《怎么爱你也不够》中说道:"作为母亲,我所能给予孩子的只有爱。至于她是不是天才,将来有没有出息,那都是她自己的造化,我决不强求。在她与我相伴生活的岁月里,她认为怎样她才感到自在和快活,我都会尽力为她营造环境。身为一个人多么不容易,一个人想要一个愉快的人生又是多么不容易啊!"因此,她一直给予了女儿"最大的自由";她坚信父母的爱"可以熏陶出高尚的优良的个人品格"。1993年,在女儿刚满五周岁时完稿的《怎么爱你也不够》结尾中,池莉写道:

> 假如女儿要离开我们展翅高飞,我只会为她祝福。她要在人世间走上一遭,她要去经历这个世界的一切。这是我不能替代的。……我对她没有任何要求。如果她的盛开需要肥沃的土壤,那么我情愿腐朽在她的根下。

这像是一种预言。她的亦池果然不同凡响,初中毕业前自己在网上捣鼓联络,考上了颇有名望的英国高中。成绩优异的小亦池,参加高考时被三家名校同时录取,纠结一番后最终选取了著名的伦敦大学学院(UCL)。

品完铁观音,池莉又拿出一种我从未听闻过的樱花茶——远道而来的日本名茶。那樱花先用多种调料腌渍备用,得在特制玻璃瓶中加入食盐文火慢煮。据说这道茶可以帮助解腻清口,一般作茶饮"收尾"。

看池莉煮茶,我不禁又是莞尔:她蹲在矮茶几旁,睁大眼睛,神情专注地布水、点火、放入樱花、食盐,然后左看右看,轻声询问可否再多放些樱花。看来女人都喜欢将品花之味与赏花之美融为一体。我在一旁也不自觉地连连点头,巴望杯中的樱花齐齐绽开。

果然一会儿就见那樱花随着微微颤动的水波,慢悠悠地旋转起来,一朵接一朵地吐蕊绽开了。那嫣红的色彩、绝美的姿态,映照着晶莹透亮的玻璃瓶,构成了一幅赏心悦目的绚丽图画。我不觉注目凝神,一种难言的愉悦之情油然而起。

其实这愉悦岂止眼中所见,更多的是源自心中所思、情中所动。我先前熟悉的池莉,拥有着多种风格的写作姿态:有小说《小姐你早》的目光如炬的冷峻;有散文《开会》的笔调犀利的幽默;有《怀念声名狼藉的日子》的痛快淋漓;当然还有那组情诗笔下洋溢的似水柔情……可当我亲眼看见她在家居生活中小鸟依人的柔弱模样,见到她种种熨帖细致、随和亲切的行止,我仍然有一份感动,更有一种说不出的欢喜。

未见池莉之前,我们的目光已经无数次地对接——我的手中握有好几种版本的《池莉文集》,除了办公室,家里也备了一套,还有一些最新出版、没能及时收进《池莉文集》里的单行本《生活秀》《怎么爱你也不够》及陆续推出的散文随笔集《熬至滴水成珠》《石头书》,等等。在文字中朝拜了经年累月的师长兼知友,一朝握手言欢,相与把盏,那排山倒海般的欢喜欣悦怎堪细说?

日光西斜,茶已喝入微醺时分。临别时,我用了当下使用频率较高的词,对池莉赞叹道:"气场太好啦!"

池莉微笑着补充说,还有茶好,水好,器皿好,一个也不能少!

(2008年完稿,2020年修订于三亚太阳湾柏悦酒店)

我的"红舞鞋"情结
——职场记事之一

1993年仲春,我去宜昌参加湖北少儿社主办的"第二届全国儿童文学编辑三峡年会",途经武汉中转,在湖北日报社招待所小憩时,与同去参会的秦文君女士不期而遇。

彼时我责编的《女生贾梅》刚出版不久,与作者秦文君女士还一直无缘见面。1991年全国儿童文学编辑年会筹备会议上,因素爱文君小说却无缘结识,我再三拜托儿童文学出版界大名鼎鼎、人脉广泛的刘健屏兄帮忙组稿。他果然未负厚望,十分神速地帮我拿到了《女生贾梅》书稿——此书自二十世纪九十年代初首版至今一直畅销不衰,发行各种版本不下千万册,成为名动四方、"双效"俱佳的少儿经典读物。

一读之下,那流转自如的幽默笔调、出神入化的儿童心理刻画以及零距离贴近少儿生活的精彩描写,让我对这部书稿爱不释手、细嚼慢咽,生怕失去那种佳作在握的难得享受——这也许是我们那一代经历过"文革"书荒落下的"毛病":好不容易觅得一本好书,谁都舍不得失去那种阅读快感,便会有意识地细细咂摸、反复品味。为此,我终生感铭健屏老兄的慷慨援手(尽管他后来一直痛悔不已,屡屡"忏悔"自己没把此稿截留下来,说是拱手让宝被单位领导训过好几回);感激文君从此开辟了我编辑生涯的崭新天地——此书获过中宣部"五个一工程"图书奖、中国图书奖、全国图书"金钥匙"奖等,并累计发行册数以千万计(因各种盗版无法统计)。这不论是在当时还是在如今,都不能不说是一个奇迹。

初次见面并未出现责编与作者相见甚欢的场面,连互通名姓的礼仪也全省去,可彼此间互致了十分隆重的注目礼:我见她拥被高卧,耳朵上挂着"随身听"悠然自得地欣赏音乐,对屋里蓦然闯入的来客仿佛全无知觉。这位才女虽无闭月羞花之容,但那长发飘逸、明眸流转间透出的洒脱灵动,让我为之一震。我待人接客一向热情活跃(职业习惯?),那天却被对方沉静淡定的气质所震慑,不敢造次多言。多年之后,文君如此戏说她当时对我的视觉印象:"一位身材挺拔、腰杆笔直的女子,迈着舞步节拍'咔咔'入室。其步伐之婀娜、节奏之悦耳(我怀疑是她的'随身听'效果造成的错觉),充分展示了来者的干练与活力……"

两人当下无话,后来近十日同船旅游中也无甚交往,偶尔在甲板相遇也只是会心一笑,便彼此擦肩而过。同行中有不少文君"粉丝",有心上前结识这位因"贾里贾梅"而声名鹊起的当红作家。但见她神情恬淡、寡言少语,便揣测其清高孤傲,难以接近。我对此说不以为然,连连摇头否定。《女生贾梅》编辑过程中,我约请文君撰写"后记"时再三告知她可以"不受字数限制,多谈谈自己的生活阅历和创作感受"。

文君确实为人随和、善解人意,二话不说很快就寄来了6000多字的"后记"。此书出版后,许多读者来信和专家评论都谈及"后记"留下的深刻印象。也是从这篇"后记"里,我得知了文君生活经历:十六岁时,弱不禁风的文君便扛着半人多高的行李,来到大兴安岭当了八年知青,做过锯木工、烧炉工、厨师、小学教员等近二十种工作,经历过大喜大悲的感情炼狱,积累了丰厚的写作素材和人生感受。由此,我对文君产生了未曾相见却已相知的理解认同。这次"三峡年会"意外相遇,我们虽然没有深叙,可已有一见如故之感。对她不爱交际、从容淡定的做派,我丝毫不觉诧异。

三峡尽兴一游后，会期便告结束。大家归心似箭，纷纷作鸟兽散。在武汉中转返程时分，我俩又住一室。一来二去的，我们交谈便多了起来。文君以小说成名，但她的散文随笔轻灵自如、诙谐机智，别有一种趣味，一直为我爱重。这次天赐良机，我便迫不及待地约请文君赐一散文书稿。估计文君那时写小说劲头正酣，听到要出版散文集先是诧异，但很快应允下来。于是，我又有了担任她第一本散文集《女孩船》责编的幸运。

从前，我看过一部名叫《红菱艳》的英国电影。剧中主人公是一位酷爱艺术的芭蕾舞演员，只要一穿上那双具有魔力的红舞鞋，她就会极度亢奋，进入一种超尘拔俗、忘却自我的境界。和文君的交往日渐稠密之后，我笑称自己对文君——不论是她的书稿还是为人，产生了"红舞鞋"情结，觉得自己有点像那位芭蕾舞演员，拿到文君书稿，便有几分着魔，就仿佛穿上了红舞鞋，编完一本又想编下一本；只要看到报刊上有文君的大作，马上就会想方设法把它编入下一本书。

那些年里，为了多方位地追踪文君创作情况，我每年都订一份《新民晚报》，那上面的"文学角""傻瓜相机"等栏目，常有文君的新作预告或作品发表。周围的朋友见此情形都取笑我"太过专情"。我未作解释，心想只有穿上这双"红舞鞋"翩翩起舞的人，才能体验那种特别的陶醉与快乐。果然，文君书稿我越编越难罢手，后来如滚雪球般又编辑出版了她的第二本散文集《谢谢你的沉默》，作为 2000 年出版的《海峡两岸名家亲情散文》丛书的压轴之卷。

1996 年，我向文君提出编辑出版工程量更大的五卷本《秦文君文集》。不想此事已有好几家"大牌"出版社找过文君。他们的出版实力以及给作者提供的待遇条件，当然不亚于我们。但文君听了我的编辑方案后，很快便签约付稿。我深知她的"友情出演"所赋予我的信任与支持。说实话，当初编辑出版洋洋百万字的《秦文君文集》，不仅是因为我个人宝爱文君作品，也想为和我一样喜爱文君作品的众多读者，提供一套比较完整的权威读本,免除他们搜寻查找之累,并未奢望它能赚钱、获奖。可奇迹偏又出现了:短短几年时间,《秦文君文集》已再版七次,累计发行20万册,连续多次在全国青春读物类图书排行榜上名列前茅,并且捧得了第四届国家图书奖提名奖,至于所获的全国、地区、省、市级奖杯已经难以计数。

与文君将近十载的合作交往,我始终兼具朋友与责编的双重身份。这期间当然免不了与文君有正襟危坐商谈签约的官方活动。此时,作为出版社代言人和权益维护者,职业本能要求我坚守原则;但多年的朋友情谊,更不允许我损害作者利益。文君这位地地道道的上海人,自有其精明干练。但她身上还有北方人(祖籍山东)特别的宽厚大气。碰到两人意见并不一致的时候,彼此都能开诚布公地发表各自看法,申明理由。所幸我俩素来是同多异少、互有默契,总愿意为对方着想,因而合作越多,友情也越深。相处越久,我便越来越深地领略到她善良侠义与才智超众的人格魅力,每次见面心中都会溢满愉悦之情。

"爱屋及乌"之下,我对她先生也颇有好感。有一次,她领我去家里做客,在大门外拿出钥匙时,又故做一脸严肃状问我:"我现在是否引狼入室了?"

我微笑回答:"好像正在开始。"

她马上连连摇手说道:"No！No！"此话一出,我俩忍不住放声大笑起来,令她家中夫君闻声而至,露出一副大惊失色的模样。看到此景,我俩更是乐不可支……

与文君相交如沐春风,令人欣欣然、飘飘然也!

(1998年完稿于曙光新村,2021年5月修订于书香苑)

护身符

圈里有熟人说我是唯心色彩较浓的人：相信冥冥之中有神灵，相信因果报应、自然风水，相信人际气场、面相之类；但也有人据此称我其实是个不折不扣的唯物主义者，我觉得他们说的都有道理。因为我一直深信：宇宙间的未知事物远远大于人类的认知范畴，它们的客观存在往往会在我们的意识范围之外。所以人们对这些未知事物有所敬畏（或是"迷信"），是情理之中的事情。

1994年间，我要去大洋彼岸探望做访问学者的老公，年过十岁的女儿哭哭啼啼地非跟着不可。也许是久已习惯了地球引力的支配，我觉得长途旅行乘飞机腾云驾雾的悬乎劲，实在不如脚踏实地坐火车来得安稳可靠。可这次漂洋过海偏偏只有飞机可乘，我一人冒些风险倒也罢了，带着爱女总有些嘀嘀咕咕不敢放心。

忽有一日，身处异地的秦文君打电话宣称：送我一件护身符上路！大喜过望之下，我顾不得客套推脱一下，便连声道好，约定下次去沪专取。放下电话后我有些愣神：我与文君神交虽久但相见不过一回。我因素爱此君小说，1992年托健屏兄辗转觅得她的长篇小说书稿《女生贾梅》。一读之下竟不忍释卷，深为惊叹其流转自如的幽默笔调及出神入化的心理描摹。彼时，这位握有如此生花妙笔、如此熟稔童心的才女，我还无缘一睹芳容。在《女生贾梅》出版前后一年多的时间里，我们都无缘相见。这期间倒是通过好些次电话和信函：只闻其声细软平和、言简意赅，全无名人口若悬河、气贯长虹之势，一派典型的江南女子口吻。再看来信，禁不住掩口而乐：字若黑豆、惜墨如金，雪白的信笺上只有寥寥数行，绝无平常女性絮叨之辞，这一点给我印象颇深。

文君这次相赠护身符，大出我的意料。想不到这位看似有些清傲之人，竟有如此古道热肠。以她如日中天的走红作家身份，想必知交满天下，何以如此心细如发、善解人意，在日行千里的笔耕辛劳中，慷慨解我"护身"之忧呢？去国登机前，我将文君所赠的护身符挂在爱女胸前。不知为何，我十分迷信这枚光润似玉、青碧莹莹的绿石，认定它挟文君的气场法力，必能佑护我们一路平安！

护身符，护生也。我这大半生一直无偿享用诸多朋友的呵护宠爱。每每遇到困境迷津踯躅不前、难以自拔之时，总有朋友的"法力"如祥云飞降而至，载我渡过一次次难关。因此，我一直将友情视为人生不可或缺的精神财宝。

在我的字典中，友情和爱情是一对功用相近但内涵不尽相同的近亲，友情的资历比爱情更为久远恒长：从牙牙学语的婴儿开始，我们就懂得渴求友爱之情。这种渴望不仅会延续一生一世，甚至可以说是越演越烈、超越了对爱情的期求。友情的品质还远比爱情纯正无邪，它排除了荷尔蒙的干扰，绝不以个人占有为动力，因而也就杜绝了自私排他的狭隘——这恰恰是爱情最为恼人的致命伤。此外，友情的疆域宽广远远超越了爱情的专属领地。它不分男女老幼、无问相貌地位，只要投缘契合，彼此看着顺眼提神便可结交，成为终生知己，绝不像爱情那般功利浅薄，不仅讲求"男才女貌"——现在有些已变味为"男财女貌"、门当户对了，还得反复权衡家产、地位、学历和外貌形象等诸多条件，让人感到形同交易一般。

最麻烦的是，爱情的滋味远比友情浓烈甜蜜，它承受的责任和负担也与友情存在云泥之差:友情不需山盟海誓,更不用爱得"死去活来",那些因爱生恨、以死相报的极端事件,从来与友情绝缘。"轻轻的我走了,正如我轻轻的来","我挥一挥衣袖,不带走一片云彩"——是说聚散有缘、离合无怨。有些朋友,无异于人生旅途里的驿站别亭,为你遮风避寒,供你继续前行的温暖和能量。待你峰回路转、奋马扬鞭重新踏上万里征程之时,他也许已经悄无声息地消失在茫茫人海。这种"君子之交淡如水"的友情,如行云流水般轻松自然,随形就势,不涉利益、全无计算,不必刻意经营,维系彼此的是一种带有理智色彩的感情——一种相悦相知的理解认同,是一份相聚时坦然说笑、分别后真切记挂的诚挚友爱。

我以为:如果把爱情比作波涛汹涌的大河,友谊就是清澈见底的溪流;如果把爱情比作三月盛开的鲜花,友谊则是四季常青的松柏。因此,我从来都把朋友看作人生最可靠的依托、最无价的珍宝。

前些天,一位多年未见的大学同学来访。但闻我笑声朗朗、不绝于耳,他大为不解:"咱们毕业已有二十多年,在这滚滚红尘、碌碌名利场上跌打磕绊,同学们早已是'旧貌换新颜'——不是当上持重稳健、喜怒不形于色的领导干部,就是变成了意气消沉的中老年人。你怎么还不长进,像不谙尘世、初心未泯的大学生那般笑声放肆、天真无邪呢?"

我一听此言,又禁不住拊掌大乐,不假思索地答道:"因为用纯正友情滋养出来的人生快乐,是终生不会变质的呀!"

(2022年7月修订于书香苑)

第三辑 谈女说男

与优秀男人为友

朋友在微信圈里转发了一篇文章,题目是《女人之间为什么不易有深刻的友谊》。我的答案是:"不可一概而论!真正优质的友谊不会有性别之分……"

我选择朋友向来只在乎是否优秀,从不关注其性别异同。记得哪位名人说过:真正优秀的灵魂都是雌雄同体!对此精见我甚为钦服:看看身边那帮优秀闺友,无一不具备男人刚毅顽强遇事能扛会打、逢难镇定有招的气概,令我倾慕有加、自愧弗如;而那些令人激赏的异性朋友,不仅拥有男人睿智豁达的特质,还富于女性细腻善感的优长。当然,不能否认,异性间的友情,更蕴含一种绵长的激情、一种甜蜜的况味。对此,我也毫无忌讳地宣称:人生短暂、好友难求,异性知交更是不能错过!

与优秀男人为友,最幸运的情形,莫过于嫁他为妻。即便千辛万苦费尽周折,即便情路坎坷婚约难践,哪怕苦苦等守经年不见,也不能轻言放弃!把这棵大树栽到自家园地里朝夕相伴,不仅能与赏心悦目的绿色美景时刻相守,还可筑巢引凤、呼风唤雨,帮您召来满园高朋胜友,将"谈笑有鸿儒,往来无白丁"的理想愿景变成生活现实。只可惜这样妙不可言的传奇好事,多在精心编织的文学作品和影视故事里存现。遇到现实版的概率,恐怕比中六合彩还难。

随着年月增长、阅历添加,关于优秀男人的理解与认知在不断地丰富变化。少年时期懵懂无知,眼中的优秀男孩就是被老师频频表扬的学业优生(比较单纯的条件);进入青春萌动期后,那标准好像发生了倾斜,有点自己也说不清、道不明的东西;至于处在感情沸腾期就更不好说了,"情人眼里出西施"——一千个女人有一千种模板。记得我年轻时关于男性的标准非常简单:有气魄、有个性、有担当、有情义,简称"四有"好男人。现在还想加上一条,有品位,那几乎就完美无缺了。

男人若是胸怀远大、本领过人,自然就会有气魄,即所谓"胸有鸿志气自华";而有个性,是指有自己与众不同的气质特点。千人一面、百花同香,没有自己的卓姿异态,难以让人过目不忘、萦绕于心。否则,天底下有本事的男人多了去,凭什么让人对你情有独钟呢?这也叫作个人魅力吧。

至于有担当、有情义,后者的意思容易明白,前者要稍稍多说几句:男人的担当是指那份比天大的责任、比山牢的承诺;是指挑得起大至国家、民族,小到社会、家庭的义务。这种担当还表现为危难时刻不退缩,"泰山崩于前而不变色",是一种敢为信仰舍生取义、视死如归的精神风范,是一种甘为情义鞠躬尽瘁、死而后已的诚信品质。我们大学同班缔结百年之好的夫妻寥寥可数,其中有一对,男方在学校时内敛不露,并未成为"网红"。毕业后考上了国字号学术机构,事业有成,著作等身,深得不少文学女生芳心。因为女方是同窗好友,我有点不放心,便私下"审问"那位男生,是否会闹"二次革命"。殊不知,他非常惊讶地反问我道:"男子汉大丈夫一诺千金,怎能轻言改变初心?"从此,我对他另眼相看。

本是"工农干部"家庭出身的孩子,开蒙之初遇上不讲求文明、不提倡读书的十年"文革",我们这拨孩子不要说接受过什么"性教育",像我这样生性愚钝的女生,连性别意识都很模糊。从小喜欢扎堆在男生圈子里玩耍,纯粹是觉得女孩子们玩的那些小把戏,远不如男生们"官兵捉强盗"过瘾。加上她们那股叽叽歪歪劲,让天生大大咧咧的我,觉得太啰唆麻烦。1977年恢复全国高考,有幸考入大学殿堂,发现同窗108名学子中女生只有区区16人。男生在数量上遥遥领先不说,其质量优势也不可小觑——几乎每门课程的优胜者,都非男生莫属。从此,再也不敢轻言什么"时代不同了,男女都一样"之类的豪言壮语。每逢大考遇到难题,便老老实实地向他们学习求教。

二十世纪七十年代的大学校址位于西郊,大伙周末进城买书购物,常常会到地处闹市区的我家歇脚就餐,打打牙祭。据说毕业多年之后,这些男生提及当年在我家吃过的"山东饺子",还"垂涎三尺"呢!我们那届毕业生,大多数都被分配到省市直属机关工作。踏入"官场"的男生个个都是壮志遄飞加埋头苦干,不久便受提拔重用,成为省市级领导的也不下数人。极少数进入文化学术机构的男生,很快也都成了行业领军人才。尽管身居高位、诸事缠身,可无论何时只要一声呼唤,他们都如祥云飞渡从天而降,援手领我重入坦途。2018年秋纪念入校四十周年的聚会上,我细数遍及全国的同窗诸君多年来对我的倾力相助,让在座者无不寂然动容。

到共青团省委工作六年后,我便毅然弃政从文,大半生从事文化出版职业。从案头编辑到负责策划选题、建设优秀作者队伍以及孵化育成"双效俱佳"的出版物,我始终将目光聚焦于发掘与寻找业界佼佼者,殚心竭虑地"征用"其优异成果,企图以此引领社会文化潮流与精神文明建设。这项"职业红利",让我有幸成为不少优秀异性创作成果的见证者和忠实知音,大大扩展和提升了自己的精神视界,让自己原本狭隘的人生见识得以极大的丰富与充实。这些"四有"优秀男人的卓越才华和精神风貌,已然构成了我人生中的珍稀宝藏和壮美景观。

我将这些新朋故友大致分为友善与友爱两大类项:前者"君子之交淡如水"——彼此欣赏善待、相处轻松单纯;后者情义俱重、彼此惜护有加,是在友善之上又增添了一种亲密关系、一份喜爱之情,可视若知己挚友。我们许多人都有这样的体验:与父母、与配偶不谈的隐秘往往会向挚友尽情倾诉。若是异性好友关系,可能还拥有更为丰富的内涵:兼具兄妹姐弟们的关怀信赖、夫妻恋人间的温暖依恋以及密友同好的默契和谐。这种友情是如此诚挚纯洁,它有着更为广阔的活动空间和更大的自由度,但绝不像恋人那般刻骨铭心、死活纠缠,也不像夫妇那样,将彼此约束在法律之剑守护的婚姻世界中,更无须如情人一般,让无法见光的私情深藏于晦暗之中。这份好友知己的关切友爱,已是一种超越普通亲情的奇珍异宝。

毋庸讳言,与婚姻之外的异性交友,多半会遭遇世俗方面的有关质疑,以及说大就大、说小便小的麻烦。而"君子坦荡荡"的优秀男人,确实拥有不同常人的明智、能耐——既能成功地把持自己、引领对方,又能轻松自如地掌控局面、拿捏得当;不让自己出现失态状况,也不会给对方增添烦恼。他们担当着社会公德与事业重任,还有家庭责任和朋友道义。维系彼此多年友情的是一种"发乎于情、止乎于礼"的道德默契,是一种难得相同的审美趣味与精神品质。

对我来说,能够拥有如此珍贵的异性友情,还有一个不可或缺的重要原因:我的异性好友也都是家中备受青睐的贵友嘉宾,与户主老公声气相投、互相看重。为此,我时常对夫君感叹:"真是'不是一家人,不进一家门!'咱俩的择友趣味也太高度一致了吧!"

(2022 年 3 月修订于书香苑)

寻觅优秀女人
——读毕淑敏《寻觅优秀的女人》

1998年,我与毕淑敏老师在台湾省女作家桂文亚作品研讨会上"偶然相遇"。其实这是一场处心积虑的安排:得知毕老师也来参会,我早早候在入口报到处,手中持有我责编的"处女作"——精装版《中国传统文化精粹丛书》作见面礼。

作为回赠,毕老师送我一本她的散文集《素面朝天》。按照阅读习惯我先翻开"后记",第一句话就深深打动了我:"我们都是鱼,在时间与人间的无涯激流中遨游。相撞的时候,需要彼此感觉温情。许多鱼生活过,又消失了,还原为晶莹的水。有一些鱼把带血的鳞片留下来晒干,作为鱼曾经存在过的证据。散文就是蕴涵切肤之痛的标本。心的运行是透明的,它的脚印被语言固定下来,就成了散文。"立意如此别出心杼,描述十分新颖鲜活,再往下读去更是唇齿生香。毕老师在"后记"的结尾写道:"我的文章就是我的手,它直率地伸向你——等着你阅读后的用力一握或是拒绝的叹息。无论怎样都好,我们已经相识。"

从此,我无比坚定、无比执拗地向她伸出了我的双手:"把您的作品赐给我们,我一定如拥抱婴儿般小心翼翼地呵护她。"从此以后,在力所能及的范围内,我十分仔细地拜读了毕老师各种版本的作品。读得越多,我的钦佩之情越加深厚。如今国内写散文的名家名篇早已是"千帆竞发、百舸争流",但这般文辞优雅别致、内涵深入浅出的佳作,却是一枝独秀尽得风流。她的佳作名篇入选中学教科书、民间口碑相传、荣膺各种文学奖项的难以计数,其中《寻觅优秀的女人》被我尤为称道、反复阅读,并复印分赠给遍布各地的女性好友——有志于对标优秀女人的同道者。

毕淑敏认同的优秀女人有"四大标签":"优秀女人首要该是善良;其次应该是智慧的",再次"还需要勇气",最后则是"美丽"。"之所以把善良排得唯此为大,是因为这个世界残酷太多。女人的善良是人类温情的源泉。"而"女性其实是极不易保持善良的",因为"她们遭受的屈辱多,她们自身的负担重"。"事实是,历经磨难而终不改善良本性的女人,像一道穿流污浊仍清澈见底的小溪,其实是很罕见的"。

至于"智慧",毕淑敏说得也很明了:"女人比男人更需要智慧,因为她们是更柔软的动物。"可惜的是,"女人难得智慧。她们多的是小聪明,乏的是大清醒。过多的脂粉模糊了她们的眼睛,狭隘的圈子拘谨了她们的想象。她们的嗅觉易在甜蜜的语言中迟钝,她们的脚步易在扑朔的路径中迷离"。毕淑敏说,与善良女人的数字同样"不敢高估","智慧的女人通常比我们的想象要少"。

在我看来,随着时代进步,女人受教育程度和长见识的概率越来越高,参与社会活动提高自身才干的平台越来越多、越来越大,她们的智慧正在迅猛增长,抵抗侵害、保有"善良"本色的能量也越来越强大了。我对此颇有信心。

值得一说的是"勇气"。通常来说,"勇气"之类词语向来是对男人而言,如"勇夫""勇士"专指男人,"勇敢""勇猛""骁勇"等等形容词,基本上也属男人专利。古往今来,对女人的要求多是"温良恭俭让","勇气"是她们的短板和弱项。有人解释说,这是因为女人不论是生理,还是心理素质都要比男人脆弱许多。毕淑敏也说:"女人天生胆小,就像含羞草乐意把叶子合起来一样。你不能苛求她们。"所以,将"勇气"作为优秀女人的必选项,看来似乎有点难以企及。可是"在这颗小小的星球上,什么矛盾都不存在了,男人和女人的矛盾依然欣欣向荣。假如你是一个优秀的女人,无论你朝哪个领域航行,或迟或早你将遭遇这个世界上最优秀的男人。当你不如一个男人的时候,他会宽宏大量地帮助你,当你超过一个男人的时候,他会格外认真地对抗你"。

在依然是男权中心的现实社会,处于弱势的女性群体尤其需要淬炼双倍的"勇气",才能承受职场上强悍十倍(甚至数十倍)的"男权话语权"压迫,才能担当"保姆式妻子、丧偶式育儿"的家庭重任。"为母则刚"说的正是比起孔武有力的男人,身单力薄的女性在养育儿女成长、佑护家庭安全上,具备了更多更强的勇敢坚毅。毕淑敏犀利地指出:"不要奢望有一处干燥的麦秸可供你依傍,不要总在街上寻找古旧的屋檐避雨。""善良的智慧的有勇气的女人要敢在黑暗的旷野独自唱着歌走路,要敢在没有桥没有船也没有乌鸦的野渡口,像美人鱼一般泅过河。"

她的"勇敢"之说,让我想起女儿十七岁独闯夜幕深重下荒径小路的情形。那是2001年她第一次离家入学北京广播学院,每天晚自习下课回寝室,必得走过一条没有任何照明的深长黑巷。记得她带着哭腔对我诉说"实在不敢独自走过"的恐惧,我趁出差机会深夜里专门到实地考察后,深感为母的无助无奈,每天夜晚都得等到她进入寝室发来电话讯息才能安心。据我所知,敢于"独自在黑暗的旷野走路"的女性并不多见,善良、聪明而又能像男人一般勇敢无畏、百折不挠的女人,比如晚清女英雄秋瑾那样的优秀女人,大概几百年才会出一个。而能同时将善良、智慧、勇气和美丽集于一身的优秀女人,几乎就是国宝级人物了。

优秀女人最后一个不可或缺的条件就是"美丽"。而关于美丽的解读,不论是从异性还是同性的眼光看来,一千个人会有一千个说法。毕老师给出了这样三个关键词:"和谐""柔和""持久"。"美丽的女人首先是和谐的。面容的和谐,体态的和谐,灵与肉的和谐。美丽其次应该是柔和的。美丽的女人应该是持久的。美丽的女人少年时像露水一样纯洁,青年时像白桦一样蓬勃,中年时像麦穗一样端庄,老年时像河流的入海口,舒缓而磅礴。美丽的女人经得起时间的推敲。时间不是美丽女人的敌人,而只是美丽的代理人。它让美丽在不同的时刻呈现不同的状态,从单纯走向深邃。"

毕老师对"美丽"的诠释由表及里,从内到外,表里合一,内外兼修,是"善良"与"智慧"的集大成者,是现实生活的传奇版本。

重读毕淑敏《寻觅优秀的女人》的过程中,不断收到众多女友阅读此文的心得分享。她们在毕淑敏树立的"四大标准"旗帜下,聚集起了越来越长的队伍。

寻觅自己成为优秀女人的正道人生及其相随同行者,寻觅生命自身的存在价值与性别光彩,是毕淑敏这篇佳作为我们绘制出的人生圭臬和前进旗帜,它引领我们在生命征途中踔力奋发,笃行不怠,焕发女性的美好风华与别样精彩。

(2010年完稿于翡翠园)

女人一恋爱,上帝就发笑

网络上流行一时的金句比比皆是,其中不乏一些精彩之笔,耐人寻味,如:"女人婚姻里的泪水,多半是恋爱时的脑子进水。"第一次听到闺蜜转述这句话时,我沉吟了半晌,仿佛突然间看到她平日不肯多说的婚姻黑洞。

此话放到朋友圈里,很快收割了女友们一大片喝彩。闺蜜在我们这圈女友中颜值最高、智商最棒,是标准的才貌双馨美人,上学伊始便荣膺"校花"美誉。因出门在外"回头率"太高,每每上街必得拉上我们或家人做伴"保驾"。进入二十世纪七十年代花季时节,更是屡屡遭遇一帮子出身"高干子弟"前仆后继的"围追堵截"。她情有独钟的却是一位"家庭出身不好"的外地下放知青。两人情投意合,两地书信鸿雁频飞。殊不知返城回乡后,他母亲嫌弃闺蜜学历不高,坚决反对两人交往。男孩难抗母命,就悄然退场了。闺蜜后面的几次恋爱,都是在"吃瓜群众"额手称庆、待领喜帖时,忽然平地响雷无疾而终。经此情场起起落落,只有初中文化程度的闺蜜饮胆尝血咬牙恶补,日日闻鸡起舞、夜夜挑灯苦修,在工作之余读完"电大"、考上名校研究生,成为名校哲学专业的高才生。如今每遇女友们吐槽情场恩怨之时,闺蜜便会慢悠悠冒出一句"疑似名言":"女人一恋爱,上帝就发笑。"

此话原为"人类一思索,上帝就发笑",出自一犹太谚语。1895年5月,捷克作家米兰·昆德拉在获耶路撒冷文学奖颁奖典礼上发表演讲词,用它来表达自己的人生感悟:人类原本卑微渺小,却偏偏喜欢自作聪明,自以为是。其实他们思考越多,就越是容易深陷误区、远离真理。

闺蜜套用此话的意思是说:女人一旦"开恋",直线飙升的荷尔蒙便如同黑客开始攻击头脑,让正常思维程序遭受破坏、情感判断系统发生颠覆,出现智商下降、视力偏差等"恋爱综合征",成为想入非非的"多情控"和"恋爱脑",以为世间的爱情都是天荒地老亘古不变,愿意为之倾其所有乃至奉献生命。那些"山无棱,江水为竭,冬雷震震,夏雨雪。天地合,乃敢与君绝"的感人誓言,那些中外文学名著中女主人公,如安娜·卡列尼娜、茶花女、简·爱、斯嘉丽、爱玛、玛特尔、白素贞、祝英台、林黛玉、杜十娘、刘兰芝、崔莺莺、杜丽娘、李香君等等,她们"如飞蛾之赴火,岂焚身之可吝"的爱情故事,都是甘为爱情理想赴汤蹈火的精神写照。

女作家池莉说得很妙:"只有爱情才会让人发昏,女人一旦爱到昏了,就会甘愿守住自己的男人。"她们哪里知道,猎奇求新是雄性动物的本能,喜新厌旧乃世间男人的天性。"橘生南国为橘,生北国则为枳",被女人视作人生至宝、无上幸福的爱情,对于身心构造与人生追求大为不同的男人来说,不过是一种附着于功名利禄的俗世享受,哪有什么"海枯石烂千年不渝"之说?中外名著中描写的那些爱情悲剧,哪个不是以"痴情女子负心汉"的结局收场?作者笔下那些薄情寡义的男主人公,尽是一伙虚伪自私、懦弱无良的"冷血郎"。

《红楼梦》里贾宝玉说:"天地间灵淑之气,只钟于女人,男儿们不过是些渣滓浊物而已,女儿是水做的骨肉,男子是泥做的骨肉,我见了女儿便清爽,见了男子便觉浊臭逼人。"作者曹雪芹借宝玉偏激犀利的口吻,道出了尘世男女本质云泥有别的真知灼见,赢得众多读者的击掌称道。只可惜被"爱情病毒"侵蚀了大脑的女人,在爱情选择上舛错百出却浑然不知。无所不知的上帝,尽管早已勘破男女爱情的不同底牌,对如此情迷智昏、"病入膏肓"的痴愚女人却无计可施,唯有付之以宽厚一笑……

有位著名诗人说得好:"求爱的人比被爱的人更加神圣,因为神在求爱的人那儿,不在被爱的人那儿。"我们没有理由轻视恋爱女人的痴情执迷。对于她们来说,之前所有的人生经历,仿佛都是一种为爱情献身的准备;而此后所有的跋涉,都会因为有了爱的支撑而无惧艰辛、孜孜不倦。她们这种不计成败乐于奉献、无问得失敢于牺牲的精神,给这个太过功利与现实的世俗社会,给许多日益缺氧的心灵,注入了无比清新健康的新鲜空气,也为那些为功名利禄奔波劳累的男人,铺设了一席驱乏释压的休憩之地。我们确实应当向这样的"求爱者"表示崇高敬意和感激。

"人无癖不可与之交,以其无深情也。人无疵不可与之交,以其无真气也"(张岱《陶庵梦忆》)。对于恋爱女人的痴迷不悟、款款深情,一向不苟言笑的上帝从无求全责备之意,更不会致以微词嘲笑。他最多只是在哭笑不得的间隙里,发出智者的善意微笑。

(2003年完稿于翡翠园,2022年11月修订于北京橡树湾)

女友如云

上个月在上海虹桥机场候机时,收到一则匿名短信,开场直呼我儿时乳名。我知道这一定是个知根知底的老朋友了。他(她?)在短信中说:明天要动身去澳大利亚,从那儿转机到一个非洲岛国萨瓦利那。最后一句话吓了我一大跳:"如果不出意外的话,一年以后我们再见面吧!"

既是老朋友出远门,哪能置若罔闻?可是又不好意思打电话过去询问尊姓大名(那岂不让老朋友寒心)。多亏另一位女友告诉我底细,原来确实是我们年轻时的好友,早已去外地工作,现在打算远渡重洋去和她的现任老公团圆。

提及这位女友,我便有不少感慨。她是我们女友圈里性格热情奔放的美女之一,结婚不久后爱上了她老公的好友,便向丈夫坦言直告,投奔情人而去。想不到那个"登徒子"根本就是"叶公好龙"(其实还应加上好色)之徒,早先拼命勾引良家妇女,又是赋诗又是作画的大献殷勤,不过是想私下里揩揩油水占些女人的便宜。想不到我们这位纯情女友竟然会动真格的了——舍弃了自己原本幸福甜蜜的婚姻追随而至。他这才慌了神,立马就逃之夭夭了。女友伤痛气绝之下去了遥远的大洋彼岸。我没想到二十年后,她居然重蹈覆辙,又是为了一个什么男人去了更加遥远的大洋彼岸,不知道这一次她的"桃花运"如何,只有暗暗为她祈福了。

我的不少女友都有一番曲折的情感经历，她们的人生行踪也随之飘忽不定——总是把自己的命运捆绑在爱情上面，就像飞蛾扑火一般，若是心爱的男人在悬崖绝壁之上，她们也会奋不顾身地追随而去，即便粉身碎骨也在所不惜。这位女友原本和我们一起在家乡生长、工作、成家，彼此间无话不说、形同姊妹。二十年前送她远走异乡的情形尚且历历在目，如今她又是为情所驱，独身一人远去异国漂泊。我没有想到她竟然会如此执着迷误，激情如此恒久不衰、百折不挠，不由得暗自唏嘘不已、感慨良多。

也许是生性太活泼，我从小就喜欢往人多的地方跑。加上杂书看多了，我一直很向往那种交游满天下的友情——不论男女老少只要投缘就行。当然，受种种条件限制，与异性朋友的交往不算很多。可女友们倒是风起云涌一般，一波接着一波。从小学到大学读了十六年书，自觉在学业上乏善可陈，可朋友结交了一批又一批。加上后来职业生涯中南来北往的朋友，确实让我拥有了一份丰厚的友谊财富。

和异性朋友不大常见面，但女友们就不同了，不管她们在哪儿，我都能"招之即来"。实在抽不开身时，我们就大煲电话粥，一直煲到电话线发热为止。不承想到了谈婚论嫁的年龄，从前这一大帮子女友，眨眼之间就作鸟兽散，各投其"主"去了。这原本也是大自然的规律，无可厚非。只不过她们中不少人的"另一半"实在不太靠谱，让我眼睁睁地看着那些女友们的一腔衷情付诸东流。

从前如云团般聚集一处的女友如今已如浮云一般飘散开去，天各一方了。当然，她们也不是清一色的"为爱情流浪"或是"被爱情放逐"，也有不少是胸存壮志、图谋大业的巾帼英雄。不知为什么，她们中间凡是立志创业（事业和学业）、发愤进取的，都是"种瓜得瓜、种豆得豆"，成就了自己的理想；凡是一心追索爱情理想的，则是有人欢喜有人愁——嫁的嫁、离（婚）的离，运气大不相同。

现在,每次送身边的"爱情发烧友"远去他乡,我都忍不住会有一番疑虑:女友们如浮云般追逐的爱情究竟是什么?在如今这个瞬息万变的社会中,究竟什么样的异性感情才是靠谱的,值得我的那些痴情女友托付终身呢?

(2003年完稿于翡翠园)

傻大姐说傻

年轻时常听人说"傻人有傻福",非常不以为然,觉得这是阿Q"精神胜利法",是"傻人"们的自我安慰。正当血气方刚、自命不凡年龄之时,我们喜欢吟诵"可上九天揽月,可下五洋捉鳖"的伟人诗词;大家欣赏的是"仰天大笑出门去,我辈岂是蓬蒿人"的豪放气概。哪能理解"傻人有傻福"的含义,哪里肯把自己和"傻人"划在一路人里。

不料,一次大学同学聚会,一位男生直言不讳地说,他觉得我在大学时就有点"傻大姐"味道。言下之意,好像我至今还是傻气十足的人。乍听之下,我甚觉不爽。后来仔细想想我从小到大的种种行止,傻得不透气的事实在太多了。比如,在物资极其匮乏的二十世纪六十年代初期,家里好不容易得了一斤水果糖。外婆东藏一点西掖一处,生怕我们兄妹几人一下子吃个精光。谁知道被我发现后就把那如贡品般稀罕的糖果,全都偷出去分给小伙伴们"共产"了。这件事被我爸写进家庭"大事记"中,作为我人生第一次"重大劣迹"记录在案。其实老爸大人哪里知道,家里损失的物品早已远远超过了那堆糖果——在我们这帮小孩子中间,从家中往外输送各种东西以供大伙瓜分的任务,基本上都是我这傻大姐承担的。那时候,我父母分别是食品公司和果品公司的领导,用现在时髦话说"具有资源优势",所以给我"做家贼"提供了先天条件。

我生平做过的最大傻事是大学期间,把一位打上校门来控告男方"始乱终弃"的"准妻子",请到家中来好饭好菜款待——以为她是囊中羞涩的农村人,还以好言好语相劝——向她宣传恩格斯"没有爱情的婚姻是不道德的婚姻"的思想观点(现在看来,我是"哪壶不开提哪壶",有点愚不可及)。

当时恰逢十年"文革"结束,国内思想解放运动刚刚开始。我们这群有幸成为恢复高考后入学的首批大学生,犹如久旱逢甘霖,尽情吮吸着国内思想文化领域的各种新思潮、新观念。记得那时《十月》杂志发表一部中篇小说《公开的情书》,在我们中文系里引发了一场"高强度地震"。尤其是那些已有了"婚约"或"婚史"的男生,开始重新审视自己的婚恋状况,大有立志革新、改换门庭的豪情壮举。

这位原"准妻子"得知男方的"革新"计划后,连夜赶赴学校来"戡乱"。男方是我们眼中才华横溢的准诗人,在乡下务农期间与她结下情缘。在这次"思想大解放运动"中,他决然要与那位"准妻子"解除婚约,当时班里不少同学都非常理解和支持他"革新"。我好意帮忙安排他的"准妻子"生活食宿,劝慰他们缔结"有爱情的婚姻",原本以为她定会理解我这一番坦荡无私的善意。万万没有想到,那位"准妻子"在我安排的住处吃喝拉撒睡,享受了二十多天免费款待后,居然向校方举报说我就是那个破坏他们成婚的"罪魁祸首"和"第三者"。要不是我们班主任深明大义,义正词严地驳回了她所列举的"疑点问题",我险些就得吃上一回被"口诛笔伐加处分"的冤枉官司了。这件事情理所当然地成为大家嘲笑我是"傻大姐"的确凿证据。

女友圈里我的智商和情商也是最差的。以找对象这件事为例:我们中间长相最漂亮的美女,一向声称"绝不考虑家庭条件差的子弟";学习成绩最好的那位一口咬定"非高智商者不嫁";而向来脾气最随和的一位,则毫不随和地坚持,男方的忠诚指数必须达到"唯她马首是瞻",指东绝不向西;只有我傻乎乎地说找老公要"跟着感觉走,条件无所谓",完全是一派天真烂漫、缺乏理性的低能表现。

后来我们几人果然都按照既定方针出嫁:"美女"前后谈婚论嫁的几个人选都是高干人家,最后嫁进了有门卫把守的高墙大院;学习最好的配上了"高智商的佼佼者";好脾气女友终于找到了"唯她马首是瞻"的标配夫君,终日洋溢着掩藏不住的甜蜜。只有我,傻不叽歪地婉拒了老师介绍的一位"有海外关系的青年才俊"。二十世纪八十年代初期的"海外关系",是许多女孩趋之若鹜的"金饽饽"。可是我却不识时务地放了那"青年才俊"的"鸽子"——在老师约见相亲的时间里不肯露面。原因很简单,那时候外国小说里的浪漫爱情故事读多了,不肯接受这种说媒拉纤的庸俗方式。不料"冤家路窄",后来在图书馆翻阅专业资料时,偶然看到了那位"青年才俊"的文章。读完之后钦佩不已,又全然不顾当初无礼失约的"清高",自降门槛主动聘请他做毕业论文指导老师,做了一回"吃回头草"的傻大姐。

我的婚姻也犯了名人所说的大忌:"千万不要走进崇拜者的生活中去!"由盲目崇拜而掉进婚姻陷阱之后,我完全忘记了大学毕业时立下的考研雄心,一心一意地以家庭和丈夫的事业为重,将从前喜游历爱交往的习性一一收敛起来。二十多年来,任劳却不能任怨地主动包揽下了家里所有事务。除了落下了相夫教子的"贤妻"空名外,最大的成果就是把老公惯成了"油瓶倒了也不扶"的家务懒汉。

大半生走下来,做傻人的运道与优劣祸福已看得分明:缺心眼、少算计的傻乎乎性情,自然与高官、富商无缘。我们七八级中文系同窗,凡入公务员行列的90%以上都成了厅级干部,不像我当年一意孤行,从政治前程锦绣繁荣的团省委机关,跑到清汤寡水的出版社做编书匠,成为专门扶持别人开花结果的"绿叶花枝"。我在家庭生活里也是抓小放大、倒置本末,一心张罗柴米油盐酱醋茶,却不知道管理财政收支及户主工资卡、私房钱,结婚至今都没见过老公的工资卡长啥模样,一味放任他撒钱乱买闲品旧物。此等傻事一直成为女友们的笑料,如此等等,不胜枚举。

失之东隅,收之桑榆。未获荣华富贵,却结通财之谊:穿开裆裤时的发小,无论风雨险阻,一生携我而行;当年大学校园出手助人的"笑料",在同学圈里收获了"善良侠义"的一片美誉;至于放任户主倒腾的那些破旧之物,据说其中藏有"捡漏"之宝,实为意外之财。

不过,户主被宠坏的"懒惰恶习"却是积重难返,至今让人挠头。好在傻大姐我心态阳光,向来不喜纠结小事。既然大家都认为好做傻事的人多是善良之辈,便自我感觉良好。虽有"善良是无用的别名"一说,但觉"无用"者,无害他人也,顶多自己鲜能获益而已;况且知道自己"无用"也能有所警醒、奋起直追,富于励志意味,怎么说也不算太大毛病吧?

平心而论,在我两三年前的人生辞典中,还查不到"傻大姐"这样的自我评语。在我们刚开始阅读人生这本大书的青少年时期,有谁不对未来充满美好憧憬和无限向往?有谁不曾幻想成为"春意闹枝头"万众瞩目的鲜花硕果?只有到如今已翻阅过生活大半篇章、走过了人生大半旅途之后,我们才甘愿承认:绝大多数人都是在命运安排的那块土壤中,做着一棵默默无闻的小草。而那极少数光耀夺目的艺术巨匠、豪富名家,都在为自己的高光亮彩付出不菲代价。在他们人人称羡的耀目光环背后,必定会有难为人知的阴影相随。

在看清了这一真相以后,我甘于和乐于做一个被大家一致认为的"傻大姐",继续"傻"并快乐着。

(1995年完稿于曙光新村,2022年修订于北京橡树湾)

女儿立立五岁在北京十三陵水库

2024年立立在西藏林芝

倾情讲解·2019年立立携女同游佛罗伦萨乌菲齐艺术博物馆

悉心陪护·2018年母女同乐合肥天鹅湖公园

陪外婆过生日·20个月的外孙女悠悠上黄山

2020年9月悠悠入读北京艾毅幼儿园

创新自娱·2021年悠悠在三亚太阳湾

专注作画·2022年悠悠在北京文化产业园写生

妇唱夫不随

S君是我们大学同班好友,为人豪爽热情、乐善好施,尤其爱帮女生干活,因此深得女人缘。"送人玫瑰,手有余香",他因此娶到一位同系女生为妻。贤妻给政治上素无野心的S君带来好运:他很顺利地从小职员一路迁升,在一个很红火的单位任职。从此,他周旋于三教九流之间,混迹在"声色犬马"的场合,"基本上不在家用餐,节假日也难见人影。手机里经常有措辞肉麻的短信,一看就知道是年轻女孩子的口吻。"他的太太三番五次地向我诉苦。

虽然知道此君爱和女性交往,但我深信他"底线"意识很强,也绝非拈花惹草之徒,更不会做出什么"红杏出墙"的事情,便劝慰她不必为此焦虑不安,实在不行就找他好好谈谈。

"谈过好几次了,他每次都答应好好的,可照做不误。男人为什么不听话呢?"S太太的抱怨与烦恼,代表了许多婚姻女性的共同感受。恋爱感受与婚姻现实的巨大差别,不同的原生家庭、生活经历和文化背景造就的先天差异,成为横亘在婚姻征途里的险隘狭关。指望老公的思想意愿、情绪感受与自己如出一辙,几乎就是天方夜谭。

在现实生活中,我们不是没见过像奴才一般唯唯诺诺、言听计从的听话男人。事实证明:他们听话的程度与感情并不成正比,日后反目成仇、变为凶神恶煞的概率,一点也不比那些不听话的男人们低。所谓"小人同而不和",揭示的正是小人为利益所驱,窝藏毫无认同之心,却一味逢迎他人、附和异议的投机本相。

据我观察,男人在特定情况下,也会做出"小人"俯首帖耳乖乖听命的样子,甚至对方"指鹿为马",他也绝不表示异议:那多是在想要赢取女人芳心,有意将她收为"囊中之物"之时。那副鞍前马后趋之若鹜的模样,会让被爱情冲昏脑壳的女人以为他已被自己收入麾下,"洗手作羹汤",再无不从之心。其实,这完全是女人一厢情愿的主观愿望,是缺乏对男人基本认识的一大误区。

男人通常比女人任重道远,这既是千年以来历史形成的积习惯例,也是现实人生赋予他们的社会角色——传宗接代、养家糊口,甚至光宗耀祖,都成了他们天经地义的职责。如果说人生是战场,那男人们就得是冲杀在第一线的敢死队、先遣军。不仅如此,他们还得担当起总指挥、作战军师等所有胜负决斗的角色。因此,他们不仅要勇敢无畏,更得会深谋远虑;不仅能世事洞明,还得会人情练达。不论前行道路多么艰辛困苦,不论奋斗条件多么艰苦卓绝,他们都得咬紧牙关勇往直前。否则,他们会成为众人耻笑的懦夫。背负着如此重任的男人哪有闲情逸致,把感情当成至高无上的事业。他们视野中的关注焦点及头脑里的运转程序,当然与"卿卿我我"相去甚远。不能明白就里的妻子(或爱人),如果忽略了这一事实,就会阻断了双方交流思想、对齐观点的重要通道。

中国人有一句挂在嘴边的老话,叫作"头发长见识短",表明了大多数人对于女人的评价。男人圈里有句流行语叫作"好男不跟女斗",更是露骨地表达了他们轻视女人的共识。日常生活中,更能常常听到人们把那些肤浅可笑的主意称为"妇人之见"。因此,男人当然不会对女人言听计从——除非碰上两人意见正好完全一致。

事实证明,我们的 S 君,虽然几十年不变地"不爱听话",在女人圈里转悠,但始终也没有传过一丝绯闻。"假想敌"纯属子虚乌有,太太终于偃旗息鼓,噤口不言了。像S君这样"处(出)污泥而不染"的好男人,属于定力强大、初心不渝的"珍稀品种"。S太太操心过度,口舌聒噪,硬要老公成为她"抗敌(而且是假想敌)同盟军",惹得老公心烦事小,把大好年华的自己过成了深宫怨妇一般,实在太冤!我家新近请来一位皖南山区的阿姨,性情温善淳朴,初中肄业文化程度。今年三八节她老公专门给她发了个"1314"的红包,她解说这是"一生一世爱你"的意思。我向她询问"老公是否听话",不料她的回答十分干脆:"那不可能!他也不是窝囊废!平常我很少说(指责)他。"我瞬间大悟:原来夫妻相处如此简单——松弛有道,不偏不倚,给对方多大空间,就能让自己得到多大(甚至更大)空间。这位阿姨识书不多,却秉"无为而治"的待人之道,深得老公及众多亲友喜爱。

看来,孔子两千多年前说的"君子和而不同,小人同而不和",及由此衍生的流行语"和而不同、美美与共",不仅是人生畅行、事业发展的金言,也同样适用于咱们构建和谐婚姻家庭。就此奉劝诸位常因男人不听话而苦恼的女人,不妨做一次逆向思考,先问问自己:我的要求是否合理?如果自己心里没底,完全可以"不耻下问",诚邀对方坦言相告。或许你们的问题就此化解,相视一笑百怨消。倘若这次探询变成相互开撕,不欢而散,就需要冷静检视一下彼此的差异大小。只要不是"三观"严重冲突,生活河流能够继续畅行,最省心的做法就是"不管风吹浪打,胜似闲庭信步"!千万别给自己添堵!

当然,如果出现了"底线"完全不同、"三观"无法对齐的根本差异,那就是"夏虫不可语冰"了,此文不赘也罢。

(1995年完稿,2021年修订于北京麦子店)

"千金难买早知道"

"千金难买早知道",是我外婆诸多警世箴言里说得最多的一句。

我生来愚钝,从小到大做过的蠢事、傻事"罄竹难书",每每因此后悔不迭万分沮丧时,外婆便用这句话来宽慰排解我的烦恼。

我的外婆善良温和,命运多舛,饱经人间凄苦,洞明人情世事,虽然一字不识,却有着超人心智和很高的语言天赋,我常夸她无师自通,是"高手在民间"的"语言大师"。在我高中毕业成为"留城待业青年"后不久,外婆突发脑溢血撒手人寰,让我在痛失生命挚爱和人生导师的余生,越来越多地体会了她这句金言的深切内涵。

第一次"重大事故"发生在我上大学期间:当年班上有位"诗人"男生务农时,和一位回乡女青年订了婚。二十世纪七十年代末的大学校园,改革开放初期的各种新思想、新潮流风起云涌,让他眼界大开,立志图新革旧,遂向未婚妻提出退婚。可那女人不依不饶,一直打上门来,待在学校里不肯走,扬言不办结婚手续誓不罢休,弄得满城风雨无人不知。我那时对男女情爱之事"无知无觉",闻知他二人苦衷都很同情,见那女人无处收留,居然好心将她领到我家里来管吃管喝,住了不少日子。谁知那女人一边住在我家里吃香喝辣的,一边私下把我作为"第三者"告到了校方。她提出的唯一论据,就是我接待她十分热忱,认定我是"因为心中有鬼才会这样殷勤接待"。那时候的学校将这些"生活作风问题"视作洪水猛兽,责令当事人立即停学检查,尽快与那女人办结婚登记手续,否则就要开除学籍发配原籍回去种田。班上女生大多书生气十足,纷纷感到愤愤不平:"强拧的瓜尚且不甜,生拉硬扯的夫妻岂能幸福?"其中有位对诗人倾心已久的女生索性挺身而出,表示"宁可丢掉学籍陪他回乡种田,也不会屈从于那女子和学校的压力"。

万万没有想到的是,正当我们振臂欢呼"生命诚可贵,爱情价更高"的浪漫口号之时,那位一向清高狷介的诗人男生却缴械投降——乖乖领着那女人办了结婚手续。据说班上绝大多数男生都劝他"不能因小失大,自毁前程",说是"爱情诚可贵,学籍价更高"——与我们这帮子女生唱起反调。

这下轮到我们女生发呆了,这才知道男人的价值观与着眼点与咱们截然不同,他们天生就具备务实精神和清醒头脑,那种因情害利、影响大好前程的糊涂事压根就不会沾边。女生们后来纷纷大呼:"早知今日何必当初?"不如一边待着去了。

人人都说婚姻乃关乎几代的人生大事,可称得上百年大计。偏偏我对此浑然无知,既无预判心智,又缺"场外指导",将它整成一部"盲人骑瞎马"的"历险记"。我的老公当年是我们中文系外聘的毕业论文指导老师,被安排辅导我的毕业论文。一来二去的教学过程中,日益得吾芳心。见那准老公勤奋能干,学识才华远在我辈之上,我满心以为这样志同道合、琴瑟互补的婚姻,定是双双携手并进、比翼齐飞。

殊不知婚姻真相彻底颠覆了我的认知:柴米油盐浆洗缝补的庸常烦琐,日渐销蚀了花前月下的诗情画意。短暂的两人时光里,我发现老公整日沉浸在自己的笔墨世界"乐不思蜀",毫不关心家务劳动,还一个劲地宣称"此生独不爱家务",让我啼笑皆非、连连叫苦。婚后一年宝宝不期而至,看到他在产房陪夜的工夫里都在埋头著述,我彻底放弃了申报在职研究生的美梦。除了无法压缩的睡眠之外,我每日所有时间几乎都被工作和家务消耗殆尽。

老公从事文学研究专业无须打卡坐班,按说比常人有更多些时间帮忙家务,偏偏他的志趣雄心全都孤注一掷在笔墨书本之中,每日如老僧打坐般心无旁骛,牢牢盯在书卷之间。有一次让他帮忙看护女儿入睡,想不到他看着看着开始手脚并用,边发力脚蹬晃动摇篮,边手不释卷盯着书本。我在厨房里忙得不可开交,忽然间就听到女儿号啕大哭起来。飞奔过去一看,我顿时泪奔如流,原来她爹不知不觉中发力过猛,将女儿从摇篮中倾翻——头顶倒立在地,两脚直立朝天,夹在摇篮与墙体之间动弹不得。这幅场景顿时让我惊恐万状,瞬间情绪失控、雷霆爆发,从此深悔自己对婚姻的认知谬误多多。

一日翻到题为"做女人不可不知的十条法典"一文,对照一下我的所作所为,与文中每条都背道而驰。检视婚姻与人生的种种挫折,我终于明白其缘由大半起于对异性认识的浅薄无知,对婚姻认识存在极大误区。确切地说,我压根儿就不了解,也从不知道要去了解男人。

作为女性,我忽略了男人能量的开发与使用远远早于女人的历史事实,也忽略了整个社会大都是由男人来掌控话语权的现实。他们是高悬于女人头上的双刃剑,既可成为终身依托或良师益友,也可能成为人生旅途中的惊天地雷或拦路关卡。女人的事业能否欣欣向荣、不断前进,人生能否平安顺遂、功德圆满,在一定的意义上说,其实离不开主宰这个社会的操盘手和发言人——我们"可敬亦可畏"的男人。

如今与身边亲友闺蜜交流婚姻状况,听到共鸣度最高的感慨就是"对男人了解太少"。这下轮到我做智者状,搬出外婆那句颠扑不破"千金难买早知道"的金玉良言。

确实,天下之大,"生而知之"如孔子圣贤者寥若晨星。"学而知之"才是我等平凡众生释疑解惑、求索事物真相的不二法门。

回看人类历史发展，大到国家民族、小至团体个人，无一不是在对自然界从无到有的认知中，在科技不断刷新蒙昧的历史进程中取得长足进步。"失败是成功之母""不经风雨，怎见彩虹""亡羊补牢，未为迟也"这些耳熟能详的金句格言，向我们昭示的正是无知与真理、挫折和成功的辩证关系与必然联系。

无知让我们懂得求索真知，偏见教训我们努力修为，失败挫折激发有志者斗志。从这个角度来说，我们的人生败于无知，亦成于无知之败后的奋发向上。"吃一堑长一智""经一事明一理"，学会及时总结经验教训，努力做到"后知后觉"，才是我们的唯一出路吧。

（2021年修订于书香苑）

同行未必同路人

和男人相比,女人在世上的活动空间少了许多,与男人绝对不可同日而语,他们在人类漫长的文明发展史上开疆拓土,浴血奋战,早已成为主宰社会各个领域的霸主。所以说,女人们不论走到哪块地盘,都无法绕开他们的矫健身影。

几乎所有女人的生活旅途,都无可逃脱地注定要与男人为伍同行。逃得了婚姻的,逃不过职场,反之亦然。像古代那种归隐深山荒岭,或是如今藏进古刹寺院的,也许不在话下。与异性共事同行,其实也是每个社会人的必修功课。在当今的社会现实中,身为女人,对此体会更加深切细致。

感谢老天厚爱,与我同行的异性大多属于良善"中庸"之辈。那种冒尖的——德才兼备的优秀者与人品很差的"渣男",则是"凤毛麟角"、少之又少,感觉是"两头小中间大"的腰鼓型。

绝大多数的异性同行者都是忠厚和善之人,看起来也比较稳重牢靠。一般说来,他们不会与女人有什么瓜葛:既没有男人常见的怜香惜玉之好,也没有大男子处处以自我为中心的强势。这类男人不太具备侵略性,只要不触及其利益底线,他们甚至会比同性更容易和平相处。

不过遇到困难与麻烦,你千万不要幻想能得到他们的帮助。这些

"好好先生"在家里多半都是"温良恭俭让"的听话丈夫,奉行"只扫自家门前雪,不管他人瓦上霜"的处世哲学。他们绝无担当,压根不想给自己招来任何一丝一毫的麻烦。在职场上出入相遇,他们的眼神通常空洞浮泛、面容无喜无愠,既像路边擦肩而过的陌生人,又有点像是似曾相识的邻里旧人。与他们共事同行,好比乘车跑在平坦大路上,安全系数相对于人流涌动的大马路要高一些。不过沿途氛围实在不敢恭维,只能说是一派索然寡味、毫无乐趣。遇到再美的风光,他们都端着一副波澜不惊、麻木不仁的表情,让你的惊喜赞叹变成一片粉齑。虽说是一路同行,却形同陌路人一般毫无感觉。

当然,与那些令人不快的男人相比,这足以让你额手相庆,默念阿弥陀佛了。职场女人无法摆脱的霉运,是摊上与那些异性"不快者"共事同行,那就像踏上一条粗粝尖锐的石渣土路,尽管已套上礼貌与忍耐的厚袜硬鞋,你仍会感到扎脚难受。他们虽为外表伟岸的七尺男儿,却是心若针眼、器量偏狭,习惯以小人之心度君子之腹,其小肚鸡肠堪比无知愚人。

与他们共事同行真是"话不投机半句多",三缄其口保持沉默永远是上上之举;即便如此,可能你也无法防范那些胸藏阴鸷之徒。他们绝不能容忍任何人,尤其是女人违逆他的意愿,更甭说触犯他的些微利益。只要得罪过他一次(也许你自己还没有知觉),他从此便将你视为宿敌,列入"黑名单",朝思暮想、处心积虑地给你暗中下绊子、使奸计、栽黑赃。即使拥有腾挪退让、左右逢源的十八般武艺,你也无法躲避他们从哪个阴沟黑洞、旮旯角落,向你打冷枪放黑箭,欲置你于死地而后快。

与他们共事同行,你会深知如坐针毡的含义,觉得自己脚下的道路已变成火焰山一般,处处灼烧你的身心,时时挑战你的心理承受极限。让你只能再三默念"人生不如意者十之八九、吞得下磨难撑得出格局、同行难逢同路人"等等老话,来宽慰己心了。

此时此刻,我们会情不自禁地祈祷好运降临——与优秀男人相遇同

第三辑 谈女说男 | 129

行。也许是一次公务商谈的"露水"集会,也许是一场与朋友的朋友偶然相聚,那些不期而遇的时光,仅仅是片言只语抑或是短短一瞥,彼此间就会有一见如故、挥之不去的奇异感受涌入心头。对于待字闺中的女子来说,也许这就叫"一见钟情"、天赐良缘;若已是名花有主的妇人,也可由此成就一桩愉悦终生的知音友情——一种"发乎于情、止乎于礼"的男女情谊,就像"清水出芙蓉,天然去雕琢"那般清新脱俗、毫不做作,远远超越了世俗男女的儿女私情,达到一种心心相印的精神契合与心灵沟通。

有幸与这样的优秀男人为伍同行,犹如赤脚走在海滩松软细沙之上,置身于万道霞光映照下的海边:微风徐徐,夕阳如血,海面上波光闪烁,飞金耀银,恍如童话世界里的琼山仙境。与他们共处就像驻足沧海之畔——远处,千万道金波碧浪奔涌而至、横空飞舞;脚下,一层层浪花轻声细语、低吟浅唱;近旁,嶙峋礁石缄默不语,紧紧拥抱住扑面而来的激流飞浪。一时间涛声激荡,飞浪滔天,"溅起千堆雪",那壮观雄伟的宏大气场,那豪情四射的浪漫情怀,让人穿心蚀骨,震撼不已。

"尘世难逢开口笑,菊花须插满头归"(见《九日齐山登高》),这句甚为吾爱的杜牧名句,描绘的正是这种人生幸遇知己的无限喜悦。一段美好的同路相行,即便短暂如惊鸿一瞥,稍纵即逝,也足以化作人生跋涉中的幸福能源,伴随与激励我们继续风雨兼程,含笑而行。

(1998年完稿,2022年修订于北京)

子虚乌有的"半边天"

二十世纪八十年代初,刚刚从"文革"巨殇中复苏的中国文坛掀起了"伤痕文学"热。有一位名叫张贤亮的作家不失时机地推出了长篇小说《男人的一半是女人》,被不少文艺评论家称为"伤痕文学代表作"。在那个乍暖还寒的特殊时期,该书以振聋发聩的书名和情爱题材大赚眼球,作者宛如明星般,一夜蹿红大江南北。

"男人的一半是女人"这种"恋爱感言"式的煽情口号,一时间"暖风熏得游人醉,直把杭州当汴州",让不少多情善感的女人信以为真,觉得自己大可在情场与职场上占据半壁江山,和男人并驾齐驱了。

无独有偶,它与当年声震八方的革命口号"妇女能顶半边天"何其相似乃尔,让人浮想联翩。那时正值"文革"方兴未艾时期的校园,几乎所有男生女生的衣着打扮,除了头发长短不同之外,从款式到色彩都是千篇一律,性别差异消失殆尽,以至于让我们越来越丧失了自己的性别意识,十分天真地以为:男生能做的事,女生都可以胜任;男人能取得的成功,女人一律不会缺失。记得有一回,中学校园举办三千米越野赛跑,其他女孩子都不肯露头,只有我一个人豪情万丈地报名参加。结果还没跑完全程,就因为出现低血糖反应,被救护车"呜呜"叫着送进了医院。

在"知识越多越反动"和"读书无用论"甚嚣尘上的风潮席卷下,学校里的大半时间都是让学生到车间、田地"学工学农","接受工人阶级、贫下中农再教育"。不肯落在男生后面的我们,不论是在农村田间插秧割稻,还是下工厂车间搬运货物,从来都是"巾帼不让须眉",毫不犹豫地担当起"半边天"。下乡务农三个月分工报名时,女生大都以"有情况"为由,抢着去旱田干活。只有我不明就里,傻乎乎地跟着男生一起下水田插秧。

直到有一天举目环顾四面八方,我忽然发现,天下早已被男人统管,大到政治、经济、科学、文化领域,小至社会生活的方方面面,处处都活跃着他们的矫健身影。不论走到哪里,你都会劈头撞上这些"让人欢喜让人忧"的家伙;而且越是通向金字塔尖的殿堂高处,就越是他们雄霸一方、女性踪迹杳无之地。他们把握着政治、经济、科学、文化及各阶层的话语权,操纵着社会发展走向的路标与规则,已占据了女人大半乃至全部的世界。任何想要成功或独立的女人,都无法绕开这座横亘面前的冲天高山。女强人的事业成功,必得长袖善舞,才能从他们手中分得一杯羹。所谓功德圆满的婚姻,其实是做妻子的将唱念做打的功夫,炼到了炉火纯青的境界。在现实社会里,女人的肩膀永远无法同男人一般齐整。

承认这一事实,并不等于说女人远不如男人。实际上,就个体来说,女人的智商能力超过男人的实例举不胜举。造物主赋予男人雄健壮硕的体格,是要他们开疆拓荒、在保家卫园的血腥征战中冲锋陷阵充当主力,让不擅刀枪火剑、冷热兵器的女人,不用跃马挥戈、驰骋疆场。因此,无论我们如何自诩女性的智慧超群、品格优异、坚韧过人、勤劳无双,也无法与开疆拓土征服世界的男性骁将争功论赏、平分秋色。

历史与现实都雄辩地证明:男人的硕大空间,是几千年披荆斩棘浴血奋战史的累积沉淀,也是他们拼杀格斗的雄性本能与残酷角逐的战利品。德国哲学家黑格尔有句名言说得好"存在即合理",我们不能无视历史的成像,更无力改变现实的版图。"男人的一半是女人"这种"标题党"式的口号或旗帜,女人们大可不必当真。

  新时代女性的真正独立与幸福,早已脱离了对男人的依附与供养,是否需要去计较能够占据男人世界的多少,实属无知无聊。"心有多大,世界就有多大"这样耳熟能详的时髦热语,起源于中国明代著名哲学家王阳明的"心学"思想精粹"心外无物"之说,特别耐人寻味。它告诉我们:每个人眼中的世界,都在自己主观世界的认知之内。只有心灵的偏狭、羁绊,能够限制人们的精神世界,从而阻碍自己的发展空间。没有心灵世界的阔达、精神领域的丰富,即便再大再多的生存空间,都只是一片贫瘠荒芜的不毛之地,于人生毫无意义,于生命形同虚无。

  (1997年完稿于曙光新村,2022年5月修订于书香苑)

第四辑　谈天说地

与大自然的永久爱恋

我的人生第一次旅行是在1974年间的高中暑假。从山东胶东半岛南下参加解放战争的父亲,执意要我一个人领着小妹去青岛崂山回乡省亲。

当时我并不理解他的良苦用心,是让我这只小小的"井底之蛙"到外面大世界去"经风雨见世面"。那时节,十四五岁的我私下里读了不少中外名著"禁书",正是满脑子"怪力乱神"想入非非的懵懂时期。想到几天几夜漫漫路途中隐藏的未知危险和不测风云;想到在月黑风高的深夜抵达陌生小站,那位前来接站的堂哥素未谋面,有可能会被冒名顶替者前来打劫骗路……我就感到十二分恐惧不安,觉得这趟旅行充满了阴谋气息。

没承想,第一眼见到浪顷九天、波涌万里的大海瞬间,我彻底惊呆了!先前所有想入非非的疑虑不安,都像眼前的碎沫飞珠般飘散而去。我痴痴地呆立在海滩上,连呼吸都停滞下来,觉得这世上已没有任何语言文字,能够描述大海的磅礴气势、传达大海的宏大气场。之前读过的所有描绘大自然的美篇——从国内名家的散文诗歌,到世界级文学大师的名作,在它面前似乎都变成了一纸空白。一望无际的海面天水相接,浩渺无际,没有彼岸,没有尽头,一种无边的苍凉况味扑面而来。凝视着眼前波涛万顷、排浪滔天的海面,只见无数道海浪呼啸奔涌滚滚而来,一万次地粉身碎骨、一万次地跃向陆地,周而复始永不疲倦……

正值"文革"运动已入强弩之末、高考无望的毕业前夕,我对自己的前路一片茫然,对未来更不知去向。在这低落暗淡的人生时刻,大自然的雄伟气场瞬间点醒了我的迷茫:人生虽莫测,前途亦难期,只有像滔滔排浪般坚持不懈奋勇向前,才能到达理想的彼岸。就在这一瞬间,我忽然体悟到了人类与大自然间的亲密默契,感叹人生跋涉与江海奔腾共情同理的内在联系。整个假期我每天都如赴约般来到海边,面向大海痴迷、发呆,久久不能挪步……

1977 年,封闭十年之久的全国"高考"门禁豁然洞开。我以"民办教师"身份汇入 570 多万人大军,参加了各省组织和自主出题的第一场高考,以 4 分之差落榜折戟。1978 年仲春初夏之交,我在极其郁闷迷茫之中来到黄山。初登始信峰,看到万丈悬崖绝壁中兀自挺立的青松,起初我实在不敢相信自己的眼睛:寸土不存的岩石中竟有如此苍翠欲滴的奇松?没有一寸土壤可以扎根,没有一棵绿植能够依傍;黑黢黢的岩石峭壁阻挡了它笔直生长的空间,雷暴闪电的频发灾难成为它生存的极大挑战。我无法想象它经历过怎样的磨难考验,无法破解它如何汲取能量破石而出、昂首云空的玄机。望着它卓然不群的勃勃雄姿,我哑口无言,似有灵魂出窍、时空停滞之感。

那天的黄山始信峰人迹罕至,唯我一人驻足站到双脚酸麻,后来干脆坐在地上双手抱膝,久久凝视着对面绝壁上的奇松,直到暮色四合无法与它对视时才肯离去。回到宾馆后我顾不上吃饭,奋笔疾书记下了当时的真实感受,还破例为这篇小文题写了《世无绝境,只要登攀》的标题。

时隔几月后,我如愿通过了 1978 年 7 月 20 日至 22 日的全国统一高考,从此改写了自己的命运篇章。

也正是这一次黄山始信峰之行,让我知道:历经几十亿年地壳升降、气候变迁,以及天地精华的滋养雕琢,大自然所蕴藏的神奇能量与浩大磁场,能够润物无声地影响和化解人们的胸中块垒,是与我们息息相通、神交默契的精神挚友。神奇的黄山正是我净化心灵获取精神能量的最好道场。从那以后,我便利用各种机会屡登黄山,私人朋友聚会、小型商务洽谈、重大纪念日等等公务私务活动的接头地,黄山都是我的首选。

至今还记得初见九寨沟的那一瞬间,我完全被她的绝色纯净所震慑。第一眼看到她那处子般的美貌,感受着她静默不语的深情,顷刻间有种无端的心痛穿蚀我的心胸:仿佛她不是珍藏于千山万壑之中的一道风景,而是宇宙天地间一股鲜活灵动的女儿之魂。环顾四面美不胜收的画卷仙境,呼吸着它们旷古不变的清新气息,我感叹世间再难邂逅如此令人爱怜的空谷幽兰……

不知不觉间,忽觉一粒粒晶莹泪珠从我的眼角处悄悄溢出,怎么也擦拭不尽。如此大气磅礴、美到窒息的大自然,似有一种神奇魔力,瞬间还原了我的赤子本真,让尘世中的种种角色悄然屏蔽:我已不再是妻子、不再是母亲,也不再属于职场中的芸芸众生,灵魂之外的所有其他符号,都在这刹那间灰飞烟灭。我不再焦灼、不再慌乱、不再抑郁、不再孤独。我无碍无挂、无足轻重,觉得自己业已化身彻头彻尾的自然之子,成为大自然中的一花一草一虫一木,承受天地雨露精华、日照月晕。在举目环顾遍地陌生的环境里,我甚至觉得自己就是一只小小蚁蝼,无声无息地在广袤无边中独自行走,不再为人瞩目,即便突然消失遁空,也不过是风穿竹林、雁过青空,不留丝毫痕迹、不受任何关注。这不期而至的孤独与宿命感,径直抵达我心灵深处,让我彻悟生命无常、万物皆空的人生真相。

我每每出门打点行囊,其中不可或缺的物品,首选纸笔宝贝。它珍藏了我一路走来的鲜活见闻,能在第一时间里记下我的真实感受,将许多弥足珍贵的生命瞬间镌留在记事簿中,成为我源远流长的精神享受与忠实见证。

旅行之乐,还在于途中终于可以饱读渴望多时的佳作名篇,尽情聆听平日无暇顾及的美妙音乐,还可以无所事事地对着窗外一掠而过的风物人情发呆出神,偶有心得随手记下,或许就是一篇不错的美文佳作。

不知道天下是否还有如我这般喜欢旅行的女人。如果让我在恋爱、富贵、美貌和旅行中做选择,我可能会毫不犹豫地选择"旅行"。我当然知道:恋爱是女人绽放生命之花的蓓蕾;富贵是当今社会物质享受与博取名利的有效通行证;而美貌则是女人获取爱情战利品的重要武器。可是,我依然会义无反顾地选择旅行。于我来说,旅行是一场与大自然的炽热恋爱,它赐予我的精神能源与情感价值是享用不尽的无价之宝。我对美貌的渴望虽已远远超越了富贵,可为了能将天下大自然之美更多地尽收眼底,我情愿牺牲美貌去换取它。

我没法不爱旅行,就像我没法抗拒自由的呼唤、没法抗拒爱情的袭击。一段居家时光过后,我就会像缺氧鱼儿时时想跃出水面,渴望逃离四面白墙、高楼林立的钢筋城堡,期盼大自然的清风驱散我心中的久积郁闷,向往辽阔无垠的原野风光伸展我桎梏已久的视线,用令人耳目一新的异域风情打开我久已闭塞的心灵,在波光潋滟、青山绿水的怀抱中,复苏我日渐枯竭僵硬的心田。虽然没有英雄豪杰"拔剑上马做长啸"的豪气侠胆,也枉谈古人圣贤"仰天大笑出门去"的潇洒英姿,但每每出门落锁时刻,那份欢快喜悦的心情和鸟儿般雀跃轻盈的步伐,就像是赶赴热恋情人的约会。

仔细想想,此生此世,唯有与大自然的这场恋爱是我最真挚、最热烈,也是最为恒久绵长的了……

(2022 年修订于书香苑)

过关不易
——旅英见闻之一

有过英国入关经历,我方才真正体会到了"关口"的含义。中国人常用"一夫当关,万夫莫开"形容地势险要、关隘难越,其实用它来比喻海关,也是挺合适的。

二十世纪九十年代初期,我不止一次听人说:如果夫妻已有一方在英国读书或求学,另一方想要拿到英国签证,得准备脱一层皮才行。

我本不想脱皮,但为了和久别经月的夫君会合,就必须为那本签证折腰。因为那墨绿色的入关"派司"(英文 pass 译音,即通过之意),可以换来我那位大胡子夫君的宽厚微笑和温和眼神,意味着我又能向他絮叨一大堆别人不感兴趣的废话、闲话和傻话。所以,即使要脱去两层皮,我也心甘情愿。

领女儿去北京办签证时,妹妹特意请了公休假陪同前往。到使馆那天,她还执意一起到现场为我鼓劲。也许她以为人多势众,我的底气会足一些吧。其实,我已按照夫君往返多次的电函遥控指挥,将签证所需资料,全用中英文打印装订成册,做了充分准备,并对签证中可能提及的种种问题,进行过多次预演。

不知是材料无懈可击,还是因为签证官半天忙下来饥肠辘辘,已没有力气多磨嘴皮了。只花了五六分钟时间,他就结束了疾风骤雨式的提问,连连"OK""OK"了。时至中午,我捏着两本朝思暮想的签证,喜滋滋地迈出了使馆的大门。妹妹却叫我且慢得意。她从门外等候签证人群的议论中得知,签证在握并不等于大功告成。在伦敦入关时,如果海关人员认为你形迹可疑,有滞留不归的危险倾向,照样能将你拒之关外,请你卷起铺盖回老家去。我翻翻手中的签证本本,里面好像没有指定在英国的居留时限。后来才知道,这是要在海关现场办公时才予以裁定的。可惜我当时旗开得胜,已为即将来临的大团圆欢喜得昏头昏脑,并未在意这回事。

一周之后,我带着女儿登机离国,兴冲冲地直闯英国关口来了。

伦敦希思罗机场实在太大,二十世纪九十年代初期就已是世界上客流量最大的国际机场之一了,每天的客流量在全球机场中排行第三,仅次于美国的亚特兰大机场及芝加哥奥黑尔国际机场,其运营航班飞往世界各地90多个国家180多个目的地。旅游航空旺季时,每天进出希思罗机场的航班达550架次。以跨境的客流量计算,希斯罗机场的客流量是全球最高、全欧洲最繁忙的。机场那些盘旋交错、千回百折的通道犹如迷宫,令人眼花缭乱,更让人发怵的是,几乎所有通道都是人流汹涌,如变幻无穷的万花筒一般叫人头晕目眩,稍稍一走神,就会被卷入歧途。

出行之前在家猛翻皇历,有心挑一个"黄道吉日"。想不到心诚则灵,巧遇贵人:这趟去伦敦航班二十来人,除了我和女儿之外,还有一位精通英文的中国人——北京外国语大学的余教授。因工作需要,他常年奔走于中英之间,是一位难得的"资深向导"。虽然素昧平生,但在候机室短暂的交谈中,我们便感觉颇有"他乡遇故知"的缘分。一下飞机,我们母女俩将他视作救星,寸步不离地跟着他在伦敦希思罗机场人流中穿行。

走了大半天才来到入境海关,形形色色的外国人(指对英国人而言)被分别安排进入了不同的专设关口。也不知道从哪里突然就冒出了许多黑头发黄皮肤的同胞,在我们入境关卡前排起了好几条密密麻麻的长龙阵。活泼好动的女儿等得实在不耐烦了,在栏杆下面来来回回钻了好几个回合才轮到我们上前接受盘问。

英国海关的验关小姐艳若桃花,可一张粉面却是冷若冰霜。那一大沓入关材料——公证书、结婚证、邀请函什么的,在她大红指甲间被翻来覆去地倒腾了好半天,才开始细细盘问我们来英国的原因、时间及具体安排等。我自恃已有使馆签证的实战经验,十分轻松地对答如流。在一旁忙着替我们翻译的余教授脸上开始露出笑容。

可问到夫君就教学校所在地时,我突然卡壳了:他们的校名我虽清楚,但地处大不列颠国的哪城哪镇,我真的不明白。情急之下,我就大而化之地回答道:"好像是在英国北部的爱丁堡吧。"

爱丁堡确实是在英国北部的苏格兰地区,有着"近代雅典"的美称,是我们这次旅游探访的重点之一。先生来信中常说起去爱丁堡大学,搜集美学大师朱光潜的资料。我估摸着他们学校离它很近。其实英国许多名牌大学自成一城,是名副其实的大学城。先生所在的校名也是城名,它离爱丁堡还有上百里地呢。可惜这些情况我后来才得知。海关小姐很有风度地连声道歉,请我们少候片刻,拿上我们的材料走进了旁边的办公室。过了三五分钟光景,她满脸严肃地过来说:"非常遗憾,爱丁堡大学名册里没有你先生。"

她说完后,还非常优雅地耸了耸肩膀,极有绅士(应该是绅女)风度地表示了拒绝入关的意见。从道理上说她做的无懈可击:既然先生子虚乌有,我们自然就无亲可探了,当然应该打道回府,不需过关了。

这下轮到我傻眼了:明明两天前才和先生通过越洋电话,怎么两日间他就变出了土行孙遁地之功,从地面上消失了呢?

余教授一看形势急转直下,顿时紧张起来,眼看着我们母女俩绕过了大半圈地球,万里遥遥来到英国门口却被拒之关外,那岂不是要上演"孟姜女哭倒长城"吗?他赶紧帮着我翻遍提包找出了先生的通讯地址,叽里咕噜地说了一大阵,才见那小姐满脸冰霜慢慢融解,重新"噔蹬蹬"地走进那间办公室里。

这一回她连先生的住房号码都查得一清二楚了,可还是喋喋不休地问个不停:"你们打算在英国找工作吗?"

"NO,就是旅游。"

"你们打算住在哪里?"

"随遇而安,玩到哪里就住哪里。"

她听了余教授翻译,使劲地看了我一眼,继续发问:"你先生为何没有申请延期居留?"

"真是太平洋警察——管得宽哪!"我在心里大声嘀咕,嘴头上却不敢硬:签证在她手上捏着哪,先生在海关那边早已伸长了脖子盼着我们呢。

"我们对国内的工作职业和生活状况都非常满意,不想留在贵国。"我尽量用平和礼貌的口气回答着,可胸中却越来越愤愤不平了:凭什么以为中国人都喜欢留在你们国家?一气之下,我把皮包里所有的材料都一股脑都倒了出来,其中有我和先生的职业、职称、身份证,还有先生所在的那所大学校长的亲笔邀请函。这下子,她终于不再吭气了,"咔嚓"一下在我们的护照上盖章放行了。经过这番折腾,我们三人如释重负般长舒一口气。一看手表,已经过了两个多小时了。

余教授这时才告诉我,他此行的最终目的地是远在伦敦西北两百多公里的曼彻斯特大学。一出关他就得去赶下午最后一趟班车,因为入关蹉跎,他为我们翻译、周旋,已耽误了很长时间。为帮助我们母女俩能够顺利入关,他硬是把自己赶路的事情搁置一边,并且丝毫不露口风。对萍水相逢的陌路人如此援手相助,余教授的"救关"义举实在让我感铭至深,心想与先生会合之后的头等大事,就是也让先生好好感谢余教授。

谁知在接站的人群里根本看不到夫君的身影。我见天色已黑,只好十二万分遗憾地催余教授赶紧上路。可他见我们无人接应非常担忧,踌躇不前。我再三向他保证先生绝对会来接站,他才匆匆作别。

　　望着他的背影很快消失在滚滚人流之中,我突然意识到忘记讨要他的联系方式,此生很难再有机会相见,就像茫茫大海中两只擦身而过的小船,永难重逢了。我这大半生里,虽说多次攀着朋友师长的臂膀走出泥泞沼泽地,但遇到这样毫无干系的路人相助还是头一回呢。这种遗憾一直让我耿耿于怀,怅然至今。

　　几分钟后,先生气喘吁吁地跑进了大厅。原来他已在此守候了三四个小时。眼见着这趟航班的旅客全都走完了,还不见我们母女,一向沉稳持重的他开始慌神了,以为不谙英文的我俩,在芬兰赫尔辛基国际机场转机时出了岔子,急得又一口气跑到机场查询处,查阅芬兰登机的旅客名单。

　　过关不易,前行崎岖。人生的关关口口充满种种险阻与不测。有幸遇到余教授这样古道热肠的贵人援手相助,使风波化险为夷,将天堑变作通途,人生逆旅中如此美好的邂逅与我的感恩之情,又岂是笔墨能够尽诉?这样的好运实在令人感铭至深。

(1995年完稿于曙光新村)

绿色伦敦
——旅英见闻之二

未到伦敦,心中已描画了一幅十里洋场喧嚣浮华的图景:栋栋高楼参天,幢幢洋房林立;满街跑的是豪华名车,满眼望不尽的是珠光宝气的商场、金碧辉煌的酒店。谁不知道大不列颠及北爱尔兰联合王国(简称英国)是工业革命时代的世界霸主、当今国际舞台上极其活跃的重要角色?作为全球最受瞩目的国际大都会之一,伦敦自十九世纪以来一直就是世界政治、金融、贸易、文化的中心桥头堡。

然而,这番超前想象让我充当了一回《红楼梦》中那位乡下刘姥姥,只不过她是因大观园的奢侈豪华目瞪口呆,而我却是为伦敦城"举目皆花草、处处闻啼鸟"的优美环境而倾倒。

从北京到伦敦二十几个小时的飞行,加上时差原因,走下伦敦市区的地铁时,我已困得头昏脑涨、不辨东西,真是恨不能倒地便睡。好不容易迈出地铁口,突然,眼前魔法般出现了一片绿茵盖地、鲜花铺天的世界:成片成片的草坪把这座城市变成了碧绿的海洋,四通八达的马路街道从绿茵中蜿蜒伸出,连接着一座座欧式风格的古老建筑。漫天遍地的五彩鲜花簇簇团团,抱定这座城市的每一处房屋、角落,从路旁的超市、商场、站台、邮局,到家家户户的屋檐、窗台、墙角甚至门环上都缀满了鲜花。大大小小的旅社、酒店、咖啡馆,不论作何装潢,都少不了用五彩缤纷的花篮做招牌装饰。

我们在鲜花和绿木之中穿行,身边的汽车在姹紫嫣红的海洋中跃动飞驰,一群群白鸽在绿的波涛、红的浪花里翻飞舞动,一种恍若仙境般的微醺滋味儿在我心中慢慢漾出,先前的困顿疲乏刹那间烟飞云散。从地铁出口到我们的住处不过十几分钟的路程,我不住地问先生:"这里是伦敦的风景区吗?"

先生十分认真地告诉我说:"这儿是伦敦城最为普通的平民住宅区,等我何时能发了横财再让你去住富人别墅吧。"

从这一天起,我越来越深地领略到这座花园城市的魅力。每次出门,望着那灿若云霞的灌木花海,置身于丝绒般平滑柔软的绿色草坪,我的目光,不知不觉中变得柔和明亮起来。伦敦城那鲜活的生气、妩媚的姿态,总会让我那副久处钢筋水泥中的身心涌出莫名的感动,一种空前柔和宁静的愉悦在胸中弥漫开来。

这种美妙的享受滋味,使我断然放弃了多年养成的以车代步、从不早起的生活习惯。在伦敦的每个清晨,我总是最先起床,第一个动作就是披衣推窗,让室外的鸟语花香和草木气息早早流进屋里。紧接着全家人开始手忙脚乱地把各种野餐物品和相机塞进大背包里。女儿动作伶俐,总是第一个雀跃着跳出屋外,一边哼着百唱不厌的《鲁冰花》,一边大呼小叫地唤我们快快露面。隔壁那些高鼻子蓝眼睛的邻居们,好奇地打量着我们这支家庭"远足队伍"——身材高大的先生足蹬旅游鞋,肩上挎着鼓鼓囊囊的大背包;而崇尚唯美主义的太太,则不管路途远近,永远不会脱下那双细高跟皮鞋。此刻她正提着长长的裙裾,步履轻盈地走下台阶。

走进伦敦,处处能感受到英国人酷爱怀旧的民族特色,这是因为昔日世界霸主的大英帝国实在太有旧可怀了:哥特式建筑风格的尖顶教堂、中世纪时期的古堡随处可见,维多利亚时代的宫殿与建筑物比比皆是。那些头戴维多利亚时代高帽、肩披金红色绶带、身着古代服饰的皇家卫队,按照已延续了好几个世纪的传统,每日都在白金汉宫一丝不苟地举行换岗交接仪式。

更让人惊异的是,除了那块金融区和繁华商业街,现代化的摩天大楼在伦敦城难觅踪影。据说英国人向来对摩天大厦嗤之以鼻,奚落它是"粗俗的美国出口品和一种丑恶的病毒"。走在青石砖砌成的大街小巷,举目四望大大小小的旅舍、商场、咖啡店、民居等等建筑物,几乎都顽固保留着十九世纪原汁原味的风貌。连那些门廊、窗边悬挂的带檐玻璃街灯,也还是原封不动地保存着维多利亚时代风格。看到头戴黑色圆顶礼帽的英国男士不论天气阴晴,手臂常常挂着长柄黑伞款款而行,你会有恍入十九世纪英国社会的幻觉,一股浓郁的思古幽情便陡然而生。

伦敦的九月正是"细雨微风燕子斜"的旅游佳期。每天都有一场不温不火的细雨,袅袅婷婷地扑面而来,给花草树木挂上晶莹露珠、将地皮刚刚润湿就悄然离去。常常是手持雨具正待打开时,雨滴就杳无踪迹了。即便是艳阳高照,爱美的女生也不用担心紫外线会晒伤皮肤。在伦敦漫步,不论走到哪里,都有浓荫蔽日、幽雅静谧的街心公园供人休憩。英国人在大众场合不爱喧哗,公园更是高声笑谈的禁区。在这里闭目养神,除了偶有风吹草动、鸟鸣花语,不会有任何声响来打扰你的清神。

在我们住处附近,有好几处这样清净宜人的花园,我喜欢独自来到这里,找块僻静的草坪席地而卧。此时此刻,远离尘世的浮躁和喧嚣,唯有一方蓝天几尺绿地和自己的心跳相伴。摒弃往日身陷红尘的俗务杂念,卸除平素在江湖中的各种角色,将自己的真实面目赤裸裸地展示在天地之间,让散漫无羁的思绪随意飘散开去。渐渐地就能感受大地精气与草木灵性,与自己的血脉经络连接贯通。宇宙间的一种宁静祥和之气缓缓地流入我的血管,慢慢渗入全身每一处经络关节。突然间,我好像变成一片回转自如的轻羽,变成一朵漂浮无束的白云,在无垠的云空中飞旋升腾,那是一种多么难得的忘我体验啊!在这天人亲近、灵肉合一的美好瞬间,我真切地感受到了大自然和人类生命间水乳交融的和谐。美国著名作家德莱塞十分贴切地将旅游比喻为"仅次于恋爱的妙事"。在我看来,恋爱与旅游的乐趣其实是不分轩轾的。一次赏心悦目的旅行,原本也是人类和大自然之间发生的一场热恋。

走进伦敦,它几千年的辉煌文化艺术使我惊喜交加、眼界大开。但最让我心仪且回味无穷的,是那一片铺天盖地、无处不在的绿茵世界。与人类生存唇齿相依的绿色,孕育着人类繁衍生息,被人们顺理成章地用作期冀美好如意的吉祥词汇。如"大开绿灯"指人事可以畅通无阻;"绿色通道"系国际公认的免检通道;"绿化"是种花植草、美化环境的专有词语;"绿卡"则成为无数异乡侨民朝思暮想的长期居留证;至于"绿衣使者"早就被用来称呼传递佳音喜讯的特殊群体;总部设在英国伦敦的"绿色和平组织",是二十世纪以来最为公众首肯的国际环保组织。

更神奇的是,科学家和有关研究者发现,大自然中的绿色是一种奇妙的心理镇静剂。他们通过大量精确的试验表明:人们置身于绿色世界之中可使呼吸舒缓、血压降低,脉搏每分钟减少4至8次,心脏负担减轻。世界各地不少科学家大力提倡"森林浴",呼吁人们常到树木丛生的绿地中去,那里含有比市区多得多的空气负离子和氧气,能够缓解人类生理心理疾病以及滋养灵性。美国伊利诺伊州大学的科研人员,曾对居住在沙漠地区和绿色环境中的居民进行调查,发现前者的家庭及邻里关系远远不如后者。他们得出的结论是:人若缺草木,性情变粗暴。我想,举世称誉的英国绅士风度和他们所特有的那种神闲气定风采,是否也得益于这由来已久的绿色环境呢?

早在十九世纪上半叶,英国花园城市运动便已兴起。英国城乡规划先驱者霍华德的名著《明日的花园城市》提出:"让所有的房屋周围都附有绿地,整座城市要通过公园、绿地和良好的公共设施来创造宜人的环境。"最近英国又通过了一项环保新法规,强制工厂使用污染小的燃料。

这是继半个世纪前英国的《空气清洁法》后,治理空气污染的又一重大举措。1992年,170多个国家和地区首脑齐聚巴西里约热内卢,召开举世瞩目的世界环境保护与发展大会,在正式通过的《21世纪议程》中,确定将"可持续发展战略"作为人类发展的总目标,规定了各国政府必须将国民生产总值的0.58%用于保护环境的义务。英国人从十九世纪起,就已为此做出了努力。伦敦的绿色不仅唤醒了我心中沉寂许久的美好体验,也引发了对于保持生态平衡、优化生存环境的思索。

令人甚感欣慰的是,随着改革开放的深入发展,环保问题已成为我国政府和越来越多的人们日益关注的重大议题。1994年,按照国际标准建设现代化都市的进军曲在大连市奏响。短短两年间,大连新增绿地300多万平方米,城市绿化覆盖率达到38%,居全国之首。素有"东方巴黎"之称的上海市,在寸土寸金的商业繁华区南京路东段开始拆店推墙,营造大片绿地花园。人均城市绿地面积已达46平方米的杭州市,1997年增至人均60平方米、1998年又增至100平方米,到2000年全市绿化形成绿带成网、布局均匀、功能合理、景观优美的城市绿地系统。而笔者所在的安徽省会合肥市,以其洁净优雅的环境、绿意葱茏的街心花园和日新月异的城建发展,1992年就与北京、珠海共同获得首批国家园林城市称号,正在积极创建国家生态园林城市。风景如画、优雅宜人的"伦敦城"正在向亿万中国人走来。让人人都能拥有美丽如画的伦敦风光已不再是遥不可及的梦想。

(1994年完稿于曙光新村,2022年修订于北京橡树湾)

安居才能乐业
——旅英见闻之三

身处异国的夫君第一次打来越洋电话时,我顾不得抒发离愁别绪,开篇便问住房情况如何?

住房安全乃第一要义。人在异乡,安身最为要紧。报纸上常登国外平民区各种枪杀抢劫事件,我担心一向克俭的夫君"贫不择室",因小失大。当然,房租价钱也是我的关注所在。先生是国家公派留学人员,实行生活费定额包干制,多了不退,少了不补。听说英国的房租不菲,素无理财经验的夫君要是不懂得成本核算,很可能会入不敷出的。

电话那头的夫君好像深谙我的良苦用心,专门拍了居室的特写照片寄我过目。英国校方为访问学者配备的单独住房条件很好:客厅、卧室、洗漱间井井有条,微波炉、电烘箱、热水器和冰柜一应俱全。空调、家具和厨房卫生间用具标准,都已超过了国内水平。看来先生过得很滋润,卧室里高挂着在国内已装裱好的山水画,书柜里摆得满满当当的资料,俨然是一副常驻久安的架势。

先生新居我很满意,只是一看下文房租,禁不住肉疼。"每月发放的生活费须拿出一半以上来付房费,"先生信中说,"同楼芳邻大多来自发达国家,如日本、瑞士和加拿大等国,其他几位中国访问学者嫌房租太贵,都已搬到外面租房,只剩我这唯一'中方代表'……",言下之意这有几分事关民族气节的意思。我想他虽然多花了点钱,但能够为国争光也很值得,便回信欣然声援:"坚守阵地,为国争光!"

等我到了英国以后才发现,像先生这样敢于独立门户的房客,在留学生中几近"豪富大款"行径。不说新来乍到的人兜里空空,不敢问津像模像样的房子,就是英国普通工薪阶层,也不忍心将一半以上收入投进置房居住的血盆大口中去。至于国内访问学者和留学生更是"穷则思变""各显神通",充分发挥创造力和变通性,让我大开一番眼界。

合资伙租、集体同居是大多数中国留学生的首选方案。按照自愿组合、互利互惠的原则,有的留学生选择相同母语者合租,有的与不同国籍学子同居,还有人更为开放灵活,干脆深入腹地去英国人家里租一间房子栖身。最让我大惊失色的是,居然还有男女同租合居,而且是一对一比例,俨然是一对"临时夫妻"!我立刻想到"婚外婚""第三者"等种种隐患。直到亲历其间之后,我才觉得自己的担心有点多余。

与先生同校的博士生小甘为人热情开朗,见我们阖家来访,住先生单身公寓楼有诸多不便,便力邀我们到他的英国租房栖身。西方人有"英国住房、中国厨子、日本妻子乃人生三大乐事"之说,我有心体验一下英国房子的妙处,见小甘如此热诚,便住进了他租用的英国"豪斯"(house 音译)。

这座英国百姓的普通住宅,独门独院,庭园深阔,上下两层楼共有两厅三卧五大间,两百多平米,在国内可是省级以上高干的标配住房。房主是一对普通退休公务员,因久居国外,想找人帮忙照看一下,便以较低价格将房子租给了小甘。

看到一楼客厅里的老式大壁炉,我实在喜出望外。这座四周镶上雕花木板的壁炉,精致富丽,古色古香,让人刹那间便感受到了一种典雅浪漫的气息弥漫开来,我立刻联想起《简·爱》中男女主人公罗切斯特与简·爱围炉抒怀的场景。英国家庭如今都已实现电气化,这些十八世纪

啼笑皆非·"文革"十年无书读,热衷于各种文艺演出

山水情缘·1988年入职安徽少儿社首次参加黄山笔会

青春万岁·1994年儿童文学编辑年会在广西银滩召开

奇木异藤·1995年参加"西双版纳年会"

走南入北·2005年在西藏布达拉宫

告别三峡·1993年"三峡年会"全程在游船召开

1994年合家探访伦敦狄更斯故居时留影

1994年与先生在埃菲尔铁塔前合影

1994年与立立在伦敦特拉法加广场流连忘返

2019年与外孙女悠悠在摩纳哥街头闲逛

的壁炉早已弃之不用了。但素有怀旧情结的英国人，仍然喜欢拥炉而聚，享受家人促膝而谈的天伦之乐。厨房后门的庭院花木婆娑、鸟鸣虫吟，既可在劳作间隙凭窗注目，调剂身心，还能摆上长凳短几，煮上热气腾腾的咖啡、清茶慢慢品尝。夏夜能听虫鸣，春日可嗅花香，实属难得的居室。

小甘的同租室友博士生小王是位已婚女性，俩人一起开伙做饭，共同分担每月房租和食宿费用，各自拥有上下两层楼的卧室和卫生间。他俩执意要把楼上最大的卧室让给我们一家人享用。自此，我们三户人"日出而作，日入而息"，每日"鸡犬之声相闻"，却难得晤面，各自执行不同的生活作息表：工作日清晨他们就到实验室工作，直到夜里很晚回家；周末和假日又分别去附近中餐馆打工。我们一家人则忙着到处探幽览胜——不是去踏访几千年的古堡教堂，就是在充满异国情调的小集镇上转悠。

有一天，先生领我们去学校图书馆参观。在森林般耸立的书架丛中，我看见小甘正埋头啃书本。数日未见，我刚想上前招呼他，被先生急忙打手势制止。原来，图书馆里严禁喧哗，里面虽说人头攒动，却如一派无人之境。我曾私下里问过先生："他俩合租公寓，家里人知道吗？会不会有哪些麻烦事呢？"先生十分郑重地回答道："他们两家人都已办好了陪读手续，下个月就来这儿。租下这套房子正好适合两户家人合用，这样大家都能省下一笔不小的开销。至于男女交往麻烦与否，全看自己怎么处理。"此言一出，我顿感汗颜，自忖颇有几分"以小人之心度君子之腹"的味道。仔细想想他俩行事举止十分磊落，能叫我们住进去，本身就表明没什么隐私可瞒。

在举世闻名的牛津大学，我们看到了中国留学生住房的另一番窘迫情形：一间不足10平方米的斗室，住了小冯和其他三位博士学位攻读生。屋里东西不多，大多向空中延伸。房间四角的书籍和日用杂物倚墙而立，再顺势向上沿半面墙壁攀缘。在两副上下铺双人床的夹攻中，见缝插针地放置着两张多功能短桌，想必是读书、就餐、做活兼用，四个人得分批分期轮流使用。我们一家三口侧身进屋后,基本上得保持一个固定姿势,因为空间有限,没法挪移了。

小冯取下挂在墙上的一只茶杯,十分抱歉地苦笑说:"你们仨就凑合着用吧,在这里一切都得因陋就简了。"他告诉我们,牛津大学是世界一流学府,尽管房租连年涨价也挡不住来自全球的求学热潮。要是事先没能预订好房间冒冒失失地跑来,准得露宿街头。在这里大家首先考虑的是有无租房,而非租金问题——因为不论房租多贵,那些发达国来的有钱人照样付得出,而他们只能四个人咬牙分摊。小冯说:"一拿到学位,我们四人都准备打道回府,回去报效祖国。"

我家先生十分赞同小冯的决定,说小冯他们的房子虽然挤点,但在精神上还有自己的自由度,不像有些伦敦的留学生,为了省钱到当地贫民区印巴人家中租间小屋,白天忙着读书打工还好对付,晚上回去想清洗、方便一下,就得耐着性子等房东全家人用完后才能轮上。碰上个别悭吝的房东,有时会把电闸拉掉,害得他们只能用冷水对付着洗洗拉倒。这种常年寄人篱下、艰苦度日的生活环境,自然会造成精神压抑和心理郁闷。难怪我们家先生对学院的留教延聘,坚辞不受。"安居才能乐业,连个窝都没法弄,哪里谈得上事业发展呢?"

听着他们的对话,我脑中不由得冒出杜甫的那句名诗"安得广厦千万间,大庇天下寒士俱欢颜"。

回国之后,每次与这些客居他乡的朋友通信或打电话时,我都会追问一句:如今的住房条件改善了吗?

(1995年完稿于曙光新村)

"出有车乎"
——旅英见闻之四

二十世纪九十年代初期的英国人好像不分贫富贵贱,几乎人人有车。以我们的伦敦房东为例,他是来自印巴的移民"打工族",节俭得冬天都不舍得开暖气,可他照例拥有一部在我看来很是漂亮的轿车。英国政府给他们提供的是免费福利公寓,他硬是偷偷地租给我们一间,每周收20英镑租金。他每天开着车早出晚归,一进门就扎进自己的房间。一个多月住下来,我对他的面孔远不如对他的车熟悉。

我们每天进进出出,认识的左右芳邻居然都是家家户户门前车库的汽车。绝大多数家庭都是夫妻各备一车,要是有兴致去富人区车库转转,会发现那儿就像个小型汽车展览会。"鸡犬之声相闻……",到了英国就应该入乡随俗地改成"车笛之声相闻,老死不相往来"了。当然,你若真想拜访哪户人家,只要先看看他的车位,就知道会不会扑空了。

在英国客居半年以上的中国留学生,尽管囊中羞涩,也多愿意买部旧车来用。且不说出门办事、周末旅游的交通费可以免掉,光是每周开车去一趟郊区的仓储商场采购物品,就能省下一笔可观的生活费用。等到学成归国时,再将车子转手卖掉,运气好的话基本上"收支平衡",等于白赚了一部车用。

不过有了车,不见得就可以上路。考驾照在英国并非易事。牛津大学毕业的博士生小郑,单身一人在一家英国公司里工作了五六年,房子车子都有了,就是屡屡考不出驾照来。每次见面,大伙关心他考驾照的程度,不亚于找对象这件大事。他总是苦着脸说:"真受不了爱较真的英国人,考驾照简直比考博士还要难啊!"

刚到伦敦时,我在一处没有红绿灯标志的地方过马路。突然间一辆豪华轿车悄然而至,英国人开车会自觉遵守"不鸣喇叭"的规则。我赶忙收住脚步,谁知那车也戛然而止。为展示中华礼仪之邦"先人后己"的风范,我决定让车先行。想不到那司机也执意让我,在车窗后连连做着"请先开路"的手势,弄得我大为感动,一回去便把这种绅士做派告诉了先生。

谁知先生听罢,嘿嘿笑道:"这是你弄巧成拙了……"

原来,英国城乡的人行街道,除红绿灯控制指挥外,还在斑马线地段的路旁竖有醒目的黑白标志杆。杆顶上昼夜闪烁不停的黄色警示灯,提醒远处而来的司机提前做好避让行人的准备。1951年10月31日,世界上第一条斑马线出现在伦敦附近的伯克郡斯劳城,之后很快便延伸到全世界。在英国行车,不论何时何地,它本身就是行人的绿灯,所有司机到了斑马线这儿,都得让行人先走。因此,斑马线也被叫作"行人的生命线。"还是在二十世纪九十年代,5800万人口的英国就有2600万辆机动车,是全球机动车密度最高的国家。但在欧盟各国中,英国始终保持交通事故死亡率的最低记录。当时全英那11000多处斑马线,应该说立了头功。如果说英国人以绅士风度闻名于世,斑马线一事应是最好的例证了。

我还留心过伦敦市区的交叉路口,发现许多地方路面上都标有醒目的英文字母,提示过往司机和行人注意行车方向。行人过马路遇到红灯挡道时,揿一下路旁安装的专用电子按钮,它会立即显示出指示信号,告诉你"稍等片刻"或者"有请通行"的信息。这些年国内有些大城市已引进了此类装置,可在二十世纪九十年代初期,它确实让我们惊羡不已呢。

买车便宜,行车畅快,停车也很方便。在英国,只要把车停在规定的地段或停车场里,就不会有人来找你麻烦的。可要是跑到标有"STOP"(禁止)的地段停车,自会有警察来送给你一张170美元的罚款单,外加170美元的拖车费。也有不少地段停车,必须按规定自觉付费。你可以根据自己的停车时间,将硬币投入泊车位旁边像邮筒似的铁箱,那里面的电子玩意儿会自动出单,交给你贴在车窗上以备巡查的警察"验明正身"。

小时候读过战国名将孟尝君礼贤下士的故事:他为了成就霸业,广揽数千名贤人谋士养在家里。这其中有个叫作冯谖(亦作冯驩)的"高级助理",每天肚子吃得圆圆的,还在弹铗(指剑柄)高歌,要求孟尝君提高他的待遇,给予享受"出有车"的"福利"。殊不知在现代英国人眼中,这就如同穿靴戴帽一般平常。与大多数人以车代步的习惯相比,徒步出门倒变成了一件稀罕事。

伦敦仿佛是一座载在车轮上的城市,除了商业步行街和"红灯区"外,大街小巷只见车流滚滚,却难觅行人踪影。偌大的马路上,常常只有我们一家人如游荡神一样独往独来。令人感叹的是,那长蛇阵般的车流,奔跑起来竟如猫科动物一样悄无声息,难得听到喇叭声响。英国人素有开车不鸣笛的文明习俗,除非发现有车辆或行人违章不得不进行提示,司机才会轻轻揿一下喇叭。

由此联想到在国内上街饱受车笛聒耳震脑之苦,不由得多说几句。对我这样的"骑车族"来说,每日上下班的往返之苦,并不在于日晒雨淋、风雨袭人,而是一路不绝于耳的汽车鸣笛声侵扰。有些司机好像成心要比出车笛的音量等级,喜欢把喇叭按得炸雷般令人心惊肉跳。更有声情并茂者,开车如猛虎出山横冲直撞,险象环生。若没有练就一身应对技术和"泰山崩于前而不变色"的风度,恐怕难以招架。而且,即便"你不犯车",也不能保证"车不犯你"。我曾经碰上过一位孟浪司机,在靠近人行道的慢行道超速行驶,撞得我人仰车翻、筋骨受损不算,他还跳下车来气势汹汹地大发雷霆,仿佛是他的车子受到我的冒死攻击。真不知道这样缺乏基本交通常识的人,怎么会考出驾照的。

据说,英国汽车太多,也成了一种社会公害。环保部门一直呼吁尽快控制汽车数量的增加,以减少环境污染。早在1997年英国政府就宣布,从1997年5月31日起,开展以"不要窒息英国"为主题的环境保护月活动,并将这个月的四周分别命名为"呼吸轻松周""全国自行车周""绿色交通周""步行上学周"。1997年12月27日,英国政府又宣布了一项新计划:取消免费停车和提高现行停车费用,意在限制私人汽车增长,鼓励公民充分利用公共交通包括自行车在内的绿色交通工具。

看来,有车固然方便、快捷,但种种烦恼也会接踵而至。如吾辈盼望"出有车"者,应早做心理准备才是!

(1996年完稿于曙光新村)

拜谒威斯敏斯特大教堂
——旅英游记之一

1994年我去英国游历,不论是在繁华都市还是在僻静乡村,走不了多远就能看见尖顶圆塔的哥特式教堂。有时刚刚转过一条街,迎面又会碰上一座古色古香的巍峨教堂。在我看来,英国城乡的教堂之多,恐怕仅次于汽车和电话亭了。

有一天在伦敦街头闲逛,无意间走到了仰慕已久的威斯敏斯特大教堂前,我大喜过望。虽说它在英国算不上最古老、最高大的教堂,但作为王室专属的教堂,不论是政治意义还是在建筑史上的地位、艺术价值,它都是英国历史上最具权威和最有代表性的大教堂了。单从地理位置来看,威斯敏斯特大教堂在英国历史上享有的特殊地位,便是独一无二的。坐落在议会广场上的这座大教堂,和英国首相官邸——唐宁街10号不足百米之遥,与闻名遐迩的大本钟(Big Ben)、英国议会大厦(House of Parliament)比肩而立。美丽的泰晤士河在它的身后潺潺流过,金碧辉煌的圣詹姆斯宫与它终日相望。

威斯敏斯特大教堂(又称为西敏寺)集英国政治文化与历史名胜于一身,是历代英国君王加冕登基和举行重大庆典活动的风水宝地。公元1066年,法兰西诺曼底的威廉一世在黑斯廷斯战役中击败了英王哈罗德二世,选择圣诞日这天在威斯敏斯特教堂举行加冕典礼,成为这里第一个加冕登基的君主。自此之后，王室的加冕典礼、婚丧活动及其他历史性的庆典大事，都在此举行。戴安娜王妃与查尔斯王子当年在威斯敏斯特教堂举行的结婚大典，被称为"世纪大典"，风靡一时，使这座教堂又一次成为整个欧洲乃至世界的焦点。

我们先围着教堂外面转了一大圈后才走到正门前。不料此刻大教堂高门紧闭，正在举行周日礼拜仪式，外面已围满了好几圈不同肤色的各国游客。先生知我拜谒心切，便破例跑上前去和看门人求情，说了半天好话。最后才见那看门人十分犹疑地指着我女儿手中的一串红气球。那天恰巧是"十一"国庆节，伦敦唐人街上的华人商会向游人发放气球以示庆贺。我们立刻明白了他的意思，当即让女儿把气放了。看我们如此虔诚热切的神情，看门人打开了一道门缝让我们进去。

刚刚迈入几步，便觉得一脚踏进了肃穆森严的千百年历史之中。阴暗苍古的长厅里弥漫着凝重的历史气息，那一根根高大雄伟的柱廊、一座座古朴粗粝的石棺碑墓，将历史层层叠叠的身影，投入每位游客的身心，令人禁不住屏气噤声，唯恐扰乱这里森严冷峻的气场，惊动了那些已沉睡百年的英魂幽灵。

这座教堂始建于公元960年，由撒克逊族英王"忏悔者"爱德华于1065年扩建并封圣，主要由教堂及修道院两大部分组成，全部用巨石所造。教堂的柱廊恢宏凝重，拱门镂刻优美，整座建筑既金碧辉煌，又高雅肃穆，不愧是英国哥特式建筑中的极品之作。抬眼望去，只见100多英尺高的穹顶幽深高远，构造复杂；精美绝伦的彩色玻璃窗，装饰着各种花鸟田园风光和人物图案，色彩斑斓，缤纷夺目。深入教堂腹地，最引人瞩目的是前厅摆放的那座金碧辉煌的祭坛。它是十三世纪亨利三世皇帝所设，历代英王的加冕仪式都在这座祭坛前举行。祭坛前面的镂金铁门只有在举行大典时才会开启。

大教堂内有许多礼拜堂，著名的亨利七世礼拜堂长达511英尺，是英国中世纪建筑最杰出的代表作品,具有典型的英吉利-哥特式风格,由罗伯特·渥都设计。礼拜堂本身就是一个小教堂,装饰华丽精美,有独立的本堂和两边侧廊,陵寝单独设在一端。室内墙上满布壁龛,龛内共立有95座雕像,被誉为"所有基督教国家中的至美之所"。

在教堂内还有许多像亨利七世礼拜堂这样的献给死去君主的建筑,使人不由得惊叹教堂内堂中有堂、别有洞天。如祭坛东端的圣·爱德华礼拜堂,其中央的爱德华祠墓建于1269年,是世界各地香客的朝圣之处。主祠周围还有亨利三世及其他国王祠墓,形成了各个时代的雕刻博物馆,尤其是东端的亨利五世墓堂更以雕饰华美著称。建筑这座教堂的初衷就是将它作为英国国王的墓地,事实上,从亨利三世到乔治二世二十多位国王都葬在了这里。可以说,威斯敏斯特大教堂是一部英国王室的石头史书。教堂内,还有一座特殊的小礼拜堂是献给勇赴国难者——牺牲于"不列颠之战"(1940年秋季发生的英德空军之战)的皇家空军战士的。小礼拜堂的彩色玻璃上绘有当年参战的68个空军中队的队徽。

威斯敏斯特大教堂吸引众多香客和游人的,除了加冕大典的王座、亨利七世礼拜堂和英国空军纪念礼拜堂之外,还有另一大看点就是位于纵堂(Have)的伊丽莎白一世及维多利亚女王的著名石墓。但我此刻最急于拜谒的是横堂南廊举世闻名的诗人之隅(Poets Corner),在这里,有许多我心仪已久的世界文豪、著名诗人的坟墓和纪念碑。确切地说,有的实有坟墓,有的仅虚具碑像。而碑像还分为两种:一种是嵌在地板上的地碑,如拜伦、狄兰·托马斯、乔治·艾略特、奥登、华兹华斯、白朗宁、丁尼生、乔叟;另一种是刻在墙上的壁碑——虽然设碑但无雕像,占据面积不大。让人惊讶的是,两位英国文学史上著名的浪漫主义大诗人雪莱和济慈仅有壁碑,不知为什么连尊雕像也未竖立。想到雪莱《西风颂》中脍炙人口的名句"冬天已经来了,春天还会远吗?"我无法将眼前这块冰冷的石壁,与诗人的炽热情怀联系起来。被雪莱誉为"露珠培养出来的鲜花般的"济慈,虽然只活了二十六岁,但他精心创作的那些优美抒情诗,如《夜莺颂》《秋颂》《希腊古瓮颂》等等,使他成为19世纪英国诗坛仅次于拜伦、雪莱的浪漫主义大诗人。这三位名满全球的伟大诗人生前还是互相推重、志同道合的好友。他们深受进步社会理想的鼓舞,热情讴歌对民主自由和独立理想的渴望,都不同程度地遭到了统治阶层的迫害,被逐出英国,迁居意大利。拜伦和济慈因病而亡,雪莱在与朋友乘船出海时惨遭意外,溺死海中,他的心脏被葬在罗马的一处墓地。狂放不羁的拜伦在希腊参加民族解放战争中突然患病去世。他的心脏被葬在希腊,遗体运回英国后,当局不许将其安葬在威斯敏斯特大教堂。不过诗人之隅并不限于诗人,也供有小说家狄更斯、作曲家韩德尔以及科学家达尔文、牛顿、瓦特等人之墓,据说著名政治家丘吉尔死后也葬于此。

我驻足流连而不忍离去。许久以来,我受惠于他们的精神财富和出众才情,如今终有机缘向他们敬献心香,表达崇仰之情。看到这些文人墨客与君王皇后们共眠同葬,享受"一国至尊"待遇。我不由得深深感叹英国民族和政府对于科学文化与文学艺术的尊崇与偏爱。

走出威斯敏斯特教堂,我看见旁边矗立着的一块墓碑上面,有一段非常著名的碑记,深深地打动了我,特将全文录下与诸君共勉:

当我年轻的时候,我梦想改变这个世界;当我成熟以后,我发现我不能够改变这个世界,我将目光缩短了些,决定只改变我的国家;当我进入暮年以后,我发现我不能够改变我们的国家,我的最后愿望仅仅是改变一下我的家庭,但是,这也不可能。当我现在躺在床上,行将就木时,我突然意识到:如果一开始我仅仅去改变我自己,然后,我可能改变我的家庭;在家人的帮助和鼓励下,我可能为国家做一些事情;然后,谁知道呢?我甚至可能改变这个世界。

(1994年完稿于曙光新村)

真作假时假亦真
——英国蜡像馆见闻

上篇　名人馆

　　一到英国就有朋友来吊我们胃口，拿出一本影集，里面有许多他和当代名人的合影。除了红极一时的球王贝利、歌星麦当娜，居然还有和前首相撒切尔夫人并肩微笑的镜头。我大为错愕，不知朋友怎会一夜之间就成为了国际要人。再往下看时，不免连连生疑：好几个世纪以前的维多利亚女王、乔治三世、威廉四世都从阴间复活了？他们正用威严阴沉的目光，审视着我们这位朋友的冒昧造访……还是朋友自己撑不住哈哈大笑道："这都是在闻名世界的英国蜡像馆拍的，你们无论如何得去看看哪！"

　　蜡像馆坐落在伦敦并不惹人注目的贝克街上。待我们走街拐巷好不容易找到它时，还未到开馆时间。可门前已有许多人冒雨排起了长蛇阵，这在处处便利快捷的伦敦城里，还真是一大罕见的风景线呢。英国所有的旅游文化景点，对合家同行的游客实行优惠价，尤其鼓励父母携子女共同参与。只要带着孩子一同游览的，一律享受价格十分优惠的家庭门票或是全免孩子票价。在大门问询处，有位身穿红呢制服的服务人员，手扶柜台笑容可掬地探出上半身，接受游客咨询。先生走上前去询问票价情况,可是连问了好几遍也未见回答。我们这才反应过来:原来这是个蜡人!这下子连身旁游客也不禁连连嘘气,看来蜡像馆果然名不虚传。再往里走,只见一位身着黑袍头戴黑色圆帽的老妇人,神态安详地坐在大门进口处。正在犹疑不决她的真假时,先生轻声告诉我们:她就是这座驰名天下的蜡像馆创始人杜莎夫人,这是她在1842年为自己制作的蜡像,蜡像馆是1835年她74岁时建立的。

跟着熙熙攘攘的人流前行转向,我们来到了一座光线敞亮、花木扶疏的庭院,地面铺满厚实的石砖,中间有一方碧波青青的水池。四面红砖砌成的围廊与爬满墙头的青枝绿叶相映成趣,庭院内满眼都是令人十分眼热的当代文体明星:球王贝利面露喜色怀抱他心爱的足球;网球名将博格则专心抚弄那副陪伴他身经百战的网球拍;靠近门楣木窗边的拳王泰森双手叉腰,黑黝黝的脸上透出准备随时应战的神色。女儿一眼看到那位在全球风靡一时的大影星(可惜我总是记不住他的大名)金发披肩,正坐在一张放着威士忌酒具的圆桌旁出神,全然不觉身后围墙上面有位顽皮小伙子,正手持弹弓探出身体将他当作射击目标呢。"糟糕!还未开始参观怎么就转进这间名人云集的休息室里来了?"我的脑袋一热,转身就想出门,回头去看女儿,发现她已经坐到那位大影星旁边的空椅子上面,正摆出合影架势让她老爸拍照纪念呢。

原来这里都是当下走红的明星蜡像——都是当时还在世的世界级名人。他们的着装打扮与常人一样休闲、应时,让人有点难辨真伪。据说这间展室有个规定:所有入选的蜡塑者原型,必须是深受当代大众喜爱的各界名流,一旦他们声名沉寂,影响消逝,就得将他们的塑像搬走熔化,在塑像模子贴上标签存入暗室永世不得复出。看来这座展室也像是一座人生大舞台,不管再大再红的明星大腕生前多么显赫,最终都会成为世上来去匆匆的过客。谁都无法在那方耀眼夺目的地位常驻久安、岿然不动,都必须退场让位给层出不穷的后来居上者。

"究竟哪些人才能在蜡像馆里永久占据一席之地呢?"我正在独自发愣,女儿拉起我的手走进了一间光线暗淡的大厅。只见靠近墙壁的一处高台上面,摆放着一张装饰考究、富丽堂皇的雕花大床。登上好几级台阶才可以看到,在挂着银白、青绿两层丝绸幔帐的床上,身着戎装肩披红色缎带、头戴那顶著名的"拿破仑帽"的法兰西皇帝正静静地安卧着。他将右手放在胸前,不知是向另一个世界倾诉自己未竟的勃勃野心,还是耿耿于怀那场使他蒙受奇耻大辱的滑铁卢战役。靠近他双脚的床榻一侧,一位皓发老年侍者正垂首凝视着他。老人虽然背对游客,但那拱手肃立的恭敬姿态,渗透着一种强烈的悲怆气息。

对蜡像馆里那些显赫一世的帝王将相和王室成员,我并没有什么很大的兴趣,尤其是那些著名的欧洲国王,如乔治三世、五世,威廉四世,维多利亚女王,爱德华七世及历代英国国王,我多是一目十行,匆匆而过,没有在此驻足停留。直到走到名人馆中的艺术家群塑前,我的脚步才停了下来。那是一组不同时代、不同国度的大艺术家济济一堂的聚会场景:丹麦童话大师安徒生坐在沙发上,他的膝头上放着一本打开的书本,正向听众讲述着也许是他刚刚创作出来的童话故事;他的左手边站立着一代文豪莎士比亚。莎翁手握诗笺,正在凝神思考着那个让哈姆雷特王子困扰不已的人生命题——"生存还是死亡?"他的身后正在入神拉琴的乐童是大音乐家莫扎特。

坐在写字台前、正用深邃而平和的目光注视来访众人的是文学大师狄更斯,他创作的《双城记》《雾都孤儿》和《老古玩店》等世界名著,我早在少年时期就已经读得烂熟。我们在伦敦的住所离狄更斯故居只有一箭之遥,到达英国的第二天傍晚,我们一家人就前去拜谒。狄更斯是一个出身穷苦人家的勤奋作家。为生活所迫,他10岁起就开始去一家皮鞋油作坊干活,利用业余时间发奋写作,终生笔耕不辍,后来成为著名记者、作家。他的作品犹如一座现实社会生活的大画廊,描绘出了形形色色的人物形象,为世界文学宝库增添了不朽名篇。

爱好美术的先生和他喜爱的画家毕加索拍了一张合影后,又指着一旁的叶利钦和戈尔巴乔夫的蜡像说:"你看,苏联的这两任总统不光是心不和,面上也不和了。"我转眼一瞧:果然,这两位总统并肩而立,却相互以冷眼对视。一望而知,他们彼此的恩怨至死未了。再望望周围排在一处的克林顿和里根,也是一副互不理睬的架势。还有法国总统密特朗和另外三名要人聚会时的神情,也是面露愠色,仿佛有什么头疼事难以商量。可以看得出来,这组蜡像的设计师颇有历史幽默感,有意将那些喜怒不形于色的政治家的心理活动,加以夸张凸现。我和先生边看边笑,天真烂漫的女儿可不管这些巨头之间有什么龃龉,她走到叶利钦和戈尔巴乔夫的蜡像中间,一手拉着一个,笑眯眯地让我们给她拍了张合影,惹得周围游客们发出会心的微笑。

女儿的眼力果然不差,她喜爱的"最美王妃"是戴安娜王妃,觉得"最好玩的地方"是一组都铎王朝时期皇家宫廷宴会的奢华场面。她索性钻进了那群珠光宝气、身着皇室盛装的公主王妃之中,模仿她们屈膝行礼的动作让先生拍照。照片冲洗出来之后,看到这样一个"小不点"穿着现代人的滑雪衫,混迹在几个世纪前的古人中间,煞是滑稽可笑。

在这间云集了古今中外不同信仰、不同时期的世界首脑展室里,我无法一一辨认出所有的名人。有的眼熟却不知姓氏,有的似曾相识可对不上名字,更多的是不识其貌也不知其人。我能确认不错的有二战时期世界巨头丘吉尔、罗斯福(不知为什么没见着斯大林),巴勒斯坦民族解放阵线主席阿拉法特,南非总统曼德拉,共产主义领袖列宁、毛泽东。当然,这里并不是一座世界名人大全馆,许多历史名人未被选中固然令人遗憾,但入选者都堪称是在不同时期、不同领域里取得卓越成就的精英人物。尽管其中有些人尚无众口一词的定评,但蜡像馆的设计师能够不囿于民族与观念上的偏爱,这种尊重历史的客观精神令人钦佩。

下篇：恐怖城

不知不觉之中，我们走进了一条黑幽幽的狭窄地道中，墙壁上鬼火般明灭闪烁的壁灯，仿佛提醒我们不该来到此处。正想止步打探一下，忽然听见一声撕心裂肺的惨叫，随即还有婴儿惊恐万分的啼哭声。"莫非有人抢劫？"媒体上报道过的国外恐怖事件场景立刻浮现眼前，我迅速地看了看前后左右，除了我们一家人互相做伴之外，一无他人求助，二无退路可逃。我顿时感到脊背发凉，手足无措。先生仿佛也觉得有些不对劲了，但他比我要沉得住气，一手一个地拉着我们母女两人小心翼翼地向前慢行。

一个左拐弯，我们似乎走进了一座阴暗潮湿的地下监狱，四周高墙电网森立，墙壁的方孔里燃着时明时暗的油灯。一间间铁门紧闭的黑暗牢房里，可以看到犯人们躺在青石板上或仰卧或侧身，死一般沉寂。突然间又传来了一阵鬼哭狼嚎的嘶叫和拷打声音，不知从哪儿喷射出了一股股浓雾并弥漫开来。原来这是希特勒纳粹集中营场景蜡塑。只见毒气室浓烟弥漫，鬼火般的灯光下人影绰绰，一时间孩子大哭，女人号叫，那场惨绝人寰的历史悲剧就在眼前重现。

我觉得自己的神经有些承受不了，连忙快步往前跑去，想尽快逃离这座人间魔窟。可迎头却又撞上了另一组惨景：一座绞刑架上吊着一具不知名的尸首；寒光凛冽的铡刀下面横卧着血糊糊的尸体；旁边站着的几个刽子手凶相毕露，刚刚铡下一个血淋淋的人头。据说这是杜莎夫人为著名的法国帝王路易十六制作的死亡面具，那把断头台铡刀就是当年将他斩首的物品。这时，我才知道，原来我们已从一个地穴式斗拱门洞里，误入了蜡像馆里最为著名的"恐怖城"了。

杜莎夫人在这里真实地重现欧洲历史上一些著名惨案、重要历史人物的受刑场面以及各种刑具刑法,如十七世纪的"西班牙绞刑"和法国巴士底监狱的"死亡笼"及断头台等等。我们看到一位著名政治犯被绑在电椅上,只见墙上红灯闪烁,不停地变幻着数字,每隔10秒犯人就会被电击发出一阵惨叫,那道耀眼电光将行刑者的狰狞面目暴露无遗。

在电刑室旁边,是一位手握十字架、身穿黑长袍的神父被铁具死死钳住脖颈的可怕情形:受刑者一手紧紧握住十字架,另一只手则竭力伸出,去拉扯脖子上的刑具。旁边的刽子手歪头注视着神父张大嘴巴却无法出声的万状痛苦,嘴角上浮出得意的狞笑,像是欣赏自己的杰作。先生看完文字介绍后告诉我们说,这是还原欧洲宗教革命史上一位著名宗教领袖被处死的真实事件。

恐怖城里还有一组触目惊心的场景,是专门刻画那些嗜血成性、杀人为乐的恶魔和变态狂的:一只大浴缸躺着一具年轻貌美女子的尸首,只见她杏眼圆睁,满头金发散乱在雪白的躯体上面。站在浴缸旁将她亲手溺死的凶手不是别人,而是她的贵族丈夫。据文字资料介绍:这个有虐待狂心理的贵族一共杀死了自己十几位妻子,每次都是趁妻子洗浴时将她们活活溺死。还有一个外科医生利用手术台做刑场,杀死的病人不计其数。

最早制作恐怖城蜡像的是杜莎夫人的叔叔柯第斯,他从1780年开始用一些著名人物头颅翻制死者面部蜡像。1846年,杜莎夫人建造了这座恐怖城,增加了断头台、绞刑架、坐电椅和各种受刑场景,将历史上一些臭名昭著的罪犯、杀人狂、强盗、恶棍都聚集在此。在塑制著名绑匪巴克和海尔的头颅时,她采用了叔父翻制死者面部蜡像的手法,在巴克被行刑后的第一时间里,就用他的头颅立刻翻制;海尔的则是杜莎夫人去监狱里从他脸上翻制下来的,可以说完全是他本人面目的真实翻版,连他脸上的毛孔和胡须都清晰逼真,达到了以假乱真的程度。1793年法国国王路易十六被斩首处决后的尸体,立即被运送到一处装满石灰的坟墓中。当时未婚还是名叫玛丽的杜莎夫人,在路易十六的头颅下葬前,亲手抱着他滴血的人头制作蜡像模子(现在恐怖屋展出的就是他的面具)。而路易十六的妻子安东尼特王后当年被押往断头台时,玛丽因为受惊过度,竟然当场昏了过去。可她一苏醒后就立刻尾随着装有王后尸首的手推车来到玛德琳公墓,趁挖墓人吃午饭的空当,玛丽十分迅速地给时年三十八岁的王后制作了死亡面具。但不知什么原因,她从来没有在公开场合展览这个末日王后的死亡蜡像,这里展出的法国王后玛丽·安东尼特形象——美丽安详,仿佛熟睡了一般。法国大革命时期被杀的法国皇帝路易十八、马拉、罗伯斯·庇尔,杜莎夫人都是用头骨翻制面部蜡像,比按照画像和照片来塑制整体蜡像,效果逼真生动得多。在恐怖城出口处,我们看到法西斯魁首希特勒塑像外面罩着一个坚固的玻璃柜。因其蜡像高度逼真,酷似活人,馆方生怕二战中受害者的亲友们将"他""活活打死"以解心头之恨,特意做了防护措施。

  从令人窒息的恐怖城"逃"出来的游客,神情都是惊魂甫定,急于换处气氛轻松的地方调节一下高度紧张的交感神经。蜡像馆设计者有此"神算",游客一走出恐怖城,就见有笑容可掬的工作人员迎上前来,引导我们乘上专备车辆去游览蜡像馆的"历史城"——这趟游览实在让人大快朵颐了。游览车有点像国内游乐场里的"碰碰车"——既无封闭车厢也无车顶,可以进行360度转动;没有方向盘,不需要人操纵,自动沿着一条专设的轨道缓缓滑行。渐渐地,时光仿佛开始倒流,游览车把我们带进中世纪的英国城镇:只见沿途两旁的街道上,一间间古朴简易的小店铺和手工作坊鳞次栉比、热闹非凡;一辆辆充满中世纪风格的马车满载俊男靓女与我们擦肩而过,抛下一路喧哗笑语。这边的露天广场上,身穿中世纪服装的民间艺人们正在变魔术、玩杂耍、演木偶戏,身手不凡;那边的剧院舞台上歌舞升平、好戏连台……

  蜡像馆的设计师用精湛的蜡塑实景和巧妙构思,生动地再现了几百年间英伦三岛的民情风俗和社会生活画面,使我们在短短半个小时里,亲身游历了英国几百年的社会演变。这样非常生动有趣的历史教育,恐怕难以找到同例。

　　游完蜡像馆后,再去观看走廊里播放的蜡像制作工艺的录像片,印象特别深刻。奇怪的是,明明知道了这些用特殊技术塑造的蜡像,是并无生命的假人假物,可是要离开他们的时候,心里却有股恋恋不舍的感情,仿佛真是和一帮子故友新知分手的味道。这不能不让人由衷地佩服蜡塑师的创作天才和艺术表现力。

　　来到蜡像馆的每一位游客,可能都免不了产生真假倒置、真伪难分的错觉,闹出一些无伤大雅的笑话来。我家先生进馆时闹出真假不辨的笑话后,就一直保持着高度警惕,在一般场合中总是三缄其口,绝不轻易表态,可后来还是屡有"大意失荆州"的差错。有一次,我中途跑累了,便走到墙边的长椅上坐了下来,招呼他也来歇歇脚。可他不住地用手指着我旁边一位倚椅斜卧的老年游客,表示不好去打扰别人。我仔细一瞧,可不是吗?这位老太太想必也是走得疲乏,坐到这里打盹来了。只见她满脸绯红,胸脯还在一起一伏地均匀呼吸,手里拿的一张报纸滑落在膝盖上面也全然不知。我刚想伸过头去,瞅瞅那张花花绿绿的报纸,忽闻"咔嚓"一声,有位欧洲游客居然把我这黄皮肤黑头发的亚洲人,当作蜡像拍起照来。我立刻本能地站了起来,没注意手一挥竟碰到了老太太身上。我马上低下头去连声道歉,可半天没听到反应,不是说英国人很有教养吗,怎么没听到回复的礼貌语呢?"呀,原来是个蜡人!"先生一看,忍不住乐了。给我拍照的那位游客,先是一愣,立刻醒悟过来也大声笑了起来。原来彼此都闹出了真假颠倒的笑话。这真真假假、假假真真的,就是让神仙来这儿,也会弄糊涂吧。

(1995年完稿于曙光新村)

月是故乡明
——旅英游记之二

结婚十二载,和先生聚散离合好几番,却从未耽误过中秋团圆。这回他远渡重洋去英国做访问学者,我们母女俩在数月之后向英国使馆递交了探亲申请。据说办理护照手续繁多、耗时不短,我估计一家人无缘共话中秋夜了。

没想到老天有心搭鹊桥,探亲申请办得出奇顺利。中秋前夕,我们一家人在伦敦希思罗机场见面。顾不上好好逛逛伦敦名胜古迹,先生就领着我们乘车赶往他所在的杜伦大学,赶赴当天中国留学生举办的中秋晚餐聚会。

一路上,一座座古色古香的教堂、城堡在蓝天白云的映照下分外耀目;一片片雪白耀眼的羊群,像宝石般镶嵌在绿茵茵的草地中;一丛丛姹紫嫣红的鲜花簇拥着幽雅古朴的别墅农舍。远离闹市红尘的浮华喧嚣,大自然原生态的鲜活纯净令人心醉神迷……

从伦敦到先生所在的苏格兰地区400多公里,奇怪的是一路跑下来,看不到一处工厂和稻田,我禁不住向先生发问。他告诉说:"英国不仅是世界上最大的国际金融中心之一,还是最大的制造工业品输出国。它以工矿、贸易为主要产业,高科技工业产品和出口贸易产值在全球一直领先,而许多产值不高的轻工业品和农产品则依靠进口。这个老牌殖民主义帝国早就把一些污染严重的工厂企业,放到了殖民地或第三国生产。甭说你们刚才走了这一点路,连我在这里跑了许多地方,都难以看到'冒烟工业'呢!"……

到达杜伦大学已近傍晚时分,早在车站等候多时的两位博士生田刚、林凌,一见面就扛起我们的行李,直奔他们合租的英国公寓。虽说这是英国最普通的工薪阶层住房,可在二十世纪九十年代初期,用我们的住宅标准来看已是超豪华了。两位热情侠义的博士,体恤我们租房费钱又不方便联络,执意将最大一间卧室让给我们栖身。

正在推让之间,忽然听到门铃大作。来客是在英国工作多年的博士后小郑及李鹤一家。小郑有室而无家——房子早已购上,但家庭主妇的位置暂时阙如。这位中科大高才生已拿到了牛津大学博士学位,是此地留学生中"绿卡"在握、薪水最高的白领阶层。可不知为什么他总像忧郁的哈姆雷特,脸色苍白,眼神冷冰。

与"哈姆雷特"形成强烈反差的李鹤,总是幽默风趣,轻松自在,一副笑口常开、无忧无虑的弥勒佛相。也许他压根就没啥犯愁事了:应聘做一家大公司老板的技术助理,薪水丰厚不说,还能享受公司免费提供的食宿待遇。最开心的是娇妻爱女都已接到身边。在私立学校读书的小女儿,蹦蹦跳跳地进门之后,就"ancle"(叔叔)、"aunt"(阿姨)地叫个不停,和我们家千金大有一见如故的味道。

每位来宾都为这个中秋聚会准备了"私家"点心菜肴。我们特意从伦敦唐人街带了虾饺、鱿鱼、红烧蹄筋和月饼;李鹤太太精心准备的是肉丸香菇饼和家乡特色食点;两位主人则中西合璧、自创手法,腌制烹调烤鸡、熏鹅和各式凉菜……

最后一位姗姗来迟的丘红小姐,一再申明自己没法下厨,捧来了一大篮水果和艳丽如其人的漂亮鲜花。"哈姆雷特"慢吞吞地打开了最后一份压轴食品,居然是一大盒闻名遐迩的奶油冰激凌,立刻便博得了两位小姑娘的齐声喝彩。

英国的九月正是"斜风细雨燕子轻"的仲秋季节,到了夜晚,浓厚的凉意挟裹着潮湿让人倍感寒气凛冽,许多英国人家和商店都开始生火取暖。我们把壁炉里的柴火烧得通红,鲜花、美酒、冰激凌,加上香味四溢的菜肴、月饼,一场中西合璧的中秋团圆饭在异国公寓的壁炉前开始了。

一阵阵杯盏交错、笑语盈盈,一张张笑脸在炉火映照下光彩四溢、面色绯红。大家三三两两聊起自己最关心的话题:田刚、林凌的最大心愿是能早日办成各自家属来英国的探亲签证;李鹤和太太围着"哈姆雷特"打听申办绿卡的手续;丘红和林凌听说我家先生婉拒了学校院方的工作邀请惋惜不已:"你们一家人好不容易来了英国,再待上几年拿到绿卡,以后就算熬出头了!"

可"一根筋"先生"英雄所见不同",连连摆手道:"我觉得在国外生活除了物质富裕之外,其他什么都没有。既无法融入异国文化和社会交往,精神生活也远远不如国内丰富……"

我不想让先生的直言给两位在国外辛苦打拼的女人泼凉水,便赶紧截住他的话题说:"你看像丘红和林凌这样学有所成的女博士,在事业上已大获成功啦!在国内能找到几个?"

话音未落,两位女博士都不约而同地一起摇头说:"钱太太可说岔了,像我们这样抛家离子的女人,相夫教子一样都没有做到,何谈成功二字呢?"

小林三十岁出头,就已在上海一家名牌大学当上了科研处处长。正是春风得意之际,偏偏又遇上了学校里大刮"学历风"。只有"工农兵"学历(指当年从"工农兵"行业推荐上大学)的小林,便一咬牙来到英国攻读博士学位。几年下来实在念家心切,好不容易说服丈夫辞职来英国陪读,没想到先生居然被使馆拒签了,他们正在绞尽脑汁做第二次努力。

衣着入时、漂亮能干的丘红是留学生中出名的"美人坯""交际花",

她刚生下女儿没多久,就被学校公派来英国做一年的访问学者。可她期满后不愿回国,就在这里一边工作一边继续读博士学位。她的先生不肯放弃自己在国内的专业,与她分手办了离婚。前一阵子,她交上了一位在伦敦工作的英国男友。每逢周末和节假日,她都会风雨无阻地赶过去赴约。可最近不知为何缘故,两人突然中断了联系。

她说的一番话,让在场所有人心情一下子阴暗起来:"今天是中秋节,早晨起来我实在忍不住给家里挂电话,就想听听两岁多女儿喊我一声妈妈。可是她却在电话里一个劲地问,'你是谁呀?你是谁呀?'我告诉她说'我是你的妈妈呀',她竟然说我骗人,说她一点也不认识我……"

她说着说着眼泪就一串串往下落,后来索性一下子扑到桌上"呜呜"哭了起来。

大伙儿的眼睛都湿润起来,望着壁炉里的熊熊火焰,全都沉默不语了。偌大的客厅里,只有炉火噼啪作响的声音,两个孩子耐不住冷清,跑到屋外去"看月亮"了。

此时此刻,每个人心中都揣着对家乡亲人的思念,男人们不再高谈阔论,开始闷头喝酒。我小时候读过高尔基的一句话印象特别深刻,但当时并不太能理解:"人只有在自己家的四面墙里,才能露骨地活着。"如今来到国外,才能真正体会到这些留学生"独在异乡为异客,每逢佳节倍思亲"的感受。

对他们来说,家不仅仅是让人身心彻底松弛、为人遮风避寒的暖巢,也是他们能够卸下精神压力、补充情感给养的良港。在异乡漂泊的游子,不论走到哪里,都像蜗牛那样背负着思乡硬壳,无法褪去那份刻骨铭心的思念之情。

酒过三巡,桌上已是一片狼藉。每个人好像都有些微醉微醺了。

两个看月亮的孩子突然闯进门来,大声嚷嚷道:"妈妈,妈妈,为什么英国的月亮一点儿也不亮啊?"

田刚和小林不约而同地站起身来说："傻孩子，大阴天上哪儿看月亮啊？来，咱们收拾地方跳舞吧。"

轻柔的华尔兹舞曲在客厅里徐徐荡漾开来，田刚以主人公的身份走到我面前，做了一个十分夸张的邀请手势。大家全被他的动作逗笑起来，三三两两地纷纷走进"舞池"……

回国多年之后，我的脑海里有时还会闪现出那座火光熠熠的英国壁炉，想起那个在壁炉前度过的中秋夜晚。田刚、小林、丘红、"哈姆雷特"，还有李鹤一家人的面容，都如过电影般在眼前一一浮现。此时此刻心中总不免惦念：这些年来他们是否都已如愿以偿？合家团圆了吧！

（1994年完稿于曙光新村）

夜渡英吉利海峡
——巴黎游记之一

得陇望蜀之心，人皆有之。在国内申办赴英签证时，并无涉足法兰西共和国的奢望。可到了伦敦一翻地图，看到这两国只是隔海相望，比从我们家去北京还近。像我等贪玩之人便大动游兴，怂恿先生去英国使馆申请旅游签证。

不料，先生几个回合跑得腿酸力疲，都被挡驾而归，说是我们在英国逗留时间太短，办手续要等上几个月才行。此外，我们持有的英国签证已注明只能入境一次。除非我们去法国后不再返回英国才行，但以先生公派访问学者的身份，已明确要求必须从伦敦出境还乡。

眼瞅着归国日期临近，法国使馆的签证通知杳无音信。我哪里甘心就此错过一睹花都巴黎的良机，便决定主动出击去法国使馆碰碰运气。也许是看到我们手持返乡机票，法国签证官不怕再有"非法移民"的麻烦发生；也许是这位法国绅士特别尊重女士，三言两语之间，他便手起章落，"啪"的一声通过了我们一家三口的旅游签证。

先生见此柳暗花明的奇迹发生，赶紧对我说："夫人出马一个顶俩，以后这些事就由您亲自……"我可不想"能者多劳"，派生出日后家务分工方面的隐患，便赶紧截住他的话题说："哪里哪里，看来法国人讲究绅士风度名不虚传哪。"

欢天喜地地揣上签证后，一家人开始计划具体行程安排。听说20世纪最伟大的工程——英法海底隧道已建成通车，女儿提议全家领略一下现代高科技的舒适快捷；我呢，则满心沉醉于凭海临风、倚栏注目，望一路滔滔海浪优哉游哉的闲情逸致，便反对如地老鼠般潜行于海底。

财权在握的夫君到底精细，决定订购往返巴黎的夜班游轮船票。他说这样一来价格便宜不少；二来夜间清静与休息兼而有之；再者可节省时间多出一个大白天来去游览。我俩一听，这已是三全齐美之策，全家人岂能不为？

一家人兴冲冲从伦敦维多利亚火车站启程时，已是晚上八九点钟光景。初秋的夜晚已有些许凉意，但一走进车厢的自动感应门里立刻感到热气扑面。英国人似乎特别怕冷，秋分刚过不久，车上已开始供暖。这里的普通硬座车厢，看起来比国内的软卧还要宽敞舒适。高背沙发软椅足够让人横躺歪斜、舒展自如，我们赶紧半卧下来。两排沙发之间的隔桌上面铺设着雪白的台布，环境优雅整洁。可惜这偌大的车厢里乘客寥寥无几，几乎成了我们一家人的包厢。

刚入蒙眬之境，先生忽然推我起身。原来已到了多佛尔海峡的渡口，一家人睡眼惺忪，哈欠连连，也顾不上欣赏华灯闪烁的海港夜景了，一心只盼着赶紧上船找个宽敞地，接着睡那后半截子觉。

好容易等到渡船靠岸，已困得抬不直颈子了，只好硬撑着自己懵懵懂懂地随着人流，上上下下地爬了好几层舱梯。

可一进客舱我猛地打了一个激灵，以为自己误入歧途，跑进五星级豪华宾馆里了。这里的地面上全都铺着平整洁净的大红地毯，装饰考究的墙壁悬挂着超大屏幕的彩电、录像机，从舱顶吊下一簇簇色彩缤纷的鲜花绿植，在一片迷离的橙黄色灯光笼罩下别具风情。伴着阵阵流水般轻轻飘漾的古典乐曲，人们有的三三两两围坐在酒吧、咖啡厅里喁喁细语，有的去桌球房、游戏机前消磨时光，有的独自捧着饮料静静地翻阅报纸杂志,还有的干脆放开四肢躺进长沙发中悠然入睡。

可我们一家人都毫无睡意了。好奇心特强的小女说她得看看这船究竟会有多大,一下子就溜得不见影子了。我也是惊异不已,拉着先生又往上爬了一层。

嗬！果然有收获。楼上居然还有个不小的超级市场呢！听那金发碧眼的小姐介绍说,这还是海关免税商场,购物可凭护照享受免税优惠。先生立马买了两瓶洋酒打算回国孝敬岳父大人,我也捧回了几瓶心仪已久的法国香水。喜滋滋地回到我们用几组沙发圈成的临时"宿营地",可等了半天,怎么也望不到女儿芳踪,慌得我俩一下子从沙发里弹了出来,赶紧分头去四下寻人。

可这巨大的游轮足有好几百平方米面积、四五层楼高,光是底舱摆渡的大小汽车就装了近百辆之多。要想把上上下下、形形色色的场所都跑上一遍,非得花上一整天。有心想请游轮广播呼叫,可女儿根本就听不懂英文哪！我顿时方寸大乱,毫无顾忌地大呼小叫起女儿的名字。

好不容易才隐隐约约地有了女儿的回应声,我这才发现,船舱中部有一扇很矮小的木门,看来是专门给儿童出入的。它后面藏有一处别有洞天的儿童乐园,海绵铺设的地面上堆放着各式色彩斑斓的游戏器具,从滚圈、转马、滑梯到蹦蹦床以及种种我也叫不出名的电动玩具,真让人大开眼界！女儿和一群金发幼童,脸上戴着各种稀奇古怪的面具,正在攀高爬低地忙得不亦乐乎。看见我只能将一只脑袋伸进门里四下张望,她乐不可支地大叫起来:"妈妈,妈妈,你看这面墙后边还藏着一座恐怖城呢！"见女儿玩得极其得意忘形,我不想坏了她的兴致,再三再四地叮嘱了她回去的路径后就撤了回去。

我走出船舱来到甲板上,想独自享受一会观海时光。我的老家在山东胶东半岛,父辈一代兄妹五人的名字都取用了"海"字:大伯源海从家乡出来闯荡,落户在海滨城市青岛;三叔敬海一辈子在海轮上做厨师,确实对大海敬若神明;四叔宴海终生在老家做中学教师;小姑叫香海,爷爷奶奶替她选中的夫婿,自然也出身海边人家;我的父亲排行老二,名环海,15岁入伍随军南下安徽,是家族里唯一远离了大海的人。他们兄妹五人的命运似乎早在名字里就已见端倪了。这种渊源关系自然使我对大海别具钟情。记得我上中学时回过一次老家,天天着魔似的跑到海边,一待就是大半天。怎么看也觉得天下文字,都写不尽大海的魂魄精灵。这次能亲眼看见二战风云际会的疆场,领略一番英吉利海峡的疾风劲浪,也是一桩难得美事。

可此时我四下张望了半天,也看不到激浪飞腾的海面,连那呼啸喧闹的涛声也是若隐若现。是这重重夜幕将它们的面目掩藏得结结实实,还是半个世纪的和风细雨抚平了它的怒涛激流?让往昔的辉煌与豪气都杳如黄鹤、了无踪迹了?

我分明记得,英国前首相温斯顿·丘吉尔——这位1953年诺贝尔文学奖得主,曾在他洋洋百万言巨著《英语民族史》中,花了许多笔墨描述1805年爆发的英法特拉法尔加海战。

1804年,刚刚称帝不久的拿破仑一世,在英吉利海峡彼岸布伦集结几十万大军,企图渡海进犯英国本土。狂妄至极的拿破仑甚至已铸造了一枚胜利纪念章,并在布伦树立起纪念柱,来提前庆贺自己想象中的胜利。英国政府派出纳尔逊子爵率师出战。这位富有传奇色彩的海军总司令,以40艘战舰列阵拒敌,在西班牙的特拉法尔加海角激战数月,彻底击溃了法兰西联合舰队,使拿破仑的入侵计划化为泡影。

不幸的是,在胜利前夕,身临作战第一线指挥的纳尔逊总司令负弹重伤。他一直坚持到听完胜利捷报后才闭上双目,安然去世。英国人民世代传颂这位军事天才的丰功伟绩,英国蜡像馆设计师以英国军舰为场景,运用声、光、色的现代化手段,再现了当年硝烟弥漫、火光冲天的激战场面,让观众亲历那种火炮呼啸、桅杆断裂、士兵中弹时发出惨叫的惊恐氛围。英国政府为纳尔逊将军塑造的巨型雕像,坐落在伦敦市中心的特拉法尔加广场上,供后世人凭吊瞻仰,让人们牢记今天欢歌乐舞、丰衣足食的和平盛世,是无数纳尔逊这样的民族英雄用血肉之躯筑就而成的。英吉利海峡正是这段光辉历史的永恒见证。

晨曦初开,海面上开始跳动起鱼鳞般的碎金。我们的游轮也开始加大马力,"哗啦啦"地扯动着大海的衣襟。

沉寂了一夜的海水似乎蓄足了劲头,要和巨轮比出力量高低。它筑起一道道波涛紧紧拦住船头,用团团浪花死死咬住船舷。经过一轮轮搏斗、一番番狙击,"轰隆隆"一阵巨响,只见那层层浪花顷刻化作了满天飞沫,万顷波涛变成千堆白雪。

望着这惊心动魄的场面,我深为感慨不已:人类历史的进程不也正是如此吗?它的每一次出发、每一段历程,都凝结着万千英雄豪杰舍身殉志的豪情壮举。

"江河奔驰空悠悠,唯将豪杰英名存",波涛滚滚的英吉利海峡,永久传颂着他们为人类崇高事业做出的丰功伟绩。

(1994年完稿于曙光新村)

在拉雪兹神父公墓追悼巴尔扎克
——巴黎游记之二

我们的家庭文化属于传统与现代相互包容、兼收并蓄的那种类型。女儿能歌善舞,从小到大一直爱好流行歌曲,热情不衰。据说他们班里还有不少狂热等级的"追星族",能将自己崇拜明星的生日星座、习性癖好、生活行踪等信息,说得头头是道。

遥想我青春年少时,也是一名不折不扣的追星族成员。只不过我们追的都是早已作古的世界文豪作家,从迷恋作品到崇拜作家本人,那股热情也是全方位的。

记得有一次和一位书友谈起法国大作家巴尔扎克的仪表相貌,我完全凭着主观想象,把他描述成仪表堂堂、风度潇洒的魁伟男子。那人却坚持说巴尔扎克身材矮胖、五官粗陋,并举例说巴氏成名后,曾收到过不少言辞炽烈的求爱信请求"朝觐"。但巴氏颇有自知之明,生怕自己的丑陋相貌会吓跑追求者,便一直婉拒,只肯保持通信关系。但其中有位自称意志坚定者,三番五次地表示坚贞不渝的爱情绝不分相貌美丑,执意与他约会相见。没想到一见之下,这位女子就失声尖叫起来,接着便落荒而逃。

美男子的幻想虽然破灭了,但是我对巴尔扎克作品的迷恋还是与日俱增。《幽谷百合》《贝姨》《被遗弃的女人》《邦斯舅舅》《幻灭》《交际花盛衰记》《苏城舞会》《驴皮记》等等,几乎所有能找到巴尔扎克作品的地方都被我搜刮一遍,每一次阅读都成为我那段生活的幸福享受。巴尔扎克笔下的那些主人公,《欧也妮·葛朗台》中老葛朗台畸形病态的悭吝、《高老头》里超乎寻常的父爱、《贝姨》主人公的狭隘嫉妒、《邦斯舅舅》中贪婪卑劣的无耻之徒……都在我的脑海中稔熟之至、入木三分。

在十年"文革"造就的文化荒漠中,寻寻觅觅得到的一本世界名著,不啻茫茫沙漠的一片绿洲、漫漫黑夜的一盏明灯。记得二十世纪七十年代初期的一个酷暑,我辗转借到了巴尔扎克《高老头》,真是如获至宝,喜不自禁。那时我们家住的小平房低矮潮湿,入夜后闷热难当。家里人热得没法入睡,全都到屋外支起竹床扑扇纳凉。唯有我一人在家中入迷地阅读《高老头》。一生屡屡遭受三个不孝之女无情伤害的高老头,临终之时苦盼爱女前来的痛楚情形,令我潸然泪下、伤怀不已,全然忘却蚊虫叮咬及三伏高温。

1994年去法国巴黎旅游,我最大的心愿之一就是拜谒巴尔扎克墓地。

一个斜风细雨的下午,我们一家人来到位于巴黎东部郊外的拉雪兹神父公墓。它因拥有100多位世界名人墓和巴黎公社社员墙闻名遐迩,成为世界上著名的墓地之一。

这块占地44公顷的公墓,被划分为97个墓区,曾是"太阳王"路易十四的忏悔神父——耶稣会士拉雪兹神父的豪华别墅。拉雪兹神父深得路易十四的宠信,这幢别墅便是拜路易十四所赐。1804年5月,巴黎市政府买下了这个地方,将这块地正式改建为公墓,正式名称是"东部公墓"。但人们习惯称之为拉雪兹神父公墓。它不仅是一座具有浓郁欧洲墓葬风情的墓葬博物馆,还已成为巴黎一大旅游景点,每年吸引着来自世界各地的数十万来访者参观拜谒。

我们从公墓入口的管理处索取了一份墓地的名人名单,在标出的106个名人墓中,有法国和其他国家的政治家、科学家、作家、音乐家和演员。如法国最伟大的喜剧作家莫里哀,法国著名诗人兼寓言作家拉·封丹,英国爱尔兰诗人及剧作家王尔德,法国天才戏剧作曲家、歌剧《卡门》的作者比才等。大文豪雨果的灵柩被移进了先贤祠,但他家族的墓场在此。还有社会主义思想的先驱圣·西门,现代派大作家普罗斯特(《追忆似水年华》的作者),意大利作曲家罗西尼、贝利尼,美国舞蹈家邓肯,美国现代作家斯泰因,等等。

名人墓大都十分简朴。我们在一个小坡上看到波兰著名音乐家"钢琴诗人"肖邦低矮的墓碑,墓地上有个怀抱小提琴、神情忧伤的少女雕像,她身裹轻纱,秀发披散,手中插着一枝凭吊者敬献的红玫瑰。这位年轻音乐家的墓碑前方刻着他的侧面头像浮雕,下面是他的名字和生辰。1831年,肖邦来到法国定居。后来,他结识了比自己大六岁的法国女作家乔治·桑。甜蜜的爱情激发了肖邦旺盛的创作灵感。1847年,两人关系破裂后,肖邦心情极度忧郁,创作灵气大为衰退。两年之后,年仅三十九岁的肖邦因肺病在巴黎逝世。

我们按图索骥,穿过一片又一片密密匝匝的墓地,终于找到了巴尔扎克墓地。和周围一些富丽堂皇的墓室相比,巴尔扎克的墓似乎过于简朴。如果不是墓前有那座著名的头像雕塑,我无法相信这里安葬着世人崇拜的一代文学巨匠英魂。

这位被称为"法国文坛的拿破仑"曾经激情奔越地操着他的粗手杖,对他的胞妹宣布:"祝贺我吧,小妹妹,我就要成为一个天才了!"这支手杖的玛瑙杖柄上刻着著名的土耳其文格言:"一切障碍,遇我即亡。"

此刻的巴尔扎克已饱受了十年写作生涯的艰辛磨炼,立志做一名"法国社会这个真正的历史学家的书记","编制善与恶的清单,收集情欲的主要事实、刻画性格,选择社会上最重要的事件,结合相类似的人物性格塑成典型。写出许多历史学家忘了去写的那部风俗史"。

巴尔扎克耗尽毕生心血，终于打磨成就了世界文学史上的一座巍峨丰碑——《人间喜剧》。他被恩格斯视为是"比过去、现在和未来的一切左拉都要伟大的现实主义大师"。在这由90多部小说、2000多个人物组成的巨型画廊里，巴尔扎克以他的天才画笔，向世人展示了"一部生动形象的法国社会，特别是巴黎上流社会的卓越的现实主义历史"。

我们久久地凝视着墓地上的巴尔扎克头像雕塑，据说它出自著名雕塑家罗丹手笔。这位大师用石头刻出的那双洞穿世事人性的眼睛，别具一种摄人心魄的魅力，正如丹麦文学评论家勃兰兑斯所描绘的那样：

> 那是驯狮者的眼睛，这种眼睛能透过房屋的墙壁看见里面发生的一切，能透过人的肌体，洞察人的肺腑，像一本打开的书。他的仪表显示出一个劳苦不息的西西弗斯的形象。

西西弗斯是希腊神话中一位坠入地狱的"英雄"。他因触犯众神被罚推石上山，每次他竭尽全力将石头快要推近山顶时，石头都会不听使唤地滚落下山。他只好再从头推起，周而往复，生生不息，终于耗尽了他的全部心力。巴尔扎克也正是这样一位终身笔耕不辍、殚思竭虑的"文字暴君"。

当年，身无分文的巴尔扎克拒绝了家人为他安排的律师前程，从故乡来到巴黎这座冒险家的乐园，住在一间又破又窄的小阁楼间里，每晚七八点钟睡觉，半夜起床一直工作到次日下午，困倦之时就靠喝咖啡来提神解乏。他的书桌上放置了一尊拿破仑的塑像，上面刻有"吾皇用剑征服者，我将用笔征服之"的警句。"他是一个以巨人的力量从事工作的伟大的建筑师"，朋友们说，"他活在五万杯咖啡上，也死在五万杯咖啡上"。他在二十多年间用自己的笔杆创作了一百部以上的长篇小说、短篇故事和

浪迹天涯:从澳大利亚墨尔本(左上,2006)到意大利佛罗伦萨(右上,2019);
去海南三亚(左下,2021)与新西兰南岛荒野(右下,2019)

1994年与先生同游英国牛津大学

1994年和先生在法国罗浮宫

1988年在北海公园·女儿第一次赴京

1994年和立立在英国威斯敏斯特大教堂

相携同行·1988年姐妹出游雨花塘公园

戏剧。漫长而疲惫的向隅写作生涯，过早地透支了他的健康和生命。在五十一岁新婚后不久，巴尔扎克因病辞世。

面对着这位我倾慕已久的大师亡灵，倾听着周围树木窸窸窣窣的细语，我感受到了一位文学天才的未竟宏愿与无尽孤独。据说巴尔扎克生前常常喜欢来到这块墓地上散步休憩，他笔下的不少精妙篇章和灵感是否从这里萌生，现在已无法得知。

我们在这块收殓着大师未了情缘与梦想的墓碑前，轻轻地放下了一捧鲜花，将我们来自异国的深切敬意与天地精气一起化作缕缕心香，为大师祈祷默哀。

"卖花人去路还香"，一代伟人巴尔扎克的天才创作，已经成为人类世世代代享用不尽的精神财富，他的在天之灵可以永久安息了！

（1995年完稿于曙光新村）

难忘的波兰捷克之行

2008年5月28日下午,期待已久的波、捷之行从北京启程。我们一行九人乘坐直达伦敦的航班腾空而飞。与以往出访不同,这次东欧之行的时间背景和任务有点特殊。半个月前发生的"汶川大地震"惨剧余痛未平,可我们与波兰埃德玛萨雷克出版社的合作项目年前就已确定。鉴于我国与东欧国家的出版合作刚刚起步,此次行程任务关涉双方下一步的文化交流,具有开疆拓土和推进外交工作的建设意义,受到了国务院文化部门的高度关注,因此不便改期。

波兰出版科教刊物规模最大的埃德玛萨雷克出版社,坐落于波兰维斯瓦河畔的中世纪古城托伦,已被联合国教科文组织列为世界文化遗产,被誉为"波兰七大奇迹之一"。举世闻名的天文学家哥白尼就出生在这里。这座被古城墙环绕的城市,90%的建筑都是哥特式风格。因为商务谈判和社交活动安排得太满,我们没有时间领略这座古城的名胜风光。在托伦的三天时间,按照官方外交仪式和波兰风俗安排了接风宴、正宴(即地方行政长官出面招待)和家宴三次商务会谈。前两次的宴会所有来客逐一发表致辞,从傍晚六点多钟开始一直持续到深夜十二点。倒是出版社社长阿曼德先生的家宴有些别开生面,令人难忘。

波兰人一般不会轻易安排家宴,除非是关系十分亲近的密友或是较高规格的贵宾接待。我们一行十人(加上翻译)下午如约来到阿曼德先生家里,一进门就对他的豪宅华庭瞪圆了眼睛:且不说前后两个庭园流水潺潺,花木葱茏,既有水榭亭阁,还备有了一个专修的儿童乐园(据说是阿曼德先生专为他的小外孙建的),也不说两百多平方米的客厅里摆设的各色古董字画价值几何,只留心一下波方来宾身份就知道主人的社会地位和雄厚实力:出席这次家宴的有托伦市长夫妇和哥白尼大学校长及当地最有名望的专家学者社会名流。阿曼德夫人出身波兰世袭贵族家庭,美丽端庄,举止优雅,气质卓然不群,是波兰小有名望的历史学家。所有来宾个个西装革履,器宇轩昂。华灯与烛光闪烁,鲜花和笑脸辉映,宾主分列长桌两侧正襟危坐,正是一次标准的上流社会外交聚餐。

阿曼德先生笑容可掬,措辞得体,语言诙谐又不失分寸,整场气氛庄重而又轻松。既有外交公关气氛又不乏朋友联谊味道,不像咱们国人的聚餐偏执一端:要么是满场的外交辞令,要么是闹哄哄的家常拉呱。鉴于对方的严整阵容和周全礼仪,带队团长临时让我这位第一副团长临阵磨枪,也说上几句场面话。我只好仓皇起身,没顾上多说两句客套话便道:"这次两大出版机构对接,是我们两国出版事业合作交流的破冰之举。我们的团长刚刚大发感慨,说他虽然走过不少国家,参加过不少聚会活动,但这个夜晚留下的却是一次难得的记忆……"我说完这番话就率先将自己杯中酒一饮而尽。这番豪放举止马上就得到了全场响应,据说让整场气氛立刻升温了不少。

与这次家宴轻松愉悦的休闲气氛形成强烈对比的,是和阿曼德先生的出版商务谈判。虽说双方先前在网上有些接触,但这次漂洋过海来到"实战地",好歹也要弄出点成果。我想方设法地想要多挣些海外版税,便利用副团长身份热情推荐刚刚再版的全彩本《中国人的民俗世界》。这是一本专为2006年法兰克福国际书展定制的"外向型"图书,由我策划和担任责编。阿曼德先生不愧为出版业的行家里手,对图书定价不低

（此书是全彩图书）、印制成本偏高和内容过细不太适合国外读者阅读习惯等问题，反复斟酌探问，坦率表明了自己的疑虑。我当然不会轻易"撤场"，当即调整思路、因地制宜，甚至不惜"削足适履"——表示愿意压缩篇幅、改换色彩，为波兰版重新打造更加物美价廉的版本。我还动用了波方聘请的中国教授与阿曼德先生"私下"沟通，提议采用互换版权的方法解决版税问题——我认为，这是双方最终达成合作的绝招。果然立竿见影！几个回合谈下来，我们双方各选了4本图书作为合作项目，可谓各取所需，皆大欢喜。

6月3号下午，公务活动圆满结束，返程从波兰古都——克拉科夫城改乘火车出境，途经捷克首都布拉格。如果说，从伦敦匆忙过境、在华沙被公务缠身，那么这最后一站——布拉格则是天道酬勤，弥补了一路无暇旁观的"缺失"。

捷克位于欧洲中部，因为选择了不抵抗，"阴差阳错"地躲过了两次世界大战的战火蹂躏，从而保存了许多原汁原味的文化遗产。我们忙中偷闲，参观了两个极其漂亮的历史小镇——著名的卡罗维瓦利和克鲁姆洛夫。前者是东欧最大最古老的温泉镇，传说当年查理四世国王在山中打猎，射伤了一只鹿。紧追不舍之下，小鹿走投无路，从悬崖上纵身跳入山下泉水中。可不到一会儿，伤口愈合的小鹿又从水中跳出，很快消失在密林之中。从此，人们发现了这里的温泉有医疗效用，便开始在此建立行宫和疗养院。后来贵族们蜂拥而至，纷纷前来建造疗养区，逐渐形成了市镇。我们在这里看到了一条冒着腾腾热气、翻滚着黄色浪花的河流，奔腾不息地穿城而过。河流两岸的街道一侧是商店，另一侧就是著名的十二处温泉。据说每一处温泉都有不同的特点和疗效，温泉可以免费品尝，但喝温泉的杯子得自己掏腰包付钱。这些温泉杯形态各异，做工精巧，本身就是一件富有价值的纪念品。卡罗维瓦利被发现以来，一直成为无数贵族名流趋之若鹜的度假胜地。从彼得大帝到大诗人歌德、席勒、普希金和作曲家贝多芬、肖邦、巴哈、李斯特、德沃夏克等等世界级大师都曾经来此度假驻足。

坐落在伏尔塔瓦河畔的克鲁姆洛夫,位于波希米亚南部的舒马瓦山岳和布兰斯基森林之间,建于公元十三世纪。几百年以来,城市既没有受到工业化的影响,也避免了自然灾难和战争的破坏,一直原封不动地保存着原有历史风貌,因此成为欧洲中世纪中小型城镇的杰出典范,1992年被列入《世界遗产目录》。克鲁姆洛夫曾经是捷克最有势力的贵族维特科维奇家族领地,这个家族统治着波希米亚南部地区。十五和十六世纪,克鲁姆洛夫达到捷克历史上政治和经济发展的巅峰地位。它所具有的悠久历史和绝佳风景,以及保存完好的古城堡建筑群(号称捷克第二),给后人留下了珍贵的人文景观,也为捷克旅游业的繁荣发展带来了源源不绝的财富。新城区的拉布朗区和老城聚集着众多的石头民宅,与古老的宗教建筑浑然一体,共同形成了哥特式、文艺复兴式以及巴洛克式风格兼容并蓄、高度协调的格局,别具魅力,让我们这群东方游客大开眼界,啧啧称叹。

闻名于世的布拉格老城广场是我们捷克之行的最后一处观光景点。我早已从那部经典影片《布拉格之春》中久仰大名。这座已近千年历史的布拉格老城广场,是十一至十二世纪中欧贸易最重要的集市之一,也曾是决定这个国家历史命运的政治事件发生地。1338年建成的老市政厅,是广场上一座具有典型哥特式风格的著名建筑。捷克著名宗教改革家、伟大的爱国者扬·胡斯雕像,矗立在老城广场中心。扬·胡斯是中欧最古老的大学布拉格查理大学(建于1348年)的首任校长,因为主张用捷克母语教学,改革简化了捷克语语法,反对日耳曼化、教权专制、高级教阶和教学主事销售"赎罪券"等腐败现象,与罗马天主教会针锋相对,1415年7月6日在瑞士康斯坦茨(今德国境内)被罗马教皇宗教法庭以触犯教规、散布异端邪说罪处以火刑,活活烧死。

建于十六世纪的自鸣钟,是布拉格老城广场上游客聚集最多的地方。这座最具特色的古建筑——由圣徒雕像、钟盘、年历三部分组成。每到整点,钟上的窗门便自动打开,钟声齐鸣,象征时光消逝的死神小鬼,跳出来拉响铃铛,然后不停地牵动铜铃并点头,像是在催促万物生灵快快灭亡。自鸣钟右侧有两个寓意虚度时光的土耳其人物塑像,则对着死神小鬼不断摇头,表示还未享尽人间富贵,不愿离开人世。同时,自鸣钟上部的耶稣的十二个圣徒从打开的天窗后走马灯似的相继出现,轮流出来报时,向人们鞠躬。当最后一个圣徒走过并把天窗关上时,天窗上面的金鸡扇动两翼鸣啼,宣告报时结束。这座自鸣钟的中间部分为钟盘,根据中世纪地球为宇宙中心论制作,标明太阳和月球的运动。钟的最下部分是十二个镶有圆框的组画,描写一年十二个月农村耕作的情景。年历两侧还装饰佩有宝剑、短杖和盾牌的天使和三个象征公正掌管城市的市民。

这一独具匠心的自鸣钟吸引着来自世界各地的游客。凡是到布拉格的游人,总要前往老城广场观赏这座古老的钟楼。路经钟楼的布拉格市民也常常停下来校对自己的手表。这个复杂而又奇妙的自鸣钟,是十五世纪中期由一位钳工用锤子、钳子、锉刀等工具建造的,至今走时准确,成为世人争相观赏的珍品。

布拉格老城广场热闹非凡,我们在自鸣钟对面的露天咖啡店落座歇脚,每人点了咖啡和黑啤,悠闲地观赏眼前一辆辆旧式马车在广场穿梭往来,聆听阵阵马蹄撞击石板路的清脆声响,十分轻松自在。

置身广场四周历史悠久、充满异域风情的建筑群怀抱之中,我们仿佛忘却了时代更迭,忘记了光阴流逝,与来自五湖四海不同肤色的游客们互致微笑与行注目礼,感受世界大同、民族和睦友好的美好愿景向我们款款走来。

(2009年完稿于翡翠园)

你不能同时蹚过两条河流

在人生旅途中行走,我们会不断地遇到一座座青山、一道道绿水,眼见着那山山风光不同,水水景致各异。一次次的跋涉与攀登,让我们的人生阅历和精神世界变得更加丰富、更加开阔起来。

有时候,在我们面前会同时呈现两条景色一样美丽的河流、气势同样恢宏的高山。

有时候,我们会无比惊喜地发现在同一纬度、同一时间出现的山水同形,却风格迥异:这一条河流幽静蜿蜒,另一条激情飞浪;这一座高山宏伟雄壮,另一座幽深瑰丽。

不论如何腾挪调度,我们都深感自己分身乏术,无法同时涉足。最明智的做法只能是选择一条河流涉足、看准一座高山攀缘。我们将因此而领略那座高山的风景、抵达那条河流的彼岸,同时收获自己一份独特的感受。

谁都知道,每一种选择,都意味着放弃另一种选择的收获与乐趣。每一次涉足,都不可避免另一种失落的遗憾与怅然。

更让人追悔不迭的是,当你好不容易做出选择并且蹚行在这一条河流之中时,老天爷像要存心嘲笑你的智商,偏偏向你再现另外一条河流无法预见,也无法抗拒的奇景美色,弄得人进退两难、步履维艰。

上述这些情形,也许会变成一场理性与情感的艰难实战,演变出一场痛苦的精神交锋。在这些赢赢输输、起起落落的角力与选择里,我们的生活轨迹被——描画清晰,我们的人生命运被逐次决定。

许多人在惊羡强者的辉煌与成功之余,常常慨叹自己祖荫菲薄、时运不佳。在常人眼中,事业的成败荣辱、生命的枯荣明灭、爱情的悲喜得失,是人生扑朔迷离(甚至是诡异)、玄机莫测的巨大奥秘。所谓"人算不如天算""生死有命,富贵在天"等老话,都是人们对于人生无常、世事难料的无奈感叹。其实,在我看来,命运的一半谜底就藏在我们自己的选择与奋斗当中。

从我们呱呱坠地之时开始,生存与发展——这两大生命主题,就如影随形般地贯穿着每个人的生活历程。关于它们的所有选择,大至恋爱、婚姻、职业,小到出行、搬家、择友等等,常常会弄得我们措手不及,有时甚至逼得我们无可逃遁。

我们从来不会在一条美丽的河流面前迷失方向。可是,当两条、三条或是更多的河流在我们面前精彩纷呈地展现,弄得我们眼花缭乱、意醉神迷时,我们的脚步就会踟蹰不前,我们的眼界就会变得闭塞狭窄。与它们联袂而至的苦恼和麻烦,就如横亘在人们前行道路上的屏障,阻断了我们通往成功与理想的前程。

日新月异的科技发展,将世界打造得越来越丰富精彩,也让事物变得越来越错综繁复。生活的风景实在美不胜收,令人目不暇接。人们从来没有像今天这样挚爱生活、珍视生命。人类从来没有像今天这样物欲膨胀、斗志昂扬。但同时,人们也从来没有像今天这样倍感压抑、焦虑不堪,各种心理疾病正以几何级数成倍增长。

世界卫生组织机构将每年的10月10日定为"世界精神健康日",今年10月10日发布的一项数据表明,因患精神疾病和自杀而死亡的人数已居我国每年死亡事件之首。不断繁荣昌盛的世界和人类日益加速自残所形成的巨大悖论,已经唤起越来越多的有识之士的强烈关注与疾呼。

　　两千年前的"亚圣"孟子说:"鱼,我所欲也;熊掌,亦我所欲也。二者不可得兼,舍鱼而取熊掌者也。"他早已洞悉了人们"鱼与熊掌皆为我所欲"的本性欲求,明确提出"二者不可得兼"的思想主张,得到了一代代人们越来越深刻的理解与践行。

　　选择必有取舍,明智才能取胜。只有坚定不移地在自己选定的道路不懈前行,我们的人生才能获取圆满成功。

(1995年完稿于曙光新村)

天南海北来相聚
——第十届全国儿童文学编辑年会花絮（三则）

1999年浙江少年儿童出版社做东的"新安江年会"，以惊悚奇葩开场，用搞笑、开心、大团圆谢幕，充满戏剧元素，是一次最具传奇性的全国儿童文学编辑年会。

首日报到入住酒店的深夜，笔者遭遇了夜半穿墙入室的江湖窃盗惊魂"造访"，此事已有其他少儿出版社的文学编辑屡屡曝光，且被些"好事之徒"添油加醋予以"爆料"渲染，一时被传为奇闻。此案的罕见离奇引发了当地警方和全体与会者的高度关注，也给会议主办方带来了空前压力。他们一边及时安抚"受害者"，更准确地说应是受惊者的心理情绪，一边还要顺利推进会议议程——毕竟是每年一次的业界专题研讨，来自四面八方的代表跋山涉水，远赴杭城。本来还有人事先放言说：这第十届年会逢"十"吉利数字，谓"十全十美"之意。谁知"人算不如天算"，还未正式开幕就让那盗贼坏了氛围。

主办方经过紧急磋商，决定临时调整一下思路，安排娱乐活动，营造轻松愉快气氛，让大家尽快"驱散负面影响"进入会议状态。此举立竿见影，会议中诸多场景故事，笑点频爆，欢乐多多，成为与会者的难忘记忆。特记录其中一二花絮与诸君分享同乐。

不必曝光

话说会议主办方有心驱散首日惊悚事件产生的"高压气场",特意举办了一次"压惊"酒宴。众人开怀大饮、吃得酣畅淋漓,唯独只有某少年儿童出版社的大老李匆匆扒了几口美味佳肴,就不见踪影。

不一会儿,就看见大老李在门外伸头张望再三,且大声告知在座某人说:"我看锅里的米饭快没了,咱赶紧先添上一份吧?"

那位被大老李亲密指称为"咱"的某人,当时并未吭声,众人皆不知他所指为座中何人,均面面相觑,一时间无人响应。

少顷,老李又至屋内,面露喜色道:"米饭虽是没了,所喜面条登场。你们不愁没有主食了。"大伙一致做感动状,纷纷赞其乃忠厚好心大哥。

谁知,他并不领情,用手指住在座的一位女士说:"我是担心她没饭吃,就让厨房做了一锅牛肉汤面,你们都是沾了她的光啊。"

众人先是一怔,继而拊掌大笑,定要将业已踱出包厢外面的老李拖回。这回老李干脆单刀直入,追问某女士道:"有谁欺负咱啦?"

只见那位女士莞尔一笑说:"吃饱啦,拿上咱的包回家去吧。"……

晚间,诸位代表聚会于卡拉 OK 包厢。一开始气氛还未升温时,主持人抖出此事,提议拉出酒宴两位当事人,并示意开大灯光"亮相"。不料,该女士大方上前,对歌厅服务员说:"不必曝光,爱情本是高光区嘛!"众人顿时笑作一团。

"把我的爱情还给我"

历届年会中能够享受"大姐大"级别待遇的女士,恐怕非昔日中国少年儿童出版社文学室主任温航女士莫属。这不仅仅因为她的工作业绩卓越不凡，曾一手策划责编了《第三军团》《我的母亲叫中国》《三重门》等畅销书，更是凭借其别具风情的一颦一笑，成为年会中的"明星亮点"。

认识温航的人，无一不知、无人不爱她那响动四方、珠落玉盘的朗朗笑声，即便是社长总编这样级别的"高管"，一不小心也会和其他男女代表一样成为她的"粉丝"。

会议酒宴中我与青年才俊汪晓军（时任甘肃少年儿童出版社社长）同席。酒过三巡，晓军说起当年天津儿童文学筹备会议，"我们大伙儿可都围着温航一个人转"。

我趁机模仿他当年借着酒劲向温航敬酒的口吻道："恨不相逢未嫁时！"

说着说着，他好像是"兴由酒中发，情向胆边生"，端起酒盅起身欲往邻座的温航身边奔去。只听有人柔声相劝道："把心留下！"

晓军哪里理会，拔腿就跑，谁知忽然又被那人厉声喝住："把我的爱情还给我（邓丽君《把我的爱情还给我》中的一句歌词），只带走你空荡荡的躯壳……"这下，一桌人都撑不住笑得前仰后合。

教授变身"红杏楼主"

从北师大专家席位移师出版社老总的汤锐教授，是少儿出版界地地道道重量级的理论家，素以谈吐优雅、行止端庄的形象示人，深得少儿出版界"父老乡亲"敬重。这次浙江年会，不幸误与几位疯疯傻傻的好事之女同住一处，"跟好人学好，跟要饭的学讨"，她难免受了一些"连累"。

话说这天全体与会人马到达某山庄歇脚住店。大老李一心一意想约某女士晚饭后到竹楼下面"交流思想"，希望会务领导示意有关人员安排房间时，能和某女士比邻相望。

孰知该领导素来大义凛然、心不藏奸，岂肯理会此等雕虫小技？让一直候在旁边伸头探脑的大老李只好悻悻而去。

某女士却毫不知情,发现自己有幸被分配与汤教授同居一室,大为亢奋。她做梦都想拥有汤教授"笑不露齿"的淑女风范。遇到有这样言传身教、全方位学习模仿的机会,一定要拥戴汤教授为楼主。

众人打开房门才知,此屋命名为"红杏",堂堂教授一下变身为"红杏楼主",令她本人哭笑不得;更叫绝的是,隔壁住的是素以"好事者"闻名的福建少儿社陈效东,其房号是"红豆"。

入夜,晚风习习吹过,"红杏"屋里的人,都听见效东在窗外不住叹息:"红杏不出墙,红豆枉相思啊!"

(补记:此文编辑出版之际,惊闻汤锐教授仙逝他乡的噩耗,悲从心来泪不能禁。在此谨致深切的悲痛怀念之情。)

(2001年完稿于翡翠园)

青葱岁月的荒凉地带

我们十五六岁踏入高中时,正是妙龄少女放飞人生梦想的青葱岁月。时逢二十世纪七十年代初期"文革"结束前夜,历时三年的高中学习有名无实,原本是生命最美妙的黄金年华几近荒废,成了人生旅程中一片荒凉地带。

高中校园生活的记忆十分淡漠,唯有每天穿过包河公园往返学校的印象让我难以忘记:从我居住的宿舍区后门逐级而下,便是合肥鼎鼎大名的包公园。

每天清晨一起床我便喜欢打开窗户,让屋里盛满包河的清新气息。小时候外祖母常牵着我在河边蹒跚学步。初长成人后,每逢家里有洗涮衣物的活计,我便自告奋勇提上衣篮棒槌物件,直奔河边去寻一处可以落脚之地,一边乒乒乓乓地捶打淘洗衣物,一边用棒槌使劲搅动那涟涟波光。正是"醉翁之意不在酒",在于好好亲近那一河碧水清波。

高中三年每日上学的往返路上,傍着一河微波荡漾的涟涟碧水,脚踏满地青翠欲滴的茵茵绿草,穿过小桥曲廊连接的包公祠堂,迎面而来的是典雅古朴的省图书馆,我们的校园就与这座宫殿式建筑毗邻相依。七十年代初期的包河,没有如今光影迷离的彩灯闪烁,也没有饭馆茶楼杯盏交错的喧闹,完全是一派深闺处子的幽静素雅。只见那湾河水,依坡顺势,逢地就形,碧水荡漾,波澜不兴,不分春夏秋冬,不管风起浪卷,不疾不徐,悠悠而行。那份气定神闲、自得其乐的从容,那种孜孜不倦向前奔流的执着,常常让我心中涌出莫名的感动与神往。那份与绿水碧草亲近、闻鸟语花香怡情的喜悦,以及这一路印证我们青春色调的青葱翠绿,一直历历在目、经久弥醇。

记得下午放学时,我总是情不自禁地放慢脚步在此流连。有时会抱上喜爱的书倚在河畔树躯上静静阅读。作者的睿智精见、书中的美妙场景,伴着轻风细语、流水潺潺,一起渗入我如饥似渴的心灵。心情郁闷不乐时,我也会找处僻静之地傍水而坐,望着河中层层摇动的涟漪出神发呆,直到天色黑透时才恋恋不舍地离开……

十五六岁的高中生,本是一株亭亭玉立的青青树苗,正努力向天空伸展着自己每一根柔韧的枝干,用每一片稚嫩的绿叶发出沙沙声响,向世人诉说自己的青春梦想与希冀。可此时遭遇"文革"的高中学校,没有正常的教学秩序,有些课程连正规课本都没有,上课也是"三天打鱼,两天晒网":学校每学期都安排学生去工厂车间、农村田头蹲点劳动,"拜工人阶级为师"!到贫下中农家里"同吃、同住、同劳动","滚一身泥巴,流一身汗水,炼一颗红心"!

高中入校没多久,传来"备战备荒为人民"的"最高指示",号令全国人民"深挖洞、广积粮"——挖坑道、修防空洞。据说是为了防止"美帝、苏修"(当时对美国、苏联的专称)扔原子弹、用核武装来偷袭我国。按照上级要求,学校决定停课,在学校大操场打洞挖土,全天24小时轮班连轴转,修筑防空工事。

正值年少气盛的我们,接受了这项"保家卫国"的神圣任务后,个个摩拳擦掌、群情激昂。那时我觉得自己已俨然成为《钢铁是怎样炼成的》里的主人公保尔·柯察金,每天上工总是哼着歌儿冲在最前面,挖土抬筐比男生装得还多,运送泥土比男生跑得还快。常常加班加点,收工以后也不想出洞。那股子狂热劲头至今还被同学们津津乐道。

十天半个月下来,肩膀又肿又疼不说,我发现没日没夜地挖洞干活的,除了几名校工之外,几乎清一色都是学生,根本看不见老师共同劳作的身影。可能是最初的亢奋期透支了过多体力和精神,后来每次上夜班一到凌晨时分,我就困得昏昏沉沉,怎么也睁不开双眼,哪怕是等待铲土装筐的一小会空隙,也能蹲在地上睡着了。那种"困得想死"的滋味,想来也是此生难得的体验了。

"文化大革命"取消应届毕业生参加高考的命令,彻底粉碎了我的大学梦。我们这届毕业生面临的前途一片灰暗:除了少数符合"特殊政策"的毕业生可以留城之外,大多数毕业生一律得按照"最高指示"上山下乡,"到广阔天地"中去"接受贫下中农再教育"。

不谙世事的我,起初还十分狂热地振臂高呼:"到广阔天地去大有作为!"后来暑假中去老家——山东胶东地区老根据地探亲,才发现这种想法太过天真了。连生存问题都未能彻底解决的农村现实,与我的"宏伟抱负"简直就是风马牛不相及——完全不对路。

十五六岁本应是生命力最葱茏的年华,却被那个"乖戾时代"挤压错位,变成一片文化生活严重匮乏的荒凉地带。我本性难改,只要一有机会,就躲到在文工团工作的发小好友那里,一遍遍地聆听她从老师那儿偷偷借出来的中外名曲——柴可夫斯基的《天鹅湖》、圣桑的《天鹅》、贝多芬的《命运交响曲》、小提琴协奏曲《梁祝》和吕其明的《红旗颂》等,那份如痴如醉、百听不厌的感受终生难忘。

由于爱不释手却又得限期奉还的缘故,我曾彻夜不眠,将普希金的长篇诗体小说《欧根·奥涅金》、巴尔扎克"人间喜剧丛书"的精彩片断,屠格涅夫散文中的华章等,一一咬牙抄到笔记本里。当时这些不允许在社会上公开露面的世界名著,对我来说,不啻钻石珠宝一般珍贵难得。

高中教师里除了班主任李老师之外,给我印象最深的是物理课女教师吴蕴馨。当年她还未婚嫁,虽然相貌普通,但她拥有的"北大"学历,在我眼里一直闪耀着夺目光彩。她一直是我高中时期暗中最为崇拜的偶像……

这些年来,我似乎有意无意地将高中生活掩藏在记忆深处,任凭岁月风尘将它覆盖起来。唯有往返沿途中那片生机勃发的青葱绿色,总在眼前熠熠生辉、挥之不去。

如今我才明白,原来它映照的正是我们十五六岁时的青春本色和人生愿景。它那股寒暑不惧、风雨难挡的旺盛精气,那种从容率性、矢志不渝的执着个性,一直感召和鞭策我走出一片片荒原、挣脱一次次落寞境地,为我的人生画卷铺设了永不消退的底色。

(1996年完稿于曙光新村,2020年11月修订于北京麦子店)

万佛湖畔说沧桑

2010年大地返春、万木吐翠时节,我随苏皖作家"万佛湖生态之旅"代表团出发,做开春第一次远足踏青。说"远足"不够准确,因为不光一路以车代步,而且从合肥到万佛湖不过百里之遥;但"踏青"是实实在在的,短短两日泛舟万佛湖、登足湖中岛、攀临"徽萃山林",观满眼桃花嫣红、菜花灼黄,嗅一路绿草清新、花蕊芬芳,好好过了一把赏春瘾。

这次同行的江苏作家有叶兆言、储福金、黄蓓佳等名人,有书业同行、江苏文艺出版社汪修荣总编,还有我们安徽作家季宇、许辉、刘祖慈和书法家唐佳、杨兴玲夫妇及其他诸友。孔子曰:"三人行,必有我师。"一路有幸与这么多名家相聚,耳闻笑谈世事百态、文坛趣闻及当下出版状况,让这次春色撩人的旅行,成为一场书香浓郁、精神愉悦的文化美餐。

四五年前,应时任六安市人大常委会副主任刘养中同学之邀,我到过万佛湖。那时候,当地不少人还习惯称它的原名——"龙河口水库"。它地处安徽省中部六安市舒城县境内,是淠史杭枢纽工程的重要组成部分、皖西五大水库之一。因其上游为主峰高1539米的万佛山,后来更名为万佛湖。整个湖面达50平方千米,容水量为9亿立方米,是国家级水利风景区、国家AAAA级旅游区、国家地质公园和安徽旅游十大度假基地之一。

同行的舒城县旅游局胡局长介绍说,享有"小黄山"美誉的万佛山,有六大特色值得一看:奇松、怪石、飞瀑、幽潭、险峰、林海,这让我顿生殷殷向往之情。听说我酷爱黄山、百访不厌,胡局长告诉我,万佛山旅游开发工程正在紧锣密鼓实施。相信她"惊鸿一现"的美景,会让人赞叹不已。全程接待这次"生态之旅"的舒城县委、舒城县政府热情有加,将我们安排在万佛湖景区内唯一一家四星级度假酒店——新近落成的金水湾度假村。虽说下榻的客房已是"亲水级"的湖景房,站在阳台就能望见湖水,但我还是一放下行李,就迫不及待地走到酒店前面的水库大坝上。

极目眺望波光粼粼的万佛湖景,但见远处群山逶迤、峰峦跌宕;眼前湖水碧波万顷、壮阔浩渺;湖心岛屿万木葱茏、百花争妍;湖面舟帆星星点点,鸥鸟翔集,好一派天下胜境、人间天堂!这个万籁天成、尘嚣隔绝的静谧世界,自有一种神奇魅力,让人能够进入与天地合一、了无牵挂之境。置身其间,渐渐地你会觉得自己已抛却尘缘,开始化作一片轻羽飘动起来,在这千山万水之间翩翩飞舞……那种如幻如梦、若有若无的体验,实在难以言传。

第一次到万佛湖,我们住在位于万佛湖南岸的龙王岛,它由三个半岛组成。二十世纪九十年代中期,县考古工作者曾在这里附近滩地上拣拾到石刀、石斧、石箭镞和陶鼎、陶鬲、渔网坠、陶纺轮等器物残片。据此,有不少专家认为:这里是古人类活动的遗址。那次来万佛湖小憩,是我们安徽大学七八级中文系同学相邀的一次小型(以合肥籍为主)聚会。

在中国几千年教育史上,这群七七、七八级大学生颇具特殊意味与特定时代色彩。高中毕业时,我们无可选择的唯一去向,就是响应伟大领袖的最高指示——到广阔天地里,去接受贫下中农再教育。所有人的大学梦,都被那场史无前例的"文化大革命"无情粉碎。直到1977年下半年,我们终于听到漫漫严冬里爆响的一声春雷——中央决定恢复被废弃十年之久的高考制度!

那时，我的社会身份是"城市待业青年"，虽说刚刚谋得了一份代课教师的工作——在一家"初中戴帽子"的小学（系初中和小学教育合并在一校完成，也是当时的新生事物之一）教书。但因为年轻气盛，自以为"胸有鸿鹄之志"，所以并不满足做个普通小学教员，便利用暑假投在作曲家余老师麾下修炼学艺。记得那天我在余老师家里习练钢琴，正碰上一位安徽农业大学教师前来造访。他用不无神秘的口吻向我们透露了一个"小道消息"：国家即将恢复高考。当时，我并未意识到这件事会一举改变自己日后的人生命运。只是第六感官作用，让我当时兴奋得难以自持，一口气冲出老师家门，跑出去向好友报喜……

经历过这番历史波折的七七、七八级大学生，成为"十年浩劫"之后全国首批跨进大学的幸运儿，被众人视为"天之骄子"。还未到毕业之时，我们就被各党政机关争相"预订"一空，从校门一出来就端上了国家干部的"铁饭碗"，与如今大学生毕业就业难的情势不可同日而语。

那一次万佛湖相会，已是大学毕业后"混迹"社会二十年后的聚首，大家都有了一些社会阅历和人生感怀。白天，我们乘坐快艇在湖中的几个小岛上转了转。一吃完晚饭，同学们就三三两两地聚在一起。记得，我和"傻大姐"、"老铁"、张东明、潘茂群等四五位同学，边走边晃，一直逛到小岛临水的尽头，找了一处席地而坐。那时龙王岛的设施还不够完善，湖边没有照明灯，也没有其他游客造访。除了湖畔偶尔传来虫鸣鸟语的天籁，天地间如洪荒时代般静寂无声。

无边的夜色屏蔽了尘世浮嚣，沉默的千山万壑里回流着一股强大气场，将我们个个慑服入定，就连平日里最喜欢聒噪的"傻大姐"也不吭声了。大家凝视着远处明明灭灭的灯火，久久无语，每个人都陷入了久远的回忆。不知过了多久，向来寡言少语的东明突然开口说了一句话："这里和我下放的地方很像啊！……"

我知道二十年前的下放知青，正当青春年少、热血沸腾之时，许多人都在那个剧烈动荡的时代里,留下了一段激越难忘的青春故事。我有心听听他的往事,可他的话语就像夏夜的萤火虫忽闪了一下,又遁入茫茫黑暗之中,再也没有下文了。但它像是抛砖引玉,勾出了其他同学的怀旧之情。大家纷纷谈起自己年轻时的孟浪无知、浪漫恋情、暗恋隐私及种种无法忘怀的憾事……那一晚我们聊得十分尽兴,直到月移东天、夜深露重时分才渐次散去。

这次重游万佛湖,我听导游介绍说,这片50平方千米的湖面之下,淹没了一座10万人的百年县城,叫作老梅河镇,是一座拥有悠久历史的老城。1938年,这里还曾经是国民党县政府所在地。因地处江淮之间丘陵地区,老河口镇自古易涝易旱,水患频仍。老百姓中一直流传着这样一句话:"大雨大灾、小雨小灾、无雨旱灾。"据历史资料记载,从1671年到1949年的279年间,这里发生水灾达123次,平均两年一次,轻灾减产,重灾无收。1785年(乾隆五十年)、1856年(咸丰六年)及1934年(民国二十三年)出现了奇旱,丘陵地区颗粒无收,传说当时灾情悲惨,"河水断流,赤地千里,人人相食"。1948年之前近300年间,就发生大旱64次。

结束水旱灾害历史,是灾区人民的多年愿望。1958年,借强劲推动的"大跃进运动"之势,龙河镇开始了举城大迁徙。同年10月,政府动员5万名民工组织会战,修建龙河口水库。后来,因三年自然灾害等原因,工程于1961年4月停工,1966年复工,1970年基本建成,历时十二个春秋。整座大坝是人工土坝,完全靠当地农民人工肩挑手推,土法上马,建成了33米高的黏土芯墙砂壳坝。这座千米大坝,中夯黏土,外砌石块护坡,未用一袋水泥、一根钢筋,堪称世界之最,被联合国委员会原主席兰希先生誉为"非常了不起的工程,是世界水利史上的奇迹"。

在万佛湖逗留的短短两日中,我几度来到这座千米大坝上流连往返,久久驻足。放眼望去这片群山怀抱中的滔滔湖水,埋藏着多少令人唏嘘不已的故事,蕴涵了种种难以割舍的绵绵情愫。旧地重游,想起我们七八级同学聚会的那个夜晚,我禁不住感慨丛生:如今散落在祖国各地,不,是世界各地的这群同学——有在发达国家奋力打拼,事业有成的;有在商界殚精竭虑,终获丰利的;有在官场位高权重,呼风唤雨的;也有如我等碌碌无为,满足于衣食无忧的……其命运遭际,萍踪鹤影,成为以往同学聚会的关注话题。

如今,我们大多都已迈进"知天命"门槛,人生行旅已过大半,该有的翩然已至,没来的再难相求。大家的聊天主题,已如闲云清风散淡轻松,无关风月、不涉权益,将年轻时耿耿于怀的功名利禄抛掷一边。

人生起起伏伏的阅历,使众人明白了这样一条硬道理:其实,不论是英雄豪杰还是凡夫俗子,每个人的命运,都无法逃避历史的风云际会、时代的更替变迁。那斑驳陆离的社会万象,注定也将成为人生画卷的背景色彩。

承载世间沧桑巨变的万佛湖,让人不由得感慨万千,心明智慧。不知下一次造访万佛湖会在何时,再度相见的日子无法预约。

心中纵有千般不舍,却也无法停下自己的前行步伐。辞别之时,我倍感心灵已如沐浴春雨般洁净柔润,充满温馨宁静。

再见,美丽壮阔的万佛湖!

再见,我们美好难忘的青春时代!

(2011年夏季完稿于翡翠园)

第五辑　谈雅说俗

菊花须插满头归
——我的一九七八

1978年9月26日一大早,窗外响起了一连串激越的铃声,惊动着屋檐下的鸽群呼啦啦地冲天而起。邮递员送来了安徽大学中文系的录取通知书!

神奇的是,这一天恰是我的生日,是一个让我再获新生的难忘生日——从一名寂寂无名的小学民办教师,变成了让父母骄傲、邻里羡慕的七八级大学生!

高中毕业时我因高度近视被免"上山下乡",成为一名无学再上,也无业可从的"留城待业知青"。做了三年的"临时工"和"代课民办教师"之后,我参加了1977年12月的全国高考,以四分之差名落孙山。紧接着第二年7月,不肯服输的我重入考场。仅隔两个月,人生大幸在我生日这天降临了!

揣着满心喜悦和热望踏进大学不久,我便遭遇了有史以来的沉重打击:第一次上写作课,老师要求每人自出题目写一篇文章,时间、地点、文体、主题一概不限。这次摸底测试结果是让成绩排在前列的十来位同学,获得免修写作课的"特权"。老师给出的评价是"这些同学的写作水平已远在常人,包括我们教师之上了"。原本信心满满的我没有入选,其时的惊讶和沮丧之情可以想见。从小学到高中,我的作文一直被老师当作范文在班里诵读。最夸张的一次,还被抄成大字报贴在校园里。校园广播站的大喇叭经常播送我的大作,学校每每举行诗朗诵比赛和文艺会演,老师和同学都推举我担任诗歌创作和话剧撰稿……想不到刚进大学,我就从倍受瞩目的"白天鹅",变成不受待见的"丑小鸭"。这样的落差让我实在措手不及。

唯一露脸争光的事,是大一时我担任领舞的《水乡送粮》,获得全校文艺会演舞蹈组第一名。据说因为我的舞艺超群,事后被其他参赛者当成文工团专业演员,来顶替上场的。不过,我很快就在其后的文艺活动中销声匿迹了。无论是学校团委还是班里组织,我都一概"敬谢不敏"。听到一片惋惜声中,也有人嘀咕说我"故作清高"。他们哪里知道,昔日的"舞林高手"已痛下决心,立了三条戒规:不逛街、不泡吧、不约会,遑论唱唱跳跳这样费时费工的活动?十年"文化大革命"造成的严重"书荒"与"学荒",几乎贯穿了我们从小学到高中的整个求学阶段。那时候,市面上除了"红宝书"外,找不到任何一本被视作"封资修"的文学名著。我从小爱读小说书,做梦都想能挖地三尺寻到一本好书。有一次,得了一本破旧的普希金诗体小说《欧根·奥涅金》,我欣喜若狂,很想攫为己有,便拿出自己珍藏的各种宝贝做交易。对方见我不怀好意,立马让我限时限刻归还。急得我一咬牙关,干脆把那三百多页连天带夜地全部手抄下来……

如今美梦成真,福从天降——禁闭十多年的高等学府向我们轰然洞开。我们这批侥幸跨过 6.5% 的录取率大关、跃入"龙门"的七八级学生,犹如困虎归山、蛟龙入海,个个意气风发、力争上游。学校图书馆永远是人满为患、一席难求。常常在晨曦初露时分,我就早早候在门边准备"抢占"座位。那时,没有网络游戏、没有卡拉 OK、没有时下五花八门的娱乐,我甚至也没有时间精力寻朋觅友、谈情说爱,成天泡在图书馆饱读群书,将从前梦寐以求的中外名著尽收囊中,几乎就是我大学生活的全部内容。

四年耳鬓厮磨的书本交往,将一扇扇簇新的思想门户渐次打开。蕴藏在书本中的思想精华、蔓延于文字外的人生情怀,极其鲜活地感召着我原本愚钝的心灵,匡正我孤陋偏狭的视界,将我的生命洪流引入无比辽阔深远的航道。短短四年,虽如白驹过隙在漫漫人生中稍纵即逝,却实实在在地改写了我们的命运走势,为我们的终生事业和理想奋斗储备了丰厚财富、打下了坚实基础。

前几日看到《中国青年报》报道,成都师范学院中文系刘洪仁教授在学院毕业典礼上向学生道歉说:"母校亏欠了你们一个男朋友!学校男女比例1∶9,让同学们正当恋爱的青春季节,无爱可恋……"莞尔一笑之余,我也禁不住点头称是。

想当年七八级中文系共一百零八名学生,女生只占十六席。课堂上下,唯见阳刚之气云蒸霞蔚。校园处处,帅哥靓男比比皆是。稍稍有点"觉悟",给自己钓个"金龟婿"可能并非难事。班上有几位"大叔级"的"老三届"(即六六、六七、六八届初、高中毕业生),已是两三个孩子的父亲,年龄与应届毕业生相差近二十岁。"40后""50后""60后"学子同窗共读,是当时全国高校中一道独特的风景线,曾被北大老校长马寅初称之为"千古奇观"。

来自七行八作、五湖四海的七八级同窗,多有社会底层挣扎奋斗的艰辛阅历和扎实厚重的文史哲知识功底,领略过时代动荡、人生沉浮的沧桑变化。他们身上奋进不辍的精神特质和丰富多彩的人生阅历,原本就是鲜活精彩的"人生大书",足以让我们这些涉世不深、白纸一张的后学受用终生。

可叹那时我顾此失彼、"身在富山不识宝";慧根未凿,"有眼不识荆山玉",只知道抱着书本不抬头,与班里三分之二的同学都没打过交道。四年下来,大半以上的男生都叫不出姓名。如今看来,四年寒窗埋头苦读书本,却不知身边满是藏龙卧虎之才、良伴佳侣之选,白白丢失了这样的天赐良机,实在让人抱憾无语。如今同窗时有聚会,看到男生们个个玉树临风、气宇轩昂,我便故作悲声:"悔不当初,有眼无珠……"惹得不少同座笑骂我道:"吃着锅里好肉,还望着人家碗中口粮!"

  时光不再,流水难返。昔日的青葱绿苗,如今已成老藤劲枝。回望一九七八,不由得再次联想起唐朝大诗人杜牧的名句"尘世难逢开口笑,菊花须插满头归"。它向我们昭示:人生苦短良机难择,唯有不负春光、辛勤采撷,才能让美好加身、幸福长驻。

(2022年6月修订于书香苑)

与美好心境做伴
——五十岁生日感怀

我对五十岁这个生日好像特别在意。早在四十九岁那年,我就嚷嚷着要给自己过五十寿辰,女儿为此郑重其事地送了一份寿礼。可就在临近五十岁生日前夕,我在自己责编的《中国人的民俗世界》一书中,偶然得知民间有"男不过十,女不过九"的做寿习俗,想想人生这样重大的日子可不能懈怠,于是硬着头皮来应接这个"知天命"的重大节点。

不知道别人怎么看,我总觉得,五十岁这个百年对半或曰整五整十的数字,是人生中极其特殊且必须关注的时间节点。十岁生日的记忆非常遥远模糊;二十岁的时光还是十分懵懂和迷茫的岁月:那时高中毕业不久,因为"文革"轰然关闭了高中毕业生进入高考的大门(只有单位选拔推荐表现出众的优秀青年,才能成为显赫一时的"工农兵大学生"),我因为高度近视被豁免"上山下乡",就成了在社会游荡的"无业游民",相当于老百姓说的"二流子"。所幸父母不忍心看着自己孩子整日闲散无聊,托了老同事们帮我谋了一份代课教师的临时工做。

三十岁时我还是一个稀里糊涂、涉世不深的少妇,虽初为人妇、人母,却对生活、事业、未来,甚至教育孩子等人生大事,都缺乏清醒认识,自然也谈不上什么规划安排,不像如今的年轻人这般励志理性。那时唯一所做的、令我受益终身的大事,便是全心全意、任劳任怨地为嗷嗷待哺日渐成长的女儿以及废寝忘食做学问的老公操劳服务。

当然，八小时上班是丝毫不敢怠慢的，那可是谋取全家人生活来源的重要生计。那时候大学毕业不久，收入不多，家底甚薄，经济状况处在原始积累阶段，也没有其他任何外财进项。因此，怎样多快好省地搞好小家庭的经济建设、勒紧裤带过日子，就是我生活重中之重的当务之急。

三十岁以后，我个人的人生事业才开始起步，虽然时日已迟，却是十分勇敢、"另类"——从前程似锦、人人羡慕的团省委机关毅然"跳槽"到一家规模不大的出版社工作。自此选择了自己酷爱的文化工作，漫漫人生的前行航标忽然清晰起来。我不再只是一个为生计奔波劳碌的职业女人和家庭主妇，开始真正体验和品尝到家庭婚姻之外的生命乐趣与价值。所谓生命的潜质、才能与激情，像找到了火山口开始迸发了，更多更大的幸运似乎也随之纷沓而来。

四十岁时，我迎来人生事业的巅峰时代：那一年，我几乎一下子就获得出版人难以企及的三项国家级图书大奖——我担任责任编辑的少儿小说《女生贾梅》相继获得中宣部"五个一工程"图书奖、中国图书奖提名奖和全国优秀图书奖；个人幸运地被单位破格（提前两年）晋升为副编审；紧接着鸿运当头，一年之内我连续获得国务院政府特殊津贴、首届全国百佳出版工作者、首届安徽省十佳出版工作者称号。记得那一年，仅仅因为领奖，就跑了六趟京城、两趟上海，真是如火如荼的峥嵘岁月、"人生得意马蹄疾"的畅快年头。

五十岁是女性人生的重要分界岭：站在生命巅峰之上，俯瞰人生前路精彩无遗，仰望事业云空一片辉煌灿烂；五十岁像是春天里最后一朵玫瑰，之前的青春美丽让人无限眷恋，而后时光里的谢幕退场将越加迫近，人生舞台上那一袭白裙飘逸、无限清纯的美丽倩影即将渐行渐远，终至消逝。

"上山容易下山难"，昔日矫健轻盈的步伐开始日渐蹒跚。五十岁就是一座音色洪亮的长鸣警钟警示自己:人生已入秋,荣辱成过往。余年无多日,行止当自量。

和从前每次过生日一样,我会格外关注当天的天气情况:若是晴日灿烂,心情自然会豁然开朗;遇到阴霾密布,心情不由得就会有点莫名的紧张。今年五十岁的生日,气象颇为吉祥:仲秋里的太阳不温不火,明亮的蓝天中白云漫卷、秋阳明媚。我快步踏入办公区时,已有刚入社不久的研究生小胡候在门外,笑吟吟地对我说道:"早上好,有人给您送花来了。"

我心头立刻掠过一阵惊喜:莫非是我那从不懂浪漫情调的老公有意送我一份意外的贺礼?前一阵子,我就开始频频暗示他得为这个非同一般的生日"表示表示"。也只有他知道这个生日,了解我向来喜欢鲜花。

说时迟,那时快,小胡一边捧过花盆一边对我说:"这是昨天的会议鲜花,一点儿也没衰败,我们就带过来了⋯⋯"

我赶紧谢过了这巧合的"生日礼物",开始进入一天的公务活动。

此前二十多天来,接受了集团指派的一项"紧急任务"连续加班赶制图书,弄得疲惫不堪。到中午时分,太阳穴"突突"跳个不停,我知道自己的偏头痛老毛病要犯了,便赶紧打道回府,回家休息。

打开一道道门锁,迎面而来的白墙洁净如新空无一物。十几年前的生日场景跃然而出:女儿五六岁那些年,我忙得根本想不起来给自己过生日。上班忙忙碌碌、下班风风火火,一进家门就直接冲到厨房。

那一天我完全忘记了正是自己的生日,打开家门,迎面看到客厅的墙上涂满花花绿绿的彩画。定睛一看,原来是女儿为我精心制作、亲手描画的生日专版。刹那间,我的心头涌起热潮⋯⋯

时过境迁,那个从前依偎身边、整日在耳旁哼哼唧唧的小女如今已是成人,独立在外求学,准备打拼自己的天下。家中多年相依为伴的老公这会儿也踪影全无——他现在是越老越忙,近来索性连中饭也在外面解决了。这些情况平时还没有什么感觉,可是今天忽然就觉得落寞孤苦——

难道女人一过五十岁,心理就会变得脆弱敏感起来?

不知为何,头痛开始全面爆发了。一个人吃饭——在五十岁生日的时候,似乎已成为难以接受的苦衷,我当然没有丝毫心情,便切了两片面包匆匆咽下,急忙爬上床蒙头睡觉。

对拥有五十个生日的女人来说,人生的喜怒悲哀多已品味。二十岁以前的生日记忆都是空白,那时候家里孩子多、收入少,父母工作又忙,大人们不会去买什么生日礼物。

印象最深的生日记忆是二十二岁那天,我收到了大学入学通知书。那真是人生极为重要的转折点——我的理想大梦实现了!在那个终生难忘的生日里,我无时无刻不沉浸在幸福与希望之中。

结婚育子十二年后,我在伦敦度过了又一个难忘的生日——彼时我正带着女儿到英国探望公派出国的老公。那天他在伦敦繁华大道上的一家商店为我选购了一只瑞士手表。

这只手表十分平常,但它上面镌刻的英文深深打动了我:

I love you more today than yesterday.
But less than tomorrow.

直译下来的意思是:"我爱你今天比昨天多,但比明天少"——简单说就是"我一天比一天更爱你"。这只瑞士表至今还戴在我的腕上,虽说它的光泽已经不如当年耀目,可在我的心目中却一直熠熠生辉、闪闪发光。

正在床上翻来覆去地回想从前的生日经历,忽然听得电话铃声大作。办公室的老 Z 告诉我说,有人送来一大束鲜花,他让人送到家里来了。"这花实在太漂亮啦!"一向低声细语的老 Z,这回声调突然提高了好几度。

沙中取珠·与好友韩蓓每每同游的快乐时光

2024年悠悠携手多多(左一)赶海

面向大海·舞之蹈之：2017年在海南陵水

祖孙同乐·2018年在合肥天鹅湖公园

祖孙同好·2024年在安徽省美术馆观展

京城初雪·2023年北大未名湖畔合家留影

合家乐游·2022年在北京圆明园

果然,这是我平生见过最美的花束了:有两人合抱大小的粉红色玫瑰花丛中,雪白的百合花正吐出沁人肺腑的浓香。插在花丛中间的祝词言简意赅:"生日快乐! 我们永远幸福!"落款居然是老公签名。

老公不仅出手不凡,而且出口也不同凡响——这句祝词有平常的期望,还有充满自信的许愿。它携带的神奇气场立刻融入我的身心,先前一直剧烈的头痛一下子不翼而飞了。

与此同时,女儿的电话也接踵而至:"我老爸的表现太让人感动了吧……"看样子父女俩这回又结为同盟了。

五十岁的生日,期待已久的全家大团圆的情景并未出现,但我得到的幸福感受却在意料之外。凝视这束美艳夺目的鲜花,轻轻吸入她沁人肺腑的芳香,我在五十岁生日的这一时刻,许下真诚的心愿:永远用鲜花般美好的心境解读人生,善待他人;用宠辱不惊的微笑,走过生命历程中每一处青山、每一片绿水……

(2007年完稿于翡翠园,2022年修订于北京橡树湾)

此生注定结书缘

过了"知天命"年岁后，时常会反躬自问，如果不是选择了以书谋生的职业，如果没有缔结一桩嫁给书生的婚姻，我的人生会是怎样？

假如我与青梅竹马的伙伴一直厮守一地，怎知那不是一桩田园牧歌式的美满姻缘？

如果不是那场铺天盖地的暴雨突袭让我无法践约，或许昔日的校友学长不会与我擦肩而过？

如果那一天我不是心血来潮，舍近求远地跑到市图书馆找资料（我家住处离省图书馆不远，一般都是直奔省图），如果在那里没有信手瞎翻一摞杂志，而后又将毫不在意的目光停留在那篇文字中，我敢说就绝对不会有这场维持近二十年（注：以初稿1998年计）的婚姻长跑。正是那篇大作牵引出了它的作者、我的老公，并且奠定了我的婚姻角色总像是位虔诚读者的基调。

漫长的人生充满许多偶然节点，它们都有可能让你在经意与不经意中从事另一种职业、跨进另一座"围城"。这林林总总的"如果"构成的草蛇灰线伏行千里，沿着生活河道蜿蜒前行。让人不能不感叹的是，它一路经过的风景总是与书密不可分。

我的职业节点同样具有很强的偶然性。有幸成为七八级大学生毕业后,我被分配进入共青团省委工作。谁都知道,这是一份政治前景璀璨、社会地位不差的工作。当年一间办公室的领导和同事,如今90%晋升成了厅局级领导、9%成为省部级高干,还有那1%的甚至做过中央政治局委员。那天有场会议原定是我们团省委书记亲自出席,可他临时有事耽搁,便"钦点"让我去听会。偏偏在那场会上,我坐在一位素不相识的出版社老总旁边。中场休息时间,我们只聊了几句,他便力邀我去他那儿编书。我自是满心欢喜,不假思索地答应下来。

谁知刚和分管领导一说,立刻就有单位一把手的团省委书记郑重找我约谈。本着"关心爱护、对年轻人负责任"的精神,书记循循善诱地向我分析了两个单位的性质、体制差别:共青团省委是正厅级党政机关,出版社不过是省直机关下属二级事业机构,相当于处级。"最重要的是",书记强调说,我从大学毕业分配工作不过三四年,已被解决了入党问题,"而且党组会议业已议过提拔你为科级职务一事,正在进行组织考察"。

这"半路杀出的程咬金",让我忽然意识到自己已站在职场十字路口,面临着人生的重大选择:继续在从政道路上跋涉,还是改换门庭投入文化出版行列?纠结了将近一年时间,我才甩甩脑袋,毅然迈进出版社大门。

至今也没太明白改行去当编辑,是否算得上明智的选择。但可以确定的是,编辑工作一定是我十分喜欢和极为投入的职业。它倾注和释放了我对文学的极大热情,为我从小就耿耿于怀的"作家梦"搭建起桥梁或曰渡口。于我而言,它已不仅仅是一种谋生手艺,而且成为我践行人生理想和抒发文学情怀的重要平台。更重要的是,这一职业生涯带给我的精神财富与思想收获,是难以估价的。有幸与国内一流作家、优秀专家学者相识相遇,与优秀书稿和卓越思想终日"耳鬓厮磨",让我深切感受到蕴藏其中的深邃思考和浓烈激情。他们漫延于书稿之外的才情智慧和人格魅力,常常让我读到了比书稿更为精彩生动的生命华章。

每当我编发一部优秀书稿,心中便难以抑制欣喜的波涛,仿佛看到了人类精神文化的璀璨星空,又升腾起一道和谐光彩。我庆幸自己能成为第一批也许是第一位读者,能够超前享用这些富于才智的思想成果。生命之轮在出版产业的车道上驶过了三十多个春秋。每当我的目光与书橱里一排排图书对接时,就像农夫打量收成一般,默默检视自己辛勤耕耘的累累果实:这本书内容精彩、装帧别致,像气质高雅娴静的美人,让人一见之下便怦然心动;那一本白玉微瑕,封面色调有点压抑,还有几处外人难以觉察的暗伤,令我永远无法释怀……但老天爷真的比较眷顾我,国内大大小小的图书奖我已拿了五十多项,其中国家级图书大奖就有九项(四次获中宣部"五个一工程"奖;两次获国家图书奖;三次获中国图书奖),让同行们煞为羡慕。但我总觉得不安,因为做编辑真正的大手笔,是要能编出"能够影响读者一生的书"——就像那些曾经并且还在影响着我们这代人的经典名著那样。这些好书能开时代风气之先,对社会文化走向产生重要影响,对人类文明发展起到推动作用。

婚姻的结缘说来话长(前面已有篇幅详叙,此处不赘),以文字为媒,自然与书也有千丝万缕的联结:结婚之后,老公以写字为职业,我因编书谋稻粱。每有新作落笔,他总诚邀我发表首席评论;我有选题构思,必定恭请他"不吝指教"。常常从书的话题延伸开去,我们一起探讨与交流对于生活与世界的思想认识,许多意见不谋而合、默契有加。当然,意见不同、一言不合的情况也会频频出现。此时喜欢坦诚相见、单刀直入的两人,就容易发生短兵相接、激烈交锋的"走火"事件:双方都想"排除异己"、收服人心,便会竭力辩说反复论战,声调常常倏地提高八度,争得双目圆睁面红耳赤,有时还能演变成一场旷日但不持久的冷战。

女儿出生时家中居住面积不到二十平方米,她的小摇篮只能放在"四壁皆书"的书斋之中。孩子每天睁开眼睛便是与书对望。先生整日盯在书桌前码字阅书,我一手承包了全部家务,无暇陪她玩耍。我那时在少儿出版社工作,"近水楼台先得月",全国各地出版社的儿童读物招之即来。一堆堆花花绿绿的图书,就是她每日不弃不离的忠实伙伴。女儿曾在一篇题为《在我的记忆深处》作文中写道:"我的老爸喜欢搞'独乐乐',很少组织和参与家里的'众乐乐'。从出生到高中毕业,在我的记忆深处,永远都有老爸日日伏案写作的背影。"

或许是耳濡目染的缘故,痴迷于书的女儿自学能力超强,从来都不让我们请任何课外辅导,初、高中乃至大学、研究生考入的都是重点学校,着实给我们省下了不少银两。岂知"收之东隅,失之桑榆(此处请容许调用一次)",书生气十足的女儿学业出众,却在社会经验、甄别险恶人心方面乏善可陈,走了不小弯路,交过不少学费。这一点,不能不归咎于书生家庭过于理想化教育的先天不足。

记得上大一时,同寝室学友常常聚在一处看录像带,让女儿像是发现新大陆般不胜惊讶。那时节的录像带风靡一时,形形色色的内容无所不有,家家户户、男女老少多有沉迷其中。女儿居然不知此为何物,遭到全体室友的质疑与不解,与大学同窗对我发出的疑问与不屑同出一辙。

殊不知咱家素来就是"书统天下",不论外面世界的新潮怎样风起云涌,也难以登堂入室取代书籍独尊的地位。这也是书生家庭与生俱来的短板之一:因为倾心书本世界里的高洁美好,很难趋同于普罗大众的审美趣味,容易给人"孤芳自赏、脱离群众"的高冷印象。

还有更麻烦的是,女人书读多了,尤其是文艺言情小说,就会有点多情善感、悲秋伤春什么的,像《红楼梦》里的林妹妹。心灵太过敏锐、感觉过于细密,在物质越加丰富、利欲日益膨胀、生存压力倍增的当今社会中,人与人之间的情谊淡漠不用说,就连许多基本的社会伦理、公德水准都在急剧下滑,在书香世界中浸染太深的人,难免会遭受许多"秀才遇到兵、有理说不清"的痛苦与磨难。

与书结缘知识渊博,志存高远,是立身安命、塑造正确"三观"的重要基础，但这并非意味人生事业就能马到成功、一帆风顺。几千年前的孔子说过："言知之易，行之难。"《尚书》也提到："非知之艰，行之惟艰也。"说的就是"知易行难"的道理。我们做编辑工作的对此体会尤深，常常是一部书稿左看右看都觉得问题不少，提笔改来却是佛头着粪、狗尾续貂的一片"创伤"。要知道记住书本理论知识不难，难的是真枪实弹上阵写出好作品，没有经年累月的文学功底不可能一蹴而就。所谓"台上一分钟，台下十年功"，说的正是刻苦实践、厚积薄发的真理。

宋代大诗人陆游有教子诗《冬夜读书示子聿》（陆游小儿子名曰陆子聿）流传千古：

> 古人学问无遗力，
> 少壮工夫老始成。
> 纸上得来终觉浅，
> 绝知此事要躬行。

它的意思是说：古人求知做学问非常用功，青少年时期毫不遗力，全身心地投入，直到年老才有所成。可从书本上得来的知识，还远远不够深入。想要真正明白其中的道理，自己必须得踏踏实实地去践行才能体会。这也是决定人生事业成败得失的关键所在。

与书结缘，是人生因缘际会，也是一种主观选择。"鲜衣怒马少年时，不负韶华行且知"，已走过的大半人生，与书相伴，缘书而行，苦乐自知；未来的跋涉前行，将继续以书为友，不断汲取新知与能量，努力将人生书缘修至更加圆融之境。

（1998年完稿于曙光新村，2022年6月修订于书香苑）

难忘的"女生贾梅"
——职场记事之二

做了二十多年的编辑,编了各种各样的书,但没有一本像《女生贾梅》那样,在我的现实生活中具有如此切近的影响。

这是我二十几年前刚刚踏入编辑行当,独立担当责任编辑的第一本原创小说。老天保佑我的运气如此之好——这本书从最初约稿直到出版一年多的时间,我虽未能有幸结识作者本人,却能如愿将书稿揽入怀中,完全是因为有朋友慷慨援手、鼎力扶助的结果。也许是"好事多磨"的缘故,这本书从动议约稿到装帧设计、出版发行的过程,路转峰回,大起大落。出版以后遇到了空前的热销热评,一时间人人争说,获益多多。这书里书外、前前后后发生的故事,饶有意味,成为我人生中弥足珍贵的美好记忆与文化财富。

二十世纪八十年代末,我进入安徽少年儿童出版社不久。那时候年轻气盛,工作热情十分高昂,常常把书稿带回家中加班编辑。有一天晚上,我在家中通读《女生贾梅》清样,上小学四年级的女儿趴在桌边随意看了几段,谁知这一读就不可罢休。

几天以后,女儿满脸庄重地向我们宣布说:"从现在起,在这个世界上我最崇拜的名人有两个,一个是周恩来,另一个是秦文君!"我与也同为"坐家"码字为生的夫君微笑对视了一下,立即点头表示认可。孩子的纯真世界中,是没有政治地位和作家身份分界的,我们也未将她充满孩子气的宣言当真。

谁知,女儿果真成了"贾梅"的铁杆粉丝。碰上我和夫君发生争执,让她表态支持谁时,她总是狡黠地一笑说:"贾梅讲过,在父母之间,聪明的女孩都喜欢保持中立。"直到进入初中以后,"贾梅语录"仍然不时地从她嘴里脱口而出,以至于我们常常会恍恍惚惚地觉得,贾梅仿佛已是我们家庭生活中的一员。

现在想来,这位"女生贾梅"能和女儿甚为投缘,其实并不奇怪,因为她就像是一面高精度镜子,将女儿的生活状态以及性格特色十分真实地投射出来:她们是一样的纯真善良、爱美好动,一样的富有理想主义色彩、喜欢创造浪漫故事,甚至她俩的家庭背景也颇为相似——《女生贾梅》主人公的父亲也是位作家,这使拙于作文的贾梅常常慨叹,作家的才能为何难以遗传。因为她的作文水平一度在班上沦为末位,竟然还出过"鹅毛大雨"的笑话,成为班上同学们的笑柄。

可是这一点却和女儿大相径庭:我女儿的写作能力远比贾梅高出N倍,她的每篇作文都被老师所激赏,并且作为优秀范文在年级语文课上评讲。女儿因此常常自豪地发表感言说,自己已经全面继承了爸爸写作方面的才能。

鉴于女儿和文君笔下的贾梅小姐混得烂熟,且成为志同道合的知音,这部小说改编电影招募女主角演员时,我和老公都极力鼓动女儿去试镜加盟,最充分的理由是"你就是活生生的女生贾梅哪"。

二十世纪八十年代末九十年代初,图书的市场化操作及"畅销书"概念远远不如今天这般深入人心。少儿文学创作乏善可陈,精品难觅。刚刚出道不久的秦文君是"小荷才露尖尖角"——清新可爱,别具风姿,在儿童文学领域里开始引人注目,但她的名气远非现在可比。

这本书最初在各地新华书店进行征订时,汇总上来的订数只有几百本,按照出版社3000册以上才能开印出版的规定,这本后来红透市场的畅销书面临被打入冷宫的命运。

可我是个生性执拗、不肯服输的人,当初读到这部书稿的惊喜与激动,堪比哥伦布发现新大陆一般,会常常忍不住邀请办公室同事们一睹为快。看到同事们在阅读时发出的会心欢笑,我底气倍增。女儿的由衷喜爱和强烈反响,尤其让我深受鼓舞,能够让我们母女两代人都如此入迷喜爱的"女生贾梅",岂能将她"藏在深闺人不识"?

我那阵子就如同犯上犟劲的黄牛——而且是"不怕虎"的初生牛犊,硬是天天去分管领导那儿死缠硬磨(据说此举被一同事私下嘲笑为"天天在领导门口站岗"),甚至言之凿凿地写下保证书,内容大意是"愿以本人每月工资担保,如果《女生贾梅》印刷出版后发生亏损情况,由我个人承担经济补偿"。

谁知道,首版书印了5000册,刚一面市就卖得精光。"女生贾梅"很快成为小读者欣赏有加、竞相传告的好友,"贾梅"的故事不胫而走,很快红遍了少儿图书市场。

像她的"孪生兄弟《男生贾里》"一样,《女生贾梅》的新书连连再版还是供不应求。一时间,出版社接到的求购电话和信函纷至沓来。记得当年《文汇报》曾发表了一篇题为《男生贾里,你在哪里》的署名文章,反映许多读者连跑几趟书店都买不着书,并且抱怨说,"贾里"遍寻不着,"贾梅"更是难觅踪影……

其实书店何尝不想做生意呢?只是他们的进货速度跟不上购书频率罢了。性急的读者干脆直接来找作者和我求助。那段时间里,我一下子成了亲友、同学的孩子最受欢迎的人:《女生贾梅》一出来,我像赠送珍稀礼品一样向朋友们分送。

谁知,这下可是引火烧身,几乎所有拿到书的人都又来找我二次、三次索书。这年头家长们都把孩子的需求视作"天命",况且是读书学习的热望更不怠慢。有的说是帮亲友要的,有的说书被人借走就不肯还了,还有人从贾梅的故事里知道了大名鼎鼎的"贾里",还要我负责配送《男生贾里》,甚至再继续推荐文君其他作品。出手大方的文君,光是供应我这方面的"大配送",至少拿来了不下几十本书。更有时任中国作协副主席和中国儿童文学委员会主任的高洪波先生,一见面就直呼我"贾梅班主任",直接省略了我的姓名。

"贾里""贾梅"热持续多年不衰,国内各种版本发行了几十种,总册数早已突破100万册,成为不折不扣的畅销书。这一罕见的"秦文君现象",引起了出版界、创作界的关注。为此,中国作家协会在北京、上海两大文学重镇,举行了秦文君作品研讨会,国内一流的有关专家学者及儿童文学作家群贤毕至,济济一堂,实为一次规模空前的盛典活动。

为同一本书在京沪两地都召开研讨会的情形在文坛并不多有,这本书的宣传规格确已超出常规。当时的电视、报刊各大媒体纷纷采访撰文,粗粗统计了一下,约有五十多篇文字介绍该书该作者,真正形成"文坛竞讲秦文君、校园传说小贾梅"的热闹场景。我印象最深的是,高洪波先生举官方代表和专业作家的双重身份振臂而呼,还在《文艺报》上发表《秦文君将了不得》的文章,也是一时美谈。

继《男生贾里》登上银幕之后,《女生贾梅》也被拍成了二十集电视连续剧播放。这一对"孪生兄妹"不仅携手走出国门,到日本、美国、东南亚等国家和地区出版亮相,做了一回真正的国际友人,而且双双摘取了国家级图书大奖,如"五个一工程"一本好书奖,《女生贾梅》还在第九届中国图书奖、第八届全国"金钥匙"图书奖评选中连连折桂,共获得各种图书奖十几项。

《女生贾梅》所引起的强烈反响,使我开始琢磨:为什么此书能在多如牛毛的儿童读物中脱颖而出,受到小读者们的特别厚爱及至热烈追捧。这本仅有十一二万字的小说艺术魅力究竟何在?

我从书中找到了答案,原来小说中的人物几乎概括了当今中小学校里男、女生的种种典型特征:那个自命不凡一心想当伟人,总认为别人智商有问题的"贾里";那个喜欢打肿脸充胖子,但绝对肯为朋友两肋插刀的"鲁智胜";那个爱吃零食、狂热崇拜港台歌星,每过三个月就换一句名人格言作为自己生活指南的善良女孩"贾梅";还有那个自认为具有明星天赋,渴望早日名震天下的新潮女生"林晓梅"……

他们在每个学校甚至每个班里都能找到活生生的原型,孩子们多姿多彩的校园生活,在书中都能看到生动鲜活的缩影。作者不动声色娓娓道来的都是孩子们鸡毛蒜皮的琐屑小事,可却能异常有力地吸引读者。这是因为她笔下的小主人公,都像是"母亲"眼中的孩子,其一举一动都散发着儿童稚拙可爱的气息,让人发出会心的微笑。

文君的这种才能和天赋,首先来自她对儿童的博大爱心,来自她特殊的生活经历以及旷日持久的创作积累与丰厚素材。她在《女生贾梅》"后记"中说道:

> 我之所以写儿童文学,是因为我很喜欢孩子。小时候,我就喜欢比我更小的孩子。这也是一种缘分,一种天性。后来,生活经历又决定、加强了我与儿童的关系。我十六岁就去黑龙江"上山下乡",二十岁到当地一个小学去教书。……我教了学生五年,从一年级到六年级,天天在一起,我变得很熟悉人的童年了。总之,这使我能跟这些孩子朝夕相处,同时也发现了许多成人与孩子的差异。本来,我童年体质弱,很敏感,那时积累的东西到了成年却渐渐疏远了,而那些孩子又唤回了我当年的感受。
>
> 除了爱孩子这个因素外,我还时时感觉到儿童迫切需要儿童文学,这也是鼓舞我不断写下去的动力。……
>
> 还有一个重要因素,那就是儿童(小读者)的反响鼓舞我一直写

下去。我写了八年,大约写了一百万字。最近几年,几乎天天会收到孩子们的来信,大量的是中学生来信,他们谈各种事,也谈对我作品的看法。

就我个人而言,觉得从事儿童文学创作得心应手,是件既有趣又有益的事,同时又能显示自己特有的才能,这样的好事何乐而不为?所以我不愿歇笔,准备一直写下去。因为世上已没有比从事儿童文学创作更适合我的事情了。

《女生贾梅》开启了我初入编辑岗位便大获成功的幸运之路,也坚定我从事编辑出版工作的理想追求和审美标准:绝不盲从和追随别人已经大热特热的产品,永远着力于创新,努力发现和制作"能够影响读者一生的好书"——这些图书能开时代风气之先,引导和激发读者产生新的阅读兴奋点,为社会文化走向与人类文明发展增添一道绚丽色彩。

(1993年完稿于曙光新村)

看似寻常最奇崛，成如容易却艰辛
——毕淑敏《心灵密码》编辑出版手记

"从来没有任何一本书，像这本书这样回忆往事，袒露心迹。让我将文字的笔更深地刺进了内心，鲜血淋漓。"

这是毕淑敏老师在她的散文随笔集《心灵密码》（2009年5月，安徽文艺出版社）封面上撰写的一句话。橘红色护封上标有醒目的字样——"女心理师"毕淑敏最新扛鼎之作！

2008年4月，我在北京紧紧捧住了毕老师这部心理励志书稿。这是我已向她追寻多年、梦寐以求的一部新著。之前我无数次地揣测毕淑敏赐我的书稿，不知会是小说还是她最拿手的散文随笔？从1998年结识以来的十来年里，我一直目不转睛地盯着她的创作动态，眼巴巴地渴望她能把原创新作"恩赐"给我们出版社。我看到她的四周已被无数同行围得水泄不通，大家都心知肚明：只要拿到毕淑敏书稿就意味着拿到了丰厚的图书码洋。

三百六十行中，最具创造性的当属作家职业了：纯原创构思、纯手工劳作、纯私人版本，绝无雷同的作者人生阅历及他们无法复制的个性色彩与文化修养，这样造就的作品注定是举世无双的独家"孤本"，绝不像其他行当，"名头"花样翻新，产品却多是"同质化"。

毕淑敏孕育数年、精心创作的这本新著，主题思想新颖入时，将她创办私人心理诊所以来心理咨询的典型案例,抽丝剥茧,对当今时代与现实社会许多人性迷失、心灵苦痛的痼疾谜团进行诊疗剖析,试图将深陷红尘而难以自拔、备受物欲压迫不得自由的心灵,引渡和提升到更加平和自如的境界。诚如毕老师在《自序》和《后记》中所说:

  这本书关于当代人生存状态的描述和阐释,关于人的内心世界的摸索和揣测,属于我的一家之言。错了,都是我的。对了,那是你的。因为除了你自己,没有任何人能进入到你的思维峡谷里去,所有的鼓噪和轻吟都是隔靴搔痒。书中的字迹,宛如一颗颗图钉,嵌在纸上,纸就变作穿行心灵的雁行。无数夜晚,面对着沥青一样翻滚的海水,我思忖着决定,要把曾经的所思所想,告诉我信任的人,以抵御那无所不在的孤独。我希望能用老祖宗传下来的恩深义重的汉字,驮载着我的善意,抵达夜半时分还半掩的心窗。我不知道在这个世界上,能有多少颗心和我共振?也许,只是一己的脉搏在轻微地孤独跃动。

作为第一个读者(我常常庆幸这份职业所独享的福利),我被这本书稿的丰厚蕴涵和精辟析理所折服。这位文学才华与医学知识兼收并蓄的"心理师",对人生、命运、情感、婚姻等人人经历,以及即将经历的诸多问题,都进行了溯本求源的层层解析,让读者得到醍醐灌顶的顿悟与回味。毕淑敏交给我的这部书稿,将她十年戎马藏北高原、历经生死大限的独特感受,与半生职业医师生涯及精研心理学的深厚功底融为一体,平实中蕴含深切警示,轻松背后暗藏沉重思索,比如《不要忽视一个个的"正在"》:

  人们常常爱说一句话,叫做"向前看",其实最重要的时刻,不是以前,也不是以后,而是"当下"。"当下"就是此时此刻你能感觉到的温度、你能体验到的味道、你能发出的声音、你能行走的路程、你所思考的问题、你所作出的决定……生命就是由无数个"当下"组成的。你好好地度过了每一个"当下",你就彻底把握了人生。

比较起来,我更喜欢把"当下"解释为"正在"。

是的,我们正在做的一切,就是我们生命的有机组成部分。不要忽视一个个的"正在",不要忘记一个个的"正在"。无数个"正在"的经纬编织起来,人生就成了一匹锦缎。每一根丝线都结实而鲜艳,锦缎就熠熠生辉。要是丝线残断,虫蛀鼠咬满目疮痍,那这匹织物就朽烂成一团,成了垃圾。

真正的优秀作家也是英明睿智的哲人。毕淑敏解说"当下"与人生大棋局的因果关系,深入浅出、活泼有趣。"蚕"与"锦缎"的比喻新颖生动,轻松自然,耐人寻味。这篇短文以区区五六百字,生动解说了深奥玄虚的哲学命题,充分展示出作者精微细琢的思想见解和下笔生花的文学才华,让人忍不住击掌称好,也将我的每次审稿都变成了领受作者思想财富的精神享受。

书稿最初冠名以"心理笔记",包括四百来条日记体随感,长短不一、互相独立,长的洋洋洒洒几千字,短的只有百来字,甚至寥寥几十字。随着审稿编辑的深入,我发现有些篇目议题重复或是交叉,可以删减或者合并;有的则可以补充加强,进一步深耕细作阐发内涵。我知道毕淑敏早已定下了其后不久的环球旅行一百天的日程,时间太过急迫。若现在提出这些无碍大局的"白玉微瑕"之处,是否有些挑剔与冒昧。犹豫再三,我的编辑"职业病"还是占了上风。在向毕淑敏发表过一番由衷赞叹后,我又小心翼翼地提出,希望扩充修改和压缩合并一些篇目内容。

做了二十多年编辑,我大致了解作者心理多是"敝帚自珍",不喜欢别人指手画脚提意见。更不用说名人大腕,他们是"皇帝女儿不愁嫁",求稿等待的出版社早已排成长龙。尤其是毕老师这样的畅销书作家,能够"屈尊"把新作"赐予"我们地方出版社,已给足了我的"面子"。如我这般得寸进尺、提出让作者费时费神的苛求,她完全可以予以婉拒或不加理会。说着说着,我心里越来越没底气,开始有些支支吾吾了,生怕毕老师会打断我啰里啰唆的表述,做出撤稿散伙的回应。因为"扩充修改"说来简单,可真正动起手要花大工夫。

电话那端的毕老师一直静静地倾听着,最后出乎意料地回告了两点意见:第一,她会尽力而为!其次,"全权委托"我作修改——"您是责任编辑,完全有责任有能力"!这下子轮到我对毕老师更加肃然起敬了:真不愧是"虚怀若谷"的智者!

"恭敬不如从命",我只好鼓足勇气将原稿一篇篇分类归档,拿出笔记本一一标明记录;和毕老师前前后后地沟通交流,反反复复地斟酌修改;删繁就简,"合并同类项";补充意见,强调加强核心思想,将这部书稿从四百来篇修订整合成二百多篇的文字,压缩几近一半内容。毕老师笑谈是她写作生涯中绝无仅有的一项"工程"。

这确实是毕老师写作史上的一次"例外":她的处女作《昆仑殇》一气呵成,一举成名;之后发表作品从未遭遇过出版社提出修改要求,碰上我这样的"冒失鬼",毕老师一定会大呼"倒霉"。不过,这纯属是我"以小人之心,度君子之腹"。毕老师很快就将全部成稿拿了回去,在后来一百多天历经三十多个国家的环球航海旅行中,不辞辛劳地背着电脑,"呕心沥血"地修改书稿。她在《自序》中开篇写道:"本书中的每一粒文字,都湿润而微咸。它们被海风悄悄舔过,太平洋、大西洋、北冰洋……灼热的风,清凛的风,波澜不惊的风,咆哮肆虐的风……当我在日本横滨港登上'和平号'游轮,开始为期一百多天的绕地球三百六十度旅行时,除了随身携带的简单衣装,最重要的物品就是手提电脑中的这部文稿。在没有风浪的日子里,每天清晨,我会走上甲板,在海鸥的鸣叫声中开始写作。"

大约有六七家媒体都以"十易其稿"为题,强调这部新书的写作艰辛。《齐鲁晚报》(2009年4月27日版)在《作家毕淑敏:十易其稿完成新作〈心灵密码〉》一文中写道:毕老师在接受采访时半开玩笑地说,就在十天前我还在修改这部书,在做这本书的过程中我曾经给我的责任编辑发邮件说:"请问这本书的长征到遵义了吗?"……真的是很艰辛。每天我在家皱着眉头修改稿子的时候,丈夫都说你又在改稿子啊?咱们下回再也不要给温媛书稿了!"记得在《心灵密码》新书发布会上,毕淑敏老师也转述了此话,我当场做出夸张的失声尖叫状,表示不愿接受这样的"严重后果"。后来得知,毕老师为这部书稿来来回回地改动,完全打乱了她原先的写作安排,以至于多次推迟了下一部作品的交稿期限,我对她开玩笑说,"我知道你挣稿费是以分钟来计算的"。

2009年4月底,经过整整一年修改打磨,毕淑敏老师新作《心灵密码》在第十七届全国书博会隆重推出。毕淑敏老师在这本新书的发布会上说:"这是我写得最痛苦,付出心血最多的一本书,前后共修改了十稿。"会上立刻就有记者十分犀利地追问:"毕老师,您为何允许责编如此'嚣张'地要求您修改作品呢?"(看来,我这种"不讲规矩的出牌"引起了不小"公愤"。)

这次长达一年多时间的密切接触,我时常会有些不合时宜的议论、啰里啰唆的叙述以及乏善可陈的建议,打扰和"侵占"了她的宝贵时间精力。毕老师以她的宽容体察、过人耐性和睿智灵活,化繁为简、举重若轻,使我们携手相助、圆融顺利地完成了这次"曲折而漫长"的合作之旅。她在《后记》中的真诚致辞,深深地感动和教育了我:"感谢我的责任编辑温媛女士,她的细致和精益求精的作风,让我在本书的写作过程中,不敢有丝毫的怠慢和松懈。"

我曾经向毕老师求教过书中"蝴蝶效应"一题。现在想来,《心灵密码》的编辑出版意义也非寻常——这只美丽的"蝴蝶"翩翩起舞之时,便打开了我们重新审视心灵视界的崭新窗口。它的轻盈扇动也正如作者所说那般:"读完之后的心境,和打开书页之前,可能略有一些不同,多一团鹅黄色的暖意,添一抹黛青色的曙光,长一份火焰般的气力……蓄起能量对着世界和自己莞尔一笑,之后再次出发。"

(2011年完稿于翡翠园,2022年4月修订于书香苑)

播撒欢乐与智慧的儿童文学作家
——高洪波的"快乐文学"创作

1998年,我在京城参加台湾省儿童文学作家桂文亚作品讨论会。也许是彼此不太熟悉的缘故,两岸的参会者都有些矜持,会场气氛有点清冷,不如以往那般热闹。

中场休会时分,因公务缠身的高洪波先生才踏入会场。只见他健步生风,声若洪钟,一路笑声朗朗,顿时就将会场气温升高了许多。

坐在一旁的儿童文学理论家汤锐教授笑道:"洪波到哪,欢乐就到哪里啦……"用如今的网络热词,洪波可被称为"欢乐收割机"哎。

身兼中国作协副主席、中国儿童文学委员会主任及儿童文学作家等数职的高洪波,具有全国儿童文学创作领域的官方"掌门人"与著名作家、诗人的双重身份。他天生富于仁爱童心,周身洋溢乐观气息,已将"高层领导"与"同行朋友"的角色水乳交融,运转自如,深得业界上下左右人士的敬重与喜爱。说来他也是副部级官员了,可在非官方正式场合里,我们常常会直呼他"洪波",俨然一副老友新知的交情,由此可见洪波的人格魅力非同一般。

其实,他岂止将欢乐播撒在生活周围,更在自己半个世纪以来孜孜以求的文学创作中,奉行"快乐文学"原则,以"向孩子心灵输送快乐为义不容辞的任务"。洪波说他追求的"'快乐文学'不是那种狭义的近乎盲目的快乐,而是发自内心的智慧、机敏和幽默传导出来的快乐信息。这种信息潜移默化地贮存在小读者心灵,对他们的性格形成一种催化剂的作用。用我们的作品使孩子们欢笑,促他们思考,让他们的视野开阔、性格豁达、谈吐风趣,即使在苦难面前也能持一种达观和恢宏的态度,避免不应有的'性格缺陷'……"这是高洪波对自己的"快乐文学"主张的独到阐释。他更以自己丰硕的儿童诗创作成果,践行自己的创作主张。在以"快乐文学"观念创作儿童诗时,他总是努力寻找有趣的视角,在幽默的氛围中显示某种严肃的、深刻的思想,真正做到寓教于乐。比如《小》这首诗,就完全以儿童眼光看待世界,叙述了"屋顶很高,窗户很高,柜子也很高","爸爸很高,妈妈很高,爷爷也很高"的苦恼之后,笔锋一转就写道:

> 我真想吃一种药
> 把自己变得更小
> 躲进柜子里
> 藏在桌子下
> 隐进床脚——
> 和蚂蚁聊天
> 向小虫问好。

这里,既有对大人们完全根据自己的标准"制造世界"的不满和批评,更独具匠心地刻画出烂漫天真的童趣机敏,将童心世界的开朗豁达,以及他们与大自然、小动物们的亲近之情展露无遗。让原本严肃甚至包含着些许沉重的思想主题,蕴藏在轻松有趣的笔调之中,读来既有悦心明智的乐趣,又能唤起人们的思索与回味。

高洪波的"快乐文学"创作理念,并不意味回避儿童生活中的苦恼与困惑。他创作的儿童诗有相当多的篇幅,描写了孩子在家庭、学校、社会中遭遇的种种迷惑与难题。在与友人谈论儿童诗的创新和突破时,他曾明确表示要"用小小的儿童诗触及重大题材"。他在这方面的尝试非常成功,如《爷爷丢了》就十分生动地描写了老干部离休后的失落感:

>　　爷爷丢了坐小汽车的忙碌
>　　也丢了数不清的会议
>　　他丢了各种文件和批件
>　　也丢了作报告的神气

然而,这一切在孩子眼里却是美事:

>　　我的爷爷丢失了自己
>　　我却高兴得出奇
>　　因为爷爷真的成了爷爷
>　　常陪着我做各种游戏
>　　……

在这里,诗从儿童视角观察社会,使成人的许多痛苦烦恼,在纯洁无邪的童心世界里,化成风轻云淡之题,用积极健康的心态感召成人的精神世界。。

最让人忍俊不禁的,是作者描画了在与成人世界的对接与碰撞中,孩子们闪烁出的机敏智慧与幽默情怀:

>　　看见动物园的袋鼠
>　　我简直挪不动脚步
>　　小袋鼠的快活

让我十分羡慕
　　我真盼望妈妈
　　也变成一只袋鼠
　　把我装进育儿袋
　　该有多么舒服
　　省得她老不放心
　　从不让我一个人外出

——《袋鼠》

　　这样的"快乐文学"确实不是"狭义的、近乎盲目的快乐",而是一种能够给予人启迪心智和感受愉悦的艺术享受。如果说,快乐是孩子们最为亲近的宠爱至友,那么"快乐文学"对于孩子们的心智发展、健康性格形成,就会产生最为活跃与深刻的影响。高洪波倾情创作的"快乐文学",让孩子们在欢笑中品味生活、体察人生和思考生命的意义,功莫大焉!

　　二十世纪九十年代初期,我编辑出版了洪波先生的长篇童话诗集《鸽子树的传说》,其美文佳构让我在伏案编辑时常常流连忘返,感叹作者的奇思异想与精彩笔墨。这本诗集一举收获了中宣部第九届"五个一工程"奖及省级、华东地区和全国性图书大奖十多项。

　　从少儿出版侧身转入成人读者领域的文艺出版社工作后,我又主持策划编辑了2010年版《高洪波文集》。这套文集收录了洪波先生2008年以前创作的主要作品,辑为诗歌卷、杂文卷、儿童诗卷、儿童文学卷、文学评论卷各一册,散文随笔卷三册,共八卷本五大门类,全面展现了作者在儿歌、散文随笔及文艺评论诸多领域令人瞩目的创作成就。

　　高洪波的儿童文学作品善于用儿童视角寻找饶有趣味的亮点,擅长以轻松活泼、幽默乐观的笔墨表现儿童真善美的心灵世界。他的散文随笔充满人生智慧与文化积淀,文笔清新生动,格调或灵动鲜活,或优美深沉;杂文小品诙谐中透出厚重、率真而不乏灼见;他的诗歌则体现出作者对诗意人生的执着寻觅,风格清新,情感充沛。

洪波先生有文坛"多面手"美称,其创作横跨儿童文学和成人文学两大领域,诗歌、散文、儿歌、童话、评论的创作均有不俗成绩。尤为可贵的是,他一直保持旺盛的艺术创作力和不断探索的艺术勇气。笔耕不辍,新作频出,带给我们源源不断的阅读享受与精神乐趣。

(1999年4月完稿于曙光新村,2022年3月修订于书香苑)

知人论著话海栖
——刘海栖和他的《小兵雄赳赳》

海栖是个奇人!与我所见过的奇人不同,他奇就奇在平实质朴、毫不张扬的做派里,蕴含着随时随地喷薄而出的幽默诙谐;奇就奇在他那副纯真无邪、忠厚亲和的神态里,深藏含而不露的处世睿智与顽皮狡黠。孩童般透亮爽朗的笑声、趣味横生的叙事语言,都成了海栖极具辨识度的特殊标配,让认识他的人没办法不喜欢他:不论他走到哪里,"未及晤面笑声先闻",那富于感染力的开怀大笑,顿时就让四周充满阳刚之气的正能量;与他那副高大魁梧的身材形成反差的小眼睛,总是贮满和善与会意,让人顿生信赖与亲切。

认识海栖已有三十多个年头,他是同行中德高望重的老社长和老大哥,也是可以相互交流与打趣的知己老友,彼此共同经历和相互交集的故事丰富多彩、源远流长。海栖为人谦逊风趣,开朗热忱,愿意助人,朋友众多;虽行事低调,唯喝酒不遑让人,喝到兴头,杯子抢都抢不下来。

二十世纪八十年代后期,我加入儿童文学出版界伊始,便闻知海栖是国内少儿出版界最年轻,亦有人还特别补充说是"最帅气"的总编辑。他三十岁时出任山东明天出版社总编辑,后来又当社长,带领这家地方少儿出版社,跨入了社会影响与经营绩效俱佳的国内少儿出版第一方阵。在少儿社领导任上,海栖积极助力国内儿童文学创作与出版事业,曾主持全国版协少儿读物工作委员会儿童文学研究会工作,每年亲力亲为组织儿童文学编辑交流研讨,用现在时尚说法,叫做培训"洗脑"——对我这样新入行的"学徒工"来说,那时相当于重读一次在职儿童文学专业的"大学"。

海栖之奇,奇在他不仅带出了名震一方的"双佳"少儿出版社,成为同行与专家公认的出版"大咖",获得种种"国字号"荣誉,而且能忙里偷闲腾出另一只手,在儿童文学创作领域辛勤劳作。九十年代初期他就有童话和小说如《灰颜色白影子》《男孩游戏》等问世;离开出版工作后,他潜心读书与写作,很快出版了童话《爸爸树》《豆子地里的童话》等作品;2019年内又一气推出长篇小说《有鸽子的夏天》《小兵雄赳赳》,都荣获全国优秀儿童文学奖,入选各种优秀童书榜,受到专家学者和广大读者的青睐。

文如其人。以过人的创作立意和扎实的写作实力,入阵儿童文学创作领地,海栖先生不入俗流,出手不凡,在《有鸽子的夏天》(山东教育出版社 2019 年 1 月版)和《小兵雄赳赳》(青岛出版社 2019 年 5 月版)两部长篇小说中,展示了自己守正创新、立意脱俗的创作实绩。

这两部作品都是以作者的生活经历为原型,描写二十世纪七十年代前后一代少年的生存状态和成长经历。如果说《有鸽子的夏天》,更多地展示的是他们丰富多彩、玲珑剔透的童心世界;《小兵雄赳赳》着力描画的则是这群少年新兵,在部队大熔炉里"高温冶炼、锻打炼钢"的成长过程。

与时下那些动辄以"奇幻""惊险""穿越"元素为噱头,用种种稀奇古怪故事为核心的少儿读物相比,这两部小说既缺乏"惊心动魄的悬念",也没有设置曲径通幽、波澜迭出的故事情节。尤其是《小兵雄赳赳》,连《有鸽子的夏天》那样的核心故事都没有。海栖先生有自己的创作定力与执着追求,他无意于编织吸睛故事,也拒绝加入军营题材常见的"类似反恐突击特种兵的热点因素"(引用评论家语),一心塑造满怀英雄主义理想的新人形象。

叠被子、打背包、紧急集合、急行军、夜间单独站岗,这种千篇一律、整齐划一的单调科目,日复一日、天天不变的刻板训练,很难让人从中发掘出吸引小读者眼球的热点"猛料"。但《小兵雄赳赳》却能以大驭小,见微知著,着眼于刻画少年新兵顽强拼搏、精进向上的精神风采与阳刚气概,用这样的高光亮点夺人耳目,从而深深打动和吸引读者。

文品乃人品。创作是作者思想水准与艺术追求的呈现。文艺作品所携带的思想光芒与艺术魅力,来自于创作者的投射。我以为,海栖的创作成功与高人之处,首先缘于他所具有的思想制高点与创作追求已远胜常人。在当下有些少儿童文学作品追逐新奇、盛行玄幻之风的创作潮流中,海栖先生逆袭而上,别开生面,着力在少儿文学创作题材领域开拓更为深广、更具现实意义的疆界。

让孩子们体验平凡生活中的美好意义和理想情怀,是始终贯穿海栖儿童文学创作的思想主题。他在一篇访谈记中坦言:

> 我的写作就是追寻我们成长的轨迹。我想做的是把我们真实的样子写出来,告诉我们的孩子,这是一个男孩子应该具有的品格,有了这种品格,就能抵御伤害,就能笑呵呵地面对生活,在困苦的环境中昂扬向上,即使受伤也能尽快疗愈。

《小兵雄赳赳》就是这样一部充分体现海栖创作主张的代表作,这前后出版的儿童小说《有鸽子的夏天》《街上的马》,也可作如是观。

对于更偏爱故事情节和"猎奇"题材的少儿读者来说,海栖的这种写作追求,是对自己创作实力的更大挑战与考量。"没有金刚钻,不揽瓷器活",作者胸有成竹,深谙文学创作中人物塑造的重要作用与个中机巧,在《小兵雄赳赳》中,紧紧抓住人物塑造这一核心,以细腻生动的细节刻画为抓手,用几近工笔的手法来精描细刻主人公波澜起伏的思想感受与心理活动,这是海栖作品人物鲜活、笔墨引人入胜的成功法宝。其中主人公第一次夜间站岗和"四十五分钟奔袭十八华里的急行军"——这两道新兵历练成长的必经关隘,是小说中精彩耐读的重头篇章。

新兵刘立宪第一回站的是大门末二班岗。先前他听老兵说过"当官不当司务长,站岗不站二班岗"。晚上站岗一班是一个半小时。"头二班岗是刚睡一个多小时就被叫起来去站岗;末二班岗是下了岗还有一个多小时就吹起床号,连脚都没暖和过来又要起床!当然很难受。"因为白天打篮球出汗受了风寒,刘立宪有点感冒咳嗽,自己悄悄到卫生员那里找药吃了——"我可不想耽误了第一次站夜间岗,我不想叫人笑话,以为我故意偷懒抹滑。"

第一次单独站岗放哨,让刘立宪经受了身心磨砺的双重挑战,有着心理素质与意志考验的意味。独自面对周围无边无际的黑暗之时,他忽然想起老兵关于特务经常在夜间往天上打信号的传言,"平时听着没觉得什么,可是这会一想起来,身上竟然起了鸡皮疙瘩!我赶紧朝墙边的黑影里躲了躲,视线又移向更远的黑暗中。我觉得那里可能会升起信号弹吧,是不是要冲过去抓特务,要不要开枪……"第一回单枪匹马面对随时可能冒出来的敌情,让刘立宪高度紧张,以至于一度出现判断失真:"那绿幽幽的亮点是不是狼的眼睛呢?是狼!"情急之下他赶紧"把枪从肩上拿下来,端在手里。那亮点并没有再往前来,它们闪烁了一会儿就消失了。我松了一口气,又把枪上肩。……"

隆冬深夜站岗,还要经受的另一大难关,就是锐不可当的严寒袭击:"一阵阵寒风掠过白杨枝头,发出嗷嗷怪叫的声音,肆无忌惮地往我脖子里扎,还像小刀似的割我的耳朵……尽管穿着棉鞋,但脚也冻麻了。我使劲跺跺脚,可是越跺越麻。我想起来,白天打篮球的时候,自己太懒,没有回宿舍换球鞋,直接穿着棉鞋打,脚汗把棉鞋的毡鞋垫都弄湿了,所以这会儿就像光脚踩在冰上似的。"领他上岗的侯班长好像发现他感冒了,事先就吩咐他说"太冷了可以到岗亭里暖和暖和"。此时他完全可以钻到身后的岗亭里去避避寒,这是既合情合理,也不会让人知道的事情。"但是我忍住了,我不想第一次站岗就钻岗亭。"他想起首长讲战史时朝鲜战场打得最苦的那一仗:"当时刚入朝,部队还穿着单衣,气温一下子降到零下几十度。有些战士被冻死了,收集他们遗体的时候,发现冻死的战士脸上都是笑的。这是因为人脸的肌肉被冻僵时都是笑模样。……"

"人脸肌肉被冻僵时都是笑模样",这样一个具有冷知识意味的典型细节,十分生动而准确地描画出刘立宪在备受严寒煎熬时的思想活动。作者不惜笔墨细细描摹"我"独自面对"黑暗中隐藏的信号弹危机"的场景,以及在"几被严寒冻僵"的难挨时刻——从受冻委屈、心生恐惧开始思乡恋家,到后来终于排除困难、重振斗志的情绪变化和内心冲突。

这些精准生动的细节设计、丰满细腻的心理描写以及独具特质的文字叙述,都深入刻画和展示了这些新兵"生铁",怎样经历种种艰难困苦的考验,接受"高温冶炼、慢慢锻打、去掉杂质"的淬火,"最终变成一块坚硬无比的好钢"的成长过程。这些细致精彩的心理刻画与细节描写,将读者完全带入了作品情境之中,与书中的人物感同身受,也充分展示了作者成功塑造人物形象的扎实功力。

对这篇初稿再作修订之时,频频听闻海栖的新作登台问世:不过是一两年工夫,创作勤奋、笔力雄健的海栖又相继推出了《风雷顶》《战斗英雄王大胜的故事》《光芒》《游泳》《乒乓响亮》《诺言》等中长篇小说。从少年怀揣"英雄梦",到经历人生大熔炉的冶炼淬火;从出版界潇洒转身"入伍"儿童文学创作领域的海栖,雄风依旧,"归来仍是少年"!如今的创作不仅数量可观,写作视野也更加辽阔,正健步跨入更加精彩纷呈的艺术胜境。

(2019年完稿于书香苑,2023年修订于北京橡树湾)

徜徉在《微风斜雨》之中
——读金科散文集《微风斜雨》

我与金科先生的交往既不算深,也不算浅。他是我好友的好友,确切地说是陌生与熟悉兼而有之的安徽老乡。1978年秋,他考入淮北煤炭师范学院中文系,毕业后去了"天府之国"的成都,在四川省煤炭厅工作。忽然拿到他的散文集《微风斜雨》(成都出版社,1994年版)时,我大吃一惊。我知道他拉得一手好提琴,却不知他还有支生花妙笔,在工作之余,能将人生描画得如此丰富多彩。

也许正是这种"乡亲情结",让我一翻开目录,首先选取阅读的就是那篇《包河闲话》。

我从出生落地到婚前的娘家生活,一直都住在包河北岸、与省委机关一墙之隔的省商务厅宿舍。从小区后门逐级而下,便可长驱直入合肥城赫赫有名的包河公园。每天清晨一起床我便喜欢打开窗户,让屋里盛满包河的清新气息。

上高中后我每天必定要从小区出来沿着翠绿河畔,穿过包公祠去学校上课。平时每逢周末假日,我也喜欢去包河漫步,有时会抱上喜爱的图书倚在河畔树躯上静静阅读。作家们的深邃思想、书本里的美妙愿景,伴着潺潺流水的轻风细语,一齐渗进我如饥似渴的心灵……

天长日久下来,我对包河渐渐积累了一份少女初恋般的清纯挚爱。

因此，我几乎是用十分挑剔和苛刻的目光，来读金科笔下流淌的包河。

惊诧于金科先生以富于亮丽色彩的笔触，为我们生动地展示了包河几百年间兴衰变迁的长轴画卷。作者用翔实的史料、生动简洁的笔墨，交代了包河的缘起成因，将包公祠的沧桑演变勾勒得十分清晰。

为褒奖包拯公清廉勤政的丰功殊绩，宋仁宗执意赏赐他一笔丰厚的家产。包拯在坚辞不受之余，最后只要了家乡的一段护城河——即我们今天所说的包河。

明弘治年间，庐州太守在河中心的小岛上修建了"包公书院"，嘉靖十八年朝廷御史杨瞻亲笔改书"包公书院"为"包公祠"。

四百年间，包公祠历尽兴衰磨难，终于在太平天国的战火中化为灰烬。直至清光绪年间，与包拯同乡的清廷直隶总督李鸿章因母病故返乡居丧，捐资2800两银子重新兴建了包公祠。

包河真正的旧貌换新颜，是在改革开放以后。十几年后返乡探亲的金科先生对此沧桑巨变感慨良多，思绪纷飞，写下《包河闲话》，深切追思中国历史上著名清官包拯的高风亮节，表达自己对刚正无私的"包青天"无限崇敬之情。这篇近万字散文曾在《成都晚报》上连载一周，让更多的读者知晓了作者故乡这条名不见经传的包河。

由《包河闲话》一气读完书中的其他散文，引起我浓厚兴趣的，并非是这些散文的题材，而是作者别具一格的叙述风格。金科先生喜欢以平淡无奇的墨色，描画日常生活中俯拾即是的凡人小事，如他熟识的芸芸众生，一段有缘岁月里的散淡回忆，以及人在旅途中的悠悠思绪……

在平凡的琐屑小事中挖掘生活意义与美好人性，抒发自己浓烈的人生情怀与思想感悟，是金科先生散文创作的一种鲜明特色与艺术追求。

《瞬间的融化》一文，记叙作者骑车撞到了一位横穿马路的小女孩，赶紧将她带到医院检查，经医生认定没有问题后，作者把小女孩送回家中。事情本来可以就此完结，但作者出于善意，主动留下了联系电话和家

第五辑　谈雅说俗 | 245

庭地址,表示愿意"负责到底"。

没想到此举却引起了小女孩家人的怀疑和嘲讽,作者一气之下改变了原先打算次日去女孩家探视的初衷。但随后的十多天里,作者坐卧不宁,反省自己,最后终于提着礼品去小女孩家登门道歉,受到小女孩家人的谅解和赞赏,以至于后来还和这家人成了朋友。这些平实无华的叙述描写,真实显示出作者严于律己的道德品行以及崇善求真的美好心灵。

以执着的人生追求和浓郁的生活情趣,驾驭平淡无奇的生活题材,展示作者守正脱俗的思想境界与审美趣味,也让我们领略了金科先生在散文创作领域中的艺术功力。《妈妈的泪水》《独来独去的路》《家庭成分变奏曲》《农场静悄悄》《遥远的回忆》等篇,让人分明看到了金科先生在自己不算平直的人生旅途中的艰难跋涉、不懈进取的奋斗足迹,倾听到了他对于生命意义、命运遭际的感悟与思考,给读者带来了难能可贵的阅读享受和思想启悟。

在繁忙的机关公务之余,金科先生孜孜以求、躬耕不辍的文学创作取得了累累成果:继《微风斜雨》之后,金科又有散文集《人在他乡》(2003年,天地出版社)、《乡贤》(2008年,安徽文艺出版社)、《他乡絮语》(2015年,中国文联出版社)、《皖风蜀韵》(自选集,2016年,文汇出版社)和小小说《一箱葡萄》(原载2009年1期《北京文学》,此文曾连续十多年被二十多省选为中考语文试题和部编版、人教版小升初语文试题)、长篇散文《改造存心赶向前》等个人著作问世,获过首届"四川省天府文学奖"、第二届"四川散文奖"。

从读大学期间发表处女作《管管闲事》(1980年于《安徽日报》)至今,金科还在全国报刊发表各类文学作品约百余万字。对文学事业情有独钟,凭勤奋创作取得骄人成绩,金科先生这种执着不懈的精神追求,构成他别样人生的独特风采与思想境界,在"乱花渐欲迷人眼"、物欲横流的当下社会风潮中,不能不让我们肃然起敬且"心向往之"。

从青色蒙蒙的包河到翠竹幽幽的杜甫草堂,金科先生汲先哲圣贤之精气,发追古抚今之情思,以"耳顺之年"的雄健笔力,给散文创作文坛增添了一份"微风斜雨"的美好景致。

(1995年完稿于曙光新村,2023年修订于北京橡树湾)

"读你千遍不厌倦"
——蔡琴演唱会有感

喜欢蔡琴当然是从喜欢她的歌开始的。这么多年走南闯北，陪伴漫漫旅途的"随身听"里，几乎全是蔡琴的歌曲——许多曲子都已听过上百遍了，但每次重听都如初遇般陶醉与惊艳。这一回亲临蔡琴演唱会现场，耳闻目睹这位世界级艺术家的王者风范与人格魅力，于"百听不厌"之中又增加了"百读不倦"的精神享受。

因为迷恋蔡琴歌曲，会像时下狂热的"粉丝族"一般，倍加关注她的所有信息：从感情生活、事业履历到人生轨迹等等，一一念记于心。知道了她经历过十年"无性婚姻"的惨痛，我觉得她嫁的那位杨德昌导演实在匪夷所思：当年疯狂追求蔡琴，结婚时却提出"无性婚姻"的奇葩约定。成为"台湾新电影"代表人物之后，他在婚内出轨并提出离婚无情抛弃了蔡琴，最终竟然宣告这段婚姻是"十年感情，一片空白"。对此，蔡琴的回答是："我不觉得是一片空白，我有全部的付出。"如此相反相背的爱情观，源自他们本属"夏虫与冰"的不同境界。

遭受爱情背叛的蔡琴痛苦不堪，曾一度为情自杀。这场"遇人不淑"的悲剧让她无儿无女、终身再也未嫁。纵然遍体鳞伤，理想主义至上的蔡琴依然毫不后悔，认为自己的恋爱婚姻算是"轰轰烈烈"，"我爱过了，这便最重要。"

人生虽然残酷,苍天却有公平:因为"爱断情肠"、情深似海,她的歌声倾注了深切的爱恋与生命感受,具有穿透人心的艺术魅力。

得知蔡琴将来合肥举办演唱会的消息,我开始四处筹备购票。可打听下来才知,这是中国移动公司操办的企业促销专场活动,并不对外售票。正当我一筹莫展之际,老公又做出了结婚以来最让我激赏的贴心之举——在演出会开场前几个小时、我已陷入绝望的时刻,拿出了蔡琴演唱会的门票,让我当即暗下决心:连做一周他的最爱菜品以示犒劳。

傍晚时分,老天好像存心要考验一下蔡琴"粉丝"们的忠诚度,突然下起了前所未有的瓢泼大雨。一片汪洋的街道令人望而生畏,我生怕行程会出现难以预料的意外障碍,便不管不顾暴雨扑面,雨伞被雨鞭抽打得东倒西歪的种种状况,破例早早到达了演唱会场馆——合肥体育中心。

只见偌大的场馆中央,布置了一座巨大的方型纱幔,中间升降舞台灯光变幻着美轮美奂的迷离色彩。一袭鲜红衣裙的蔡琴盛装出场瞬间,排山倒海般的掌声、万众欢腾的呼啸声浪,骤然降临。那种震撼人心的气氛只有亲临现场的人才能体会。

一开场,她先打趣说自己不是美女:"还是坐在后面的观众比较幸运,离看台近的要失望了哦。"

短暂的暖场演讲词里能看出蔡琴的过人情商:"在台湾省有一家徽菜馆,蛮有名的。我这次来合肥吃到了真正的徽菜,和别处的不一样。我这下知道合肥人和徽菜一样很讲究有味道。所以,今晚我准备的歌都是很有味道的哦。"

早就知道蔡琴的歌声无人能敌,但没料到她的口才同样出众。经历过情殇磨难与人生坎坷的蔡琴,别具一份优雅雍容、神闲气定的风采气度。这场音乐会让听众大呼过瘾的享受,除了现场聆听"世界级歌王"的动人歌声外,还有蔡琴妙语如珠、出口成趣的才华魅力。

临场之前她不小心扭了脚,只能小心翼翼地走动,大大限制了演出效果。想不到就连这样令人沮丧的缺憾,在心智颇高的蔡琴那里也能"化险为夷",别出机杼。她借此打趣道:"脚扭了的唯一好处就是走路更有女人味了。"

她不仅能以余音绕梁的歌声收获人心,而且还特别善于和观众沟通互动,激活听众的兴奋情绪,成功调度台上台下融会贯通的共情气氛。

整整两个半小时的演唱会,没有嘉宾,没有伴唱,全靠她一人独撑舞台。尽管在舞台四周来回走动和上上下下脚痛不止、很不方便,可为了照顾长方形看台四面的所有观众,她在整场演出中硬是一直不停地走动,和每一面观众热情交流。对每一曲歌唱都力求完美无缺,对每一场演出都无比认真虔诚,对每一处观众都十分谦和热诚,这样伟大的艺术家不能不令人肃然起敬。

蔡琴说,她的每一次演出必定都有"乘以五倍量"的实地排演:三场彩排,一次走台,一次实地演出。不论天南海北,她从来不会在演出当天达到,总是要提前两天实地排练。"我不能让每一个兴高采烈来看演出的人败兴而归",这是蔡琴的职业底线。

动人心魄的美妙歌声外,华美绝伦的舞美、灯光、道具、服装也是演唱会一大看点。蔡琴拥有一般歌唱演员难以企及的舞蹈基本功,每一首歌曲的演唱,动作姿态和造型都十分优美动人,每一次的举手投足都别有一番魅力。为现场伴奏的多是参与她专辑制作的专业团队,不少人都是圈内赫赫有名的高手。

最特别的是蔡琴的麦克风支架,全都是用昂贵的施华洛世奇(系全球首屈一指的光学器材及精准切割仿水晶制造商)水晶镶嵌而成的,在灯光映照下熠熠发光,璀璨夺目。与蔡琴大红、银白、墨绿三种色系的演唱礼服互为映照、相得益彰。演唱会的每个细节显然都经过了精心策划、细致打磨,充分体现了演唱者在艺术上精益求精、追求唯美主义的高尚品位。

演唱会上的有些曲名记不全了,不妨借用一则报道以飨大家:

> 从 30 年代老上海的一代歌后周旋、白光、吴莺音等人的传世经典《夜上海》《夜来香》等,到六十年代华人歌舞片鼎盛时期的大香港流行曲,一直到八十年代,蔡琴一路唱下去。第一部分是上海的味道,《夜上海》歌里有点夜兰花的香气,随着蔡琴的演绎慢慢的在全场浮动。第二部分主打香港流行曲:《给我一个吻》《多少柔情多少泪》《雨中旋律》《大江东去》《不了情》《新不了情》的歌声,虽然敲击得的是你的耳膜,却拥有扣人心弦的力量。第三部分的演唱将气氛推入高潮。蔡琴选取了刘文正《三月里的小雨》、邓丽君的《甜蜜蜜》、《月亮代表我的心》等佳作,她的魅力就是如此——能让不同年龄、不同职业、不同阅历的人在这样一刻集体定格,怀有同样的心情,所有人跟她哼唱《月亮代表我的心》。

演唱会的尾声被蔡琴发挥得更加淋漓尽致,《读你》《你的眼神》《被遗忘的时光》《恰似你的温柔》都是她自己的原唱经典。人们都说,应该用丝绒来形容蔡琴的声音,因为够华丽,够高贵,但丝绒又太平面了。用红酒或许更合适,浓郁醇香,会因为年代越久越珍贵,什么时候拿出来都有品质保证。

有幸聆听蔡琴演唱会,不仅是一次视听惊艳与身心愉悦的爆棚体验,还是一场咀嚼生命万千滋味的精神盛宴,是一种"读你千遍不厌倦"的心灵享受。

(2010 年完稿于翡翠园)

提篮采买跑市场

——旅英见闻之五

和所有的家庭主妇一样,我喜欢全家人团团围坐共享一日三餐的融融气氛。看到自己亲手做出的菜肴成为家人啧啧称赞的"抢手货",心中难免生出"耕者乐其成"的喜悦之情。

可惜这份自得其乐的心情,随着日深年久的时光流逝,渐渐地稀释与淡薄起来,终于演化成为如今的无奈和厌烦。这并非是因为我变得懒惰起来,确是提篮采买跑市场这第一道工序,实在令人头昏脑涨。

不说菜场上的鱼腥羊膻的气味难闻,也不论那儿烂菜腐叶、污泥浊水龌龊不堪,最让人烦心的是和那些菜贩摊主的周旋,十有八九的结局是你被宰上"温柔的一刀"。当然你尽可以做超脱状,牢记圣贤"难得糊涂""吃亏是福"等处事箴言,任凭他们开口漫天喊价、在秤杆上做手脚,玩种种花样,视无辜受损的钱袋而不顾。如此行状偶尔"潇洒走一回"没啥问题,但民以食为天,一年三百六十五天你若天天做"憨大"装潇洒,恐怕就会让人觉得你大可不必。连那些小商小贩们保不住也会在背后掩口耻笑你呢。

如今的小菜场,称得上商家战场的一处小景。从前那些挑担入市的菜农已难觅踪影,据说是因为手中没有工商所核定的"准入证";而且偌大的市场处处都有"割地为王"的"霸主"盘踞,菜农们何来立锥之地呢?

来到伦敦后不久,先生领着我们母女俩去附近一家超市观光购物,准备自家起灶开伙,将满足口味与节约银两的好处兼收并蓄。二十世纪九十年代初期国内大超市还不多见,在中小城市里更是难觅踪影。我和女儿对此稀罕物都饶有兴致。一跨进超市感应门里,女儿就自告奋勇地充当起"导购小姐"了。

伦敦超市里的货物品种之多始料未及,让人目不暇接。但更让我惊叹不迭的,却是这里的卫生状况。货架柜台洁净整齐、晶亮光洁,连地面也是一尘不染,不论走到哪儿,你都找不到藏垢纳污之处。所有的货物一律用包装袋密封装好,连蔬菜也不例外,马铃薯、茄子、黄瓜、西红柿用塑料透明袋包着倒还十分顺眼,可看到那一棵棵长葱、一块块生姜也包扎得严严实实,就觉得有点小题大做了。

看来英国人的环保意识的确很强,只是对我们这些中国"工薪族"来说,心中不免有些嘀咕:这些漂亮卫生的包装,是否会增加商品的成本呢?

仔细一瞧,新鲜蔬菜和水果的价格果然不菲,虽然个个生鲜翠亮、惹人眼热,但我们摸摸钱袋不敢问津。看看牛奶、黄油和鸡肉以及各种各样的果汁饮料价格,倒是比国内便宜许多。掐指一算,这里的一桶两公斤重的牛奶只要一镑(当时约合人民币13元左右)、一瓶一公升的果汁不过二十便士,实在令人咋舌。想想我们在国内蔬菜水果吃得够多了,到这里来多补充些牛奶、果汁、鸡肉、荤菜倒是实惠科学。这些奶品价廉物美,不仅保证是当天出品的新鲜货,而且绝对是百分之百的原汁原味,没有兑入任何添加物。一开始,我们这副中国肠胃还消受不了如此高纯浓度的牛奶、饮料,每次都得兑上些矿泉水才行。

隔天出售的食品在超市里辟有专柜供应,都是低价处理。其中面包、蔬果的存放时间最长不超过两天,且二十四小时放在低温柜中,绝对不会有质量问题,但价格却要便宜三分之一或是一半以上。以我的持家习惯自然爱光顾此处,发现许多衣冠楚楚的英国人也喜欢买这些"处理品",

下午要是去迟了,这个特价专柜就空空如也了。

偌大的超市里人群密集,摩肩接踵,可绝无国内农贸市场的嘈杂喧嚣。所有的商品都是明码标价,计量毫厘不差。没有克斤扣两,不需讨价还价,口舌之争自然无从滋生。你甚至用不着开口出声,所有的交易只需用手工进行。超市里面看不到工作人员,只有出口处设有一溜售货员。顾客将所选物品放在台面,自有售货员噼里啪啦敲完电脑自动打出价格单来,你照单付费后就会有专人打包装好递到你的手中。除了分手时的客套语外,完全可以不置一词而交割一清。因为不通英文,我和女儿出门得处处拉上先生充当翻译。只有去超市是个例外,那几句"thanks(谢谢)""sorry(对不起)"的礼貌语,还是难不倒咱俩的。

我们很快就喜欢上了这里大大小小的超市,它们确实很合人心意。在如此洁净文明的环境里购物,看不到商家与客户之间发生口角纷争,实在是件既赏心又悦目的乐事。听说国内超市也开始仿效,却让许多店家叫苦不迭,因为顺手牵羊的人防不胜防。除了添加人口严加看管之外,商场恨不得雇佣一支专业防盗队来。这一点着实令人为难,环境整洁美观容易做到,但有些贪图便宜的"小人"潜力却难以估量。

听说英国超市此类情形极少发生,想来是讲究绅士做派的英国人,大多不屑此类雕虫小技吧。因为生活相对富裕得多的英国人,花在伙食上的开销实在不大,只要不是经常光顾大饭店,普通英国人拿出每月收入的二十分之一,就足以吃得好上加好了。他们犯不着因小失大,要是在超市里面出丑丢脸,那可是人财俱失的一大耻辱了。

(1994年完稿于曙光新村)

君子远庖厨

平生疏懒，可有两件事情不肯马虎：一是读书，二是做饭。起先这都是出于爱好，属于自娱自乐。人生难测，没想到这些私人爱好，后来却成为"不可一日无此君"的谋生之道。

三十来年的职场工作，是与办公桌上一摞摞书稿日日相对——随着自主策划约稿的选题越来越多，二十世纪八十年代那般自由来稿日渐式微。成为终审者后，我读到的多是完成修订等待付印的书稿，把关甄判的审稿要求和版前审读意见书的签字责任，与昔日自由择书的阅读体验完全不可同日而语。

至于做饭一事，结婚之后成了每日三餐不可或缺的家务功课，让人感到不胜其扰。若有幸觅得勤于家务厨艺的贤内助夫君，如同窗好友的老公那般，"上得厅堂下得厨房"，大小杂务一律亲力亲为，自然毫无问题。可遇到我家夫君一副"君子远庖厨"的架势，繁琐不堪的厨事势必成为一人难以承受之累。

几千年来"男主外女主内"的家庭模式，是中国传统文化中天经地义亘古未变的"硬核"之一。出生于孔孟之乡的山东人家，我从未见过父亲在家拿过扫帚站过灶台。家中柴米油盐、缝补洗涮一应诸事，全都是外婆和母亲包圆了。耳濡目染之下我从小即被"洗脑"，这厢解下红彤彤的新娘装，那边就换上油乎乎的围裙服，在厨房里一展身手。好在我的烹调爱好源远流长，早有童子功在身。小时候我家前院住着户上海人，后门对面有家无锡人。整日闻得两家油响饭香，腹背难敌重重诱惑，我常常忍不住登门窥视打探，学到了不少海派厨艺。

饭菜口味宜人，家中一大一小两位美食家自然应运而生——摆满餐桌的几大盆菜肴每日"光盘"，绝少剩余。父女两人如同约定一般交口称赞我有过人厨艺，对我被埋没于世的理厨天赋大呼"惋惜"。每当我在家吐槽职场那些"负能量"时，小女便极力撺掇我赶紧辞职开个饭店，"就凭你的手艺无人可敌，立马就能名扬四方。顺便也让家人每天都吃个痛快"。面对这两位常年不散、胃口大开的食客，厨房的工作量日渐递增，我的厨艺水准也在与时俱进。尤其是正处生长期的小女"吃货"需求节节攀升。餐桌上荤素齐备不说，还得日日花样翻新。

我每日下班都是满载而归，左手提着热气腾腾的面点外加蔬菜，右手拎着鸡鸭鱼肉荤食之一二（品种分别轮换）。那时，单位分配的老式住房一律没有电梯。每日负重爬到我们居住的高层（不知为什么单位几次分房，给我家的都是顶层）都是气喘如牛，让人见了不免心生怜悯。

进门等不及喘定气匀，我便如机器人领命一般直奔厨房。那一堆脏兮兮、油乎乎的蔬菜鱼肉，每样都得打点择清、冲洗干净，然后慢刀细切，分别加工成为丝、片、块、段，配上各味调料。所有前期工作准备停当，方才开始生火下油。伴随"哗啦啦"阵阵响动，手中锅铲翻飞、身畔油烟四起，一道道热炒油爆、红烧清炖的素菜荤汤起锅上桌之时，我才觉得两腿僵直、背痛难立，恨不能立刻扑到床上仰天大睡。

从前饱读诗书大呼快哉的好时光一去不返。久而久之，眼见得夫君日日沉浸于"君子远庖厨"的幸福状态，自己却越来越陷于"庖厨"之累难以脱身，不免产生恐慌与不满。女儿年幼尚未开智，我只能向先生投诉"求救"。不料，人家坚称自己"只会看书、不擅厨事"，只是一个劲地向我积极献计献策。可他支的两计"高招"并不能令人释怀:一是简化用餐;二是雇用保姆。第一条被我坚决否决,因为女儿正值生长"拔节"时期,营养水平断断不能下降。

第二条试行几次都未取得预期效益:保姆进门省力却不省心,产生的"次生灾害"按下不表,单说家中这两位食客胃口大减,他们的口味似乎也有点欺生——不肯认可新来保姆的饭菜手艺。我只得重新出山、再掌锅勺,自然也免不了不时发表一番感慨:恋爱岁月无限美好,没有一地鸡毛的庖厨之累,只管消费精神浪漫便好;一旦成家过日子,那些柴米油盐酱醋茶的琐事劳碌不可或缺。没有人大义凛然与锅碗瓢盆为伍,婚姻势必难以善终!眼见得身边多少浓情蜜意,都经不住琐碎家务碰撞损耗,日久烟消云散。

某日忽发兴致,诚邀户主对家中主妇进行"真实评价"。他"嘿嘿"一笑,脱口便道:"你的最大长处就是饭做得好!"

"啊?"这让我差点惊掉下巴。原等着他夸夸我"心灵手巧能力过人""家庭事业比翼齐飞"等——好歹咱也是国家打开十年高考门禁首批录取的大学生,凭借实绩拿过专业领域不少国家级大奖,有"国务院政府特殊津贴、首届全国百佳出版工作者"的光荣称号在身。那一大摞证书就摆在面前,不承想这厮居然用"庖厨"标准来贬低我!

"噢,有道是'君子远庖厨'哎?"我强作平静反问道。

那厮连连摆手补充说:"非也,非也,'君子远庖厨'出自战国时期《孟子·梁惠王上》一文,原本是孟子劝解齐宣王实行仁术,说君子应该远离杀生做饭的地方。如今被普罗大众以讹传讹,说成了君子不应亲自下厨,这可是望文生义、离题万里了。"

见我还是意犹未尽、将信将疑、一副欲罢不能之态,他赶紧用半开玩笑的口吻补充道:"能做好饭可不简单哎!尤其几十年如一日让全家人天天享美食可不多啊!得像你一样具备三种美德才行啊!"

"嗯？"这下我更惊讶了，且听他如何分解。

"第一是做人有责任心；再者是做事有上进心；最重要的就是第三点，做家庭主妇，你有舍己为家的仁爱之心！……"

此番论说言之凿凿，虽有拔高上限之嫌，却让人听得十分受用，当场对"庖厨"一题再无置喙之地。

"天下没有不散的宴席。"不知不觉间，女儿长大成人远走京城求学，毕业后一直在异乡漂泊打工。先生举户主之力坚决推行"用餐简化"政策——夫妇俩早出晚归，中午在食堂就餐。

"庖厨"之论渐次淡出我家的"江湖纷争"，重拾笔墨、漫卷诗书的好日子从天而降。只有节假日或周末时分，我才有机会重操往日厨技。好像是应上那句"三日不练手生"的老话，我的手艺开始大大落伍。偶尔有点超常发挥，我就会不由自主地嘀咕："要是女儿在家就好了。"

回想起那父女俩大快朵颐、交相称赞厨娘的情景，我的心中便会生出缕缕惆怅之情。

如今女儿每次归家捧起饭碗时，也必定会作感慨道："老妈厨艺已是咱家的'非遗宝贝'，没有传给我实在可惜啦！"

（2002年完稿于翡翠园，2021年10月修订于北京橡树湾）

幸福是什么

走红大江南北的著名作家毕淑敏,曾攻读北京师范大学心理学专业博士。她拥有的另一个身份——心理咨询师同样出类拔萃、让人倾服。2009年我们出版社邀请她为新著《心灵密码》进行宣传推广活动,在杭州《都市快报》和杭州图书馆推出的第二期读书会上,她委托《都市快报》向读者征集"谁是世界上最幸福的人"答案,宣布将选取70位幸运读者参加次日小型读者见面会,在杭州图书馆演讲厅现场评选其中最具共识的答案。

演讲厅只有340张座位,不到半天时间就被预定一空了。杭州图书馆杜主任半是兴奋半是懊恼地说:"没想到'幸福'的号召力这么大,位子不够用了。"

渴望幸福、追索幸福含义的人如此之多,响应毕淑敏"幸福是什么"的征集应答非常踊跃,内容斑驳陆离五光十色,表明了不同生活状态与精神需求的人,对于"幸福"的认知与诉求差别很大,试举若干内容:

母亲听到远游归来的儿子进门喊道:"妈,我回来了!";

下班时大雨滂沱,老公打电话说有事情不能来接她。可是刚刚收线,老公已经笑吟吟地举着伞站在面前了;

母亲看着女儿披上婚纱,挽着自己心爱的郎君走向红地毯时;

经历深切的痛苦之后获得重生的人;

和父母围坐在一起吃饭、撒娇的时候;

能够把不幸转化成幸福的人;

夕阳下,老爷爷和老奶奶一起去逛逛公园;

我是一个六十多岁的老人了,但我还是珍惜每一天每一时,尽力照顾好儿女一家人的生活;

和所爱的人一起去向往已久的地方旅游;

晚霞西斜,执子之手(老年男子);

自我达到内外统一、圆融,懂得怜惜、批评和褒奖自己;

爱与被爱的人;

喜欢读书、懂得幸福的人;

带着所有的心愿都已满足的感觉离开世界的人;

……

毕淑敏也在现场给出自己对"幸福"的理解与感受:"我的父母都身患癌症饱受病痛折磨,临终前却都对我说:'我是世界上最幸福的父母。'这个遗言对我很重要。我以为,这世上没有一种物质和条件可以直达幸福的真谛。国外有一个研究资料说:中了500万大奖的人开始认为自己非常幸福,可在三个月后,就觉得幸福指数又回到了原来水平线上。"

著名精神病学和神经学专家维克多·弗兰克于1946年间,用了9天时间将他在纳粹集中营的悲惨经历撰写成书,书名为《活出生命的意义》。1942年9月,他连同妻子和家人一起,被纳粹逮捕押送至集中营。在被关押期间,弗兰克遭受了极为不幸的摧残磨难,"在这里,从一个人最宝贵的生命到一件最微不足道的物品,一切都可以被轻易夺走。"三年后当他从集中营中被解救出来时,当年有孕在身的妻子和其他大部分家人早已不在人世。

研究者发现,幸福通常意味着感觉良好,生活安逸,身体健康,能够买到自己需要的东西。这些人觉得金钱对幸福感有着重大影响,囊中羞涩就会感到生活缺少意义,幸福感下降。他们把幸福定义为少有压力和烦恼的生活。

心理学家给出的解释是:幸福就是满足欲望。比如饥饿时产生吃食物的欲望被满足、填补了饥饿感,就会感到幸福。研究者还指出:人并不是唯一会感到幸福的物种。其他动物也有欲望和需求,当它们的欲望得到满足时,它们也会感到幸福。

那么,物质极大丰富的现代人是不是活得很幸福呢?以美国为例,根据盖洛普公司2013年的报告,美国人的幸福指数达到了四年来的最高纪录,近60%的美国人感到幸福,没有太多的压力和烦恼。弗兰克在书中写道:"与欧洲文化不同,美国文化的一大特征是,每个人都被不断催促着去追求幸福。"

许多研究者则认为,一味追求幸福的人有个显著的特点——自私。只追求幸福的生活通常意味着相对浅薄、利己甚至自私的生活。在这种生活中,一个人的各种欲望和需求总是能被轻易满足,总是逃避困难和负担,他会只想"得到",却不知"给予"。

而极具讽刺意味的是,那些一味追求幸福的人,反而感到不幸福。正如弗兰克所说,对幸福的过度追求,反而阻挠了幸福的降临。

弗兰克说:"幸福只会伴随着某些东西款款而来,一个人必须要有一个'变得幸福'的理由。"因为追求幸福并不能将人从动物中区分出来,这只是生物的本能而已。人的独特之处,就在于对意义的追求。

用心理学家马丁·塞利格曼的话说,追求有意义的生活,就是"用你的全部力量和才能去效忠和服务一个超越自身的东西",比如给他人买礼物、照顾孩子、提出见解……那些生活更有意义的人经常会主动去追寻生命的意义,即使他们明知这是以自身的幸福作为代价。在幸福的生活中,"得到"更多;而在充满意义的生活中,"给予"更多。

弗兰克被送至集中营前的一段经历,诠释了追求有意义的生活和追求幸福生活的本质是截然不同的。在被送入集中营前,弗兰克已经在世界精神病研究领域卓有建树。1941年,他的有关研究理论在国际上引起了广泛关注,已经成功申请到了前往美国的签证。就在他的事业冉冉升起之时,纳粹的阴影开始笼罩他的家庭。起初,纳粹的目标是犹太老人。弗兰克知道纳粹的魔爪将要伸向他的父母。他一方面觉得自己有责任陪同他们一起进入集中营,帮助治疗他们在集中营里产生的心理创伤。可另一方面,他又想逃往安全的美国,继续发展自己的事业。

心烦意乱、取舍两难之际,他便前往维也纳圣史蒂芬大教堂祈盼得到上帝的启示。回家一进门,弗兰克就发现桌上放着一块大理石。父亲告诉他,这块石头来自于附近一所被纳粹拆毁的犹太教堂的废墟,上面刻有十诫中的一条"孝敬父母"。于是,弗兰克当即作出决定,无论美国有多么安全,对他的事业多么重要,他都要和家人一起去集中营,为他们和那些关押的囚犯们服务,帮助他们减轻一些精神痛苦。

不言而喻,事业如日中天的弗兰克毅然放弃了个人"幸福",选择陪家人一起去集中营遭受非人磨难。他所受到的肉体折磨与感官痛苦是常人难以忍受的,这种追求"意义"的幸福,与追求物质满足及感官愉悦的"幸福"是完全背道而驰的。

毕淑敏对"幸福"的认知与理解,来自她在对生命意义的不懈追寻与超乎寻常的艰苦阅历之中:她十六岁入伍来到人迹罕至、荒凉艰苦的西藏阿里高原。这里是喜马拉雅山、冈底斯山和喀喇昆仑山交会的地带,平均海拔五千米以上。它的古老荒凉连博学的藏学家也无从确定这个地名的含义。

十一年军旅生涯中,她曾用稚嫩的肩膀背负"武器、红十字箱、干粮、帐篷,徒步跋涉在无人区;也曾骑马涉过冰河疾驶在雪原给藏族老乡送药";还"曾在万古不化的寒冰上铺一张雨布席地而眠";在一次攀登六千多米高山时,她觉得"心脏在胸腔炸成碎片,仿佛要随着急遽的呼吸迸溅出嘴巴",十七岁的她当时实在不堪痛苦,第一次尝试自杀,打算装作失足掉下悬崖……她生命中最绚烂、最娇嫩的花季时节是在冰川、雪岭之间,在缺氧、奇寒、冰峰雪崩、汽车失事等种种灾难事件中度过的。在《为了雪山的庄严和父母的希望》中她说:"严酷的自然环境将我震撼。所有的日子都被严寒冻硬,绿色成为遥远而模糊的幻影。"

十二年后,当她转业离开部队时已近中年。被索取了高昂的人生代价之后,她获得了一件魔力无边、可终生享用的法宝——智慧和勇气。在昆仑山脉撒下青春热血,看见过那么多死亡和牺牲,她终于找到了生命的意义与自己的存在价值,再也不需绞尽脑汁、苦思冥想,就一气呵成地完成了处女作中篇小说《昆仑殇》。

作品发表之后好评如潮,大获成功,但经历过雪山冰原"冷冻过"的毕淑敏,已具备足够冷静的定力与从容智慧。她认为这"算是开了一个不错的头,但自己各方面的准备都很不充足"。于是,她又去了鲁迅文学院攻读文学硕士,"仔细地研究这行里的高手是怎样写作的";又在如日中天的创作巅峰期,转身去北京师范大学攻读心理学博士。

从军人到医生的转换、从小有口碑的医师跨越到由零起步的作家,后来又在畅销书作家的"高光"期暂别写作,潜修心理学课程。这些跨越与转折,源自于她对人生理想的不懈追寻。毕淑敏说:"幸福就是找到自己人生的意义。"

弗兰克、毕淑敏们的幸福观与常人津津乐道的"幸福感"不同,前者是感官与欲望层面的愉悦感,易受外界驱使,在物欲利益的摆弄下心无定力、情非久长;后者是精神层面上的理想抉择,忠贞不贰,任劳任怨,甚至付出生命代价也在所不惜。两者最根本的不同就在于"利己"与"利他"

的本质差异。

从幸福观入手，我们可以清楚地看到不同人们对世界、对生命的认知边界，即不同"三观"——即人生观、价值观、世界观的差异。它能帮助我们去更好地理解和认识世态万象及"异人异端"，让我们在茫茫人海里寻找亲密知己或是同行伴侣时，持有一杆不可或缺的重要标尺，用来衡量双方的适配度。幸福观，人生观也。

(2010年完稿于曙光新村，2022年4月修订于书香苑)

抑郁逆流成河

年轻时节始终以为抑郁症像遥不可及的外星人一般,与自己相距甚远,根本无法进入我的认知世界。

身边一干好友故交多是笑口常开的"嘻哈族(此'哈'非彼'哈',乃'嘻嘻哈哈'也)",几十年下来始终如同与"抑郁"绝缘一般。想不到有位相交甚久的异性好友,有一天突然亲口对我说,他从一向喜欢的业务岗位被提拔为行政领导后郁郁寡欢,查出肝脏毛病的同时又被诊断出精神抑郁症。这下让我觉得太匪夷所思了!谁都知道他一直是咱们圈里人见人爱的"喜乐宝",每次见面都是"身影未现,笑声已闻",浑身上下散发乐观爽朗的阳刚之气,似乎生来就是坚强达观的现实版例证。莫非这抑郁症真能无孔不入?

无独有偶。这一年下半年开始,我也接二连三地遭遇一连串重大变故与虎狼之灾:先是从原来日理万机的业务领导,突然变身天天坐冷板凳的"专家委员";紧接不久,父亲因医院过度治疗引起消化道大出血抢救失当,连一句话都没有来得及留下便骤然离世;还有,多年好友的大学同窗,患上胃癌恶疾又扩散为宫颈癌。我闻讯后专程赶到外地医院去探望她。在不足10平方米挤着两位病人的斗室,看见刚做过手术的她被剪光了一头浓密黑发,正专注地捧着塑料饭盒(就是我们常见的那种街头大排档用的)大口大口吞咽着,将最后几颗饭粒吃得一粒不剩。

这一幕令人痛心的情形,让我深切体会到了同窗拼力抗拒死神的顽强意志。我知道,离婚后她独自带大女儿,单位效益不佳、远在异国的前夫很少付给她女儿抚养费,经济拮据、生活窘迫以及女儿叛逆期加上"单亲家庭综合征"叠加的种种怪癖,带给她常人无法想象的巨大痛苦。这样长期的身心压抑,终于将她击垮……

一连数月我都无法从失去至亲好友的黑暗里摆脱出来,世事无常、命运弄人,昔日阳光不再,从前激情难寻。想到作者兼好友毕淑敏老师正是当下名满京城的著名心理师,我去电约定了进京时"拨冗求教"此事。一起共进午餐时,我先向她细细诉说了这一连串的"厄运"。

"生命如枯叶般轻薄脆弱,人生似浮云样变幻无常。世态炎凉比季节交替还快。"毕淑敏静静地听完了我的絮叨,开口娓娓道来:

你知道吗,头脑里的精神世界呈现着复杂形态。人的满足感和幸福感是有物质基础的。科学家已经初步研究出来,分泌幸福感的重要物质之一就是多巴胺。当我们快乐的时候,身体内会产生多巴胺。这是一种奇妙的物质,让我们可以抵抗哀伤,让我们创造力勃发,充满爱心和光明感。在我们悲伤哀痛或极度焦虑时,身体也会分泌一种物质,使我们情绪极为低落消沉,思想悲观绝望。知道《三国演义》里伍子胥一夜间满头黑发变成银丝的故事吧,这是因为对无法过关的极度焦虑所致。那些陷入极度悲伤的人不吃不喝也不觉得饥饿,就是这种分泌物质的作用所致。医学上将此称为"抑郁症",这种病症其实是人们遭遇不幸或重创时的一种正常反应。

前些年我母亲去世,自己觉得难以解脱时,我去看了心理医生。本以为自己十六岁去了藏北阿里地区参军从医,经受过冈底斯山脉的呼啸狂风、昆仑山峰的严酷冰雪,经历过无数死亡事件的洗礼,不敢说有大智大勇,却已是大彻大悟之人。想不到在陌生医生面前,刚刚提及母亲二字我便泪如泉涌,无法自持。医生显然已是见惯不惊,马上给我开出了药方,只吃了三日便扭转乾坤。在女人最为敏感和脆弱的生命变更期里,哪怕只是一桩不幸降落,也足以让你伤痛难愈、自怜自艾;可你却是"屋漏又逢连日雨,船破偏遇顶头风"。在人生舞台上出演的活跃角色及矫健身姿被一夜除名,已是不堪;又忽遇丧父大恸,令人肝肠寸断;身边密友罹患绝症;做女儿、做妻子、为人母的价值感陡然丧失,等等。这一切的一切,犹如五岳重压、九天雷霆,让你实在喘不过气了。

　　我建议你回去后独自(任何人都不必告诉)悄悄地去趟医院找医生开个方子。因为你现在已有轻度抑郁症的情形。不过,你千万不必惊骇,也不必紧张,我保证你只要吃上三天药物,而不必是医生讲的一周,情绪就会改观,局面就能大变。如果你抱以侥幸心理,或是不肯相信科学,也许你以为将病毒吞噬入心或是像垃圾深埋起来,自己调整就行,日久天长,倘若再度复发,那将会是变本加厉、急剧喷发、难以除根了。

虽然时常听人说起抑郁症,可我一直觉得它有点像高天明月,与自己遥不可及。乍一听毕老师的诊断,惊得我只差没从椅子上跌落下来。后来边听边想,觉得自己的情况确有几分蹊跷可疑:脆弱敏感、思虑重重,是这一病症的典型表现。想起前些日子,我居然会因为办公室书柜被人挪动了一下就大动肝火,还跑到老总办公室里"大发雷霆",不就是太过脆弱了吗?为什么我会如此小题大做,竟至无名火三丈,该不会是心中早已积累郁闷,只碰到一个小小契机就在瞬间爆发?联想起年前好友说他"忽然变得极其敏感,听话容易起疑心"的情况,明白了它其实就类似于一种心理上的"风寒感冒症状",无须大惊小怪。

和毕老师交谈时,我说起先前某作家一句名言:"她觉得年岁越大,所得到的快乐便也越少。"不料立马遭到她反对:"我觉得现在恰恰是人生最快乐时光,因为我已卸下了所有的社会角色,不需看任何人眼色、不必顾及任何复杂的人际关系;我也完成了为人父母、为人儿女的责任,无须承担任何约束。我成了自由的人。"

她说自己的亲友刚退休时,情绪纠结不下,就给了她一个建议:"给自己找一个释放出口!爱干吗干吗!"亲友去参加跳舞活动,一天能跳上五六个小时,一直跳到膝盖积水无法坚持为止;再后来又迷上打牌,因时间过长用力过猛,又将手腕软组织挫伤。

"你想想,她一定是心中积压块垒甚重,估计是甩牌劲道太大了些吧。""所以,你也喜欢干啥就干啥好了。"毕老师给我开出的药方是:寻找自己新的幸福点——就是那能让你觉得快乐或是喜欢的东西。

现在知道,阴郁其实就是身心低谷期的一种应激性反应,是生理与心理联手策动的一场情绪"骚乱"。其实它的发生如同天有阴晴、月有圆缺的周期一般自然、有规可循,难以避免。我们完全不必恐慌焦虑,学会接纳、规劝,进行积极调整、疗治,一如对待孩童闹事、娇娃哭啼,让它平复安静、归于沉寂,便是安好。

(2021 年 5 月修订于书香苑)

江山未改，性情将移
——职场记事之二

若说人生是一场修行的话，我觉得，职场与婚姻就是两个最大的道场。二十世纪八九十年代初，出差在外住旅馆双人间，常常会遇到酒店分配陌生人与你同居的尴尬事情。那时节我刚入职不久，工作热情很高，但出差碰上这种不情不愿的事情，心里就免不了嘀咕：国人的隐私权概念太粗放了吧？难不成"社会主义初级阶段"就不讲究私人空间了？

年轻时豪情壮志满胸怀，读到了鲁迅先生的名言："哪里有天才？我只是把别人喝咖啡的时间用在工作上罢了。"我深感励志，决定用别人睡觉的时间来做事读书。没想到才分未见长进，倒养成熬夜恶习，从此大大影响了睡眠。出门在外碰上"犯冲"和有怪癖毛病的生人同居，那种烦恼自是无法言说；即便是熟人同事，要是对方太不拘小节或好闹动静的话，我也觉得头疼呢。

这些年企业十分流行什么"团建、洗脑"等等各种培训活动，我们集团也不例外。领导们也喜欢搞这些名堂，年年把中层干部拉到外地"闭门说道"，为了节约开支，重拾二十世纪酒店双人同居的方法。前些年间，集团召集160多人齐聚池州九华山。出发前会务小组负责人面有难色地告知，仅剩某某一人与我配对："一向与她形影不离的密友，这次说什么也不愿意和她同室了。只能请您支持一下了……"我知道这其中必有缘故,但怯于情面不好意思拒绝对方。

　　果然临睡之前,某某告诉我说,她有挫牙痼症。此时我已别无他策,只好笑答无妨。三更半夜刚在屋外满塘蛙鸣声中进入梦乡,我忽然被床边的奇异怪响惊醒:"咯吱吱,咯吱吱",在万籁无声的深夜里格外突兀刺耳。这厢刚刚落入低潮,那边猛地又蹿出尖厉的高八度,声无定调,音分两极,实在是对耳朵听力进行前所未有的挑战。我本能地开始感到绝望,看来今夜只得无眠。已经历了半天车马颠簸和晚上活动的折腾,我早已精疲力竭。按照从前经验,我会想法唤醒对方改换一下卧姿方向。记得有两次出国,大打呼噜的女同室稍稍变换了一下睡姿朝向,这番噪音便销声匿迹。如今又碰到这等天不遂愿的"囧事",我再三按捺下了唤醒这位室友的欲望。想来想去,觉得除了忍耐之外,自己别无选择。

　　我开始想象这种动静也是一种变调变声的蛙鸣——只不过是一种不请自入的"好客者"之鸣,是一种并无恶意、不得已而为之的行为。我甚至埋怨自己:为什么不能利用这尘嚣俱静的难得时光,静下心来好好想想白天没有时间关切的事情?修炼一下自己的忍耐功夫呢?……

　　不知不觉熬到三点来钟,我也昏昏沉沉地进入了梦乡,直至月白天亮,同室醒来后便打探问我睡得咋样。我不知道该如何作答,只好强压住一连串的哈欠,语焉不详地"唔唔"了两声。

　　第二天上午参加分组讨论会,忽然被会议主持人点名发言,要求我"接着下一位发言人"谈谈新的工作思路和会议主题感想。我一向知道,这种千载难逢的发言机会,都是事先安排好了的代表才有资格露脸(应该是露牙吧),所以只抱着作壁上观的看客心理,未作任何准备。正在发言的那人可能和我心理相同,也被这猝不及防的"点名"弄乱了阵脚,磕磕巴巴地说了一气,终于草草收场。我趁她说话的几分钟里(好像是五分多钟吧),匆匆捋了个思路,在纸上记下几个关键词。记忆中好像是平生第一次在没有打好草稿的情况下,对着各位领导和高管人士演说。先前刚听过开场报告,那番"力挽骄阳、正视落日、迎接明天新生红日"的阐述,对我似有茅塞顿开、醍醐灌顶之效。正好将此论与工作规划无缝对接起来,倒也能自圆其说。事后居然有几位听众都表扬我的发言不落俗套,而且还有人不吝溢美之词,弄得我半是惭愧半是窃喜。

记得刚入职场,断然不敢在大众场合里开口发言。有一回参加文学编辑年会,要求参会者都得准备大会宣讲提纲。我以《我的倾诉》为题,从新编辑角度谈出版工作的感受。事后问一位台下听众好友效果如何,这位素来爱开玩笑的山东老乡不紧不慢地说:"你的声音不太响,我只听清楚了题目是《我的情书》,还是很有新意的……"窘得我差点当场掉泪。

二十多年的职场生涯里,即便是提前打好草稿,参加"登台一呼"的活动,我还是免不了有点紧张。没想到这次临阵磨枪,居然顺利过关了:看来我终于从毛手毛脚、遇事上不了台面的新人阶段,跨入历练职场多年的老手队列。

"江山易改,本性难移",是我从小就耳熟能详的一句经典老话。这次"团建"事件像是一个"颠覆版"的例外:几十年的工作环境没变,周围的社会人际关系依旧,我的心态却已渐入坦然平和的新境——虽不敢妄言荣辱不惊心、喜怒不乱步,但在遇到一些突发情况时,开始具有定力,有些从容不迫、应对自如了。

瞬息万变的社会风云、变幻无常的人生境遇,对个人的性情修为与心智历练提出了空前挑战。只有初心向善不渝,潜心悟道修为,笃行"责人之心责己,恕己之心恕人"之道,宽宏大量、处变不惊,才能跨入心智与年纪相向而行、共同成熟的人生境界。

(2011年完稿,2022年修订于书香苑)

笑谈"好色之徒"

第一次被朋友称为好色之徒，是三十多年前的事了。在我们朋友圈里，著名儿童文学作家秦文君女士不仅仅因才华卓越受大伙尊崇，还以性情温善、眼光犀利、说话幽默风趣招人喜爱。那次在上海见面闲聊，说到圈子里一位颇受女士青睐的帅哥，文君忽然坏笑了一下，然后正色道："温瑗，你知道自己很好色吗？"见我大为恐慌，她又笑眯眯地补充说："这不是坏事，说明你的心态还年轻哪！"……

三十多年前，谁都认为"好色之徒"是个大大的贬义词。何况还是被这样一位儿童文学界大作家来评判"定性"的。文君此言一出，我便开始仔细搜检自己从小到大的"好色"劣迹，觉得她的眼光果然厉害。

我的好色史可以追溯至小学时期，只是我的"好色"倾向并不偏色，不仅局限于异性。

记忆最深的是，小学同班中有位容貌相当出众的女孩，一颦一笑像是天仙下凡，让人着迷，不管走到什么地方，都让大大小小的男子驻足呆望，正是"少年见罗敷，脱帽著帩头。耕者忘其犁，锄者忘其锄。来归相怨怒，但坐观罗敷。"活脱脱的《汉乐府·陌上桑》现实版场景。

因为我俩是同桌好友，住在同一条街相距不过几百米，害怕她在路上遭受异性"骚扰"，有一段时间，我每天上学都去她家里"接驾"做伴。

据此,我对文君宣布说:此色非彼色,无关男女也! 美女帅哥,只要人品端方正派,统统一样喜爱!

不知是老天有意成全我的"好色"之好,还是因缘巧合,成年后身边好友不论男女,多是俊女帅哥,而且关系越近、交情越深的形象越帅、颜值越高。我的几位闺蜜都是身材挺拔、面容俊俏之人。一起出门走在路上,她们都能赚得不少"回头率"。那些器宇轩昂、英俊魁梧的异性帅哥,更是常常惹得好事女友们拐弯抹角地前来打探。我知道她们潜台词是说:"你怎么尽挑这些帅哥做好友呢?"

不做贼来心不虚,我索性坦坦荡荡地告诉她们说:"天下万物万类,莫不竞相斗妍争美。水崇宏大、山比险峻;物尚精巧、人盼貌美。美文美画、美人美物、美景美服、美器美食等世上所有美妙之物,都能瞬间秒杀我们的矜持,唤起我们发自内心的赞叹。爱美之心,人皆有之!""最难得的是,他们不仅样貌出众,更是品质美好、德行过人。这样品貌俱全的异性好友既养眼来又养心,咱不惜重才叫有病呢。"

末了,我向她们隆重推荐著名女作家池莉《漂亮误终身》一文。这位在我眼中具有大师级智慧的女作家,是将"美"与"漂亮"区分开来说的:

> 说到底,漂亮并不是什么好事。因为漂亮并不等于美。漂亮只是一个外壳,有时候,漂亮甚至令人觉得很丑。美才是最重要的。美是一种光芒,它可以由人的心灵投射到外表,使你一派大方和自然。

"漂亮并不等于美"! 这样的观点实在让人醒脑! 金玉其外、败絮其中的美貌,是明白人深以为害的祸根。可是对心智低下者来说,往往就是一柄贻害无穷的危险暗器。可惜大多数男人对这样的漂亮女人毫无抵抗力,免不了"垂涎三尺"的生理反应者更是司空见惯。众人眼里的"好色之徒"应该多指这一类"肉欲主义者"吧。

古往今来,林林总总的"红颜祸水"故事,虽然版本甚多,但实质大抵相同,为男方叫屈的就会宣称"英雄难过美人关";替女人张目的则卖惨为"被侮辱与被损害者"。这些红男绿女的八卦,与此文议题思想实有天壤之差。我们谈论和欣赏的美女俊男,其优雅美妙由表及里、内外兼修,既注重精神修养又追求人格完善。我喜欢的美色,气质谦恭而不张狂,基调沉稳又有丰厚底蕴。与他们相处不仅悦目,更有赏心的精神收获。做这样的"好色之徒",何乐不为?何罪之有?

可我至今都一直纳闷,到了自己谈婚论嫁时,偏偏给自己定下了"貌美男性一概不嫁"的戒律。朋友们笑称我有"人格分裂"之嫌。仔细想想,觉得自己贵有自知之明,像我这样貌不惊人、才不出众之人,与帅哥俊男的才貌差距实在太大,自然也是太不配位。做做朋友无妨,若是引入家门,此等"尤物"太容易让人觊觎,因此防微杜渐,消除隐患,免生事端,才为明智之举啦!

(2017 年完稿,2022 年 7 月修订于书香苑)

人生若只如初见

朋友小聚,其间有位政府官员说到人生"有三个不能忘"。凝神听去,其中"初恋不能忘"一说令我有点愕然。

果然,席上立刻就有人表示不同"政见",说他的初恋已在心中轰然倒塌,所以早就把她忘到"爪哇国"里去了。

那官员听后连连摇头道:"这便是你的不智了,既是初恋,就无须再回首顾盼,只记住最初一段美好往事便罢。"

是夜无眠。回想自己情窦初开的风华季节,遭遇十年"文革"风暴的无情碾压,既没有花前月下、海誓山盟的浪漫故事,也没有与男生眉目传情、私递情书的初恋秘密,甚至连和异性握手的接触都未曾有过。唯一一段女生小隐私,如今看来只能用上"清汤寡水、波澜不惊"来形容。

因为父母都是一同入伍南下的山东老乡,同在一个系统工作。更巧的是,我们两家住在同一条名曰"×江路"的大街,相距不过几百米。要是骑自行车走动不过一上一下的功夫而已。如此"天造地设"的机缘,我们自然过往较多。他喜欢天文地理、历史百科,我酷爱文学艺术、舞蹈练琴,兴趣差异虽然较大,但聚在一处时也能谈古论今、纵横天下;若是碰巧读了同一本名著,也会共议书中的故事情节、男女主角的八卦等等。

1977年恢复高考期间,我俩同时复习备战。想不到第一年高考,我以四分之差落榜。那小子一击即中,考取北方一座滨海城市大学。说实话,在一起时只有"两小无猜"的感觉,并无什么情窦初开的意味,只是他有时好几天都不露面的话,我会在心里犯点嘀咕。

分手的日子越加临近,我越来越盼着他能出现在眼前。终于等到他临行前来告别,我鼓足勇气,但表面上却装着毫不介意,拿过一句诗词给他看——那是我犹豫再三、反反复复抄了好几遍的一首经典之作:"我住江之头,君住江之尾"……下面紧接的后一句:"日日思君君不见,共饮一江水。"我思来想去没有勇气加上,生怕引起误解。看见他把这张纸条捏在手心里,仔仔细细地读了好几遍,我已紧张得额头上沁出了汗珠,期待着他能续出下面那句点睛之语。

谁知,这小子不置一词,不慌不忙地把纸条折起来放进口袋,一如既往地不露丝毫声色。我是个喜怒形于色的急性子,向来欣赏行如闪电、动若脱兔的做派,一直被他讥笑为"快速反应兵种",与他动作迟缓、说话慢慢吞吞、从不表现喜怒哀乐的举止性情,恰好形成云泥之别。不知道他是天生如此,还是家教使然——他的父亲二十世纪七十年代就是司法部门高官,家里的空气永远是凝重沉闷的。为此我经常嘲笑他说"天生你材做法官"……现在想来,这种骨子里的差别,就是我们没能萌生情缘的原因吧。

他仅有一次的反常表现,是接到我通知他准备结婚的激烈反应:先是发来了"鸡毛信"级别的"劝诫书",洋洋洒洒写了满满三张纸,其实只有一个关键词:此事不妥!接着他又相约时间,和我通了一气长途电话,都是向我反复论述他的反对理由,大意是我这样胸无城府的女孩永远斗不过满腹经纶的"老夫子"(好像是我书信中对"准夫君"的称呼)云云。可惜我那时情令智昏、痴迷已极,"只把杭州作汴州",哪里听得进去他的忠告。

这段不长不短、不大不小的插曲,对我的情感生活没有什么影响。与身边密友们刻骨铭心的经历相比,根本算不上什么初恋。但作为我人生中第一个交往密切的男孩,他见证了我从少年时代就具有的单纯率真以及浪漫多情的个性特点。和他一起传看对方抄写的普希金、泰戈尔诗歌的美好时光,已然构成了彼此年轻生命中温馨而甜美的记忆。

"人生若只如初见",之所以成为流传千古的经典名句,不就是它表达了"人生之初,浑浑然而有真趣"的美好情愫吗?

初恋是每颗年轻心灵对于生命欲望的自然渴望,是人生美好情愫绽放的第一枝春花。尽管时过境迁它早已凋谢,但那曾经滋润过我们心灵的浓郁芳香,永远不会消退殆尽。

(2015年完稿,2022年5月修订于书香苑)

你认识自己吗

"你认识自己吗？——这是世界上最大的难题,也是镌刻在几千年前希腊神庙柱廊上的一句名言……"

这是毕淑敏老师一次演讲的开场白。接着她领着全场听众做了一个自我测试:活动手掌十指,在十秒钟内尽可能快速击掌,然后将心里默记下来的数字乘以六,就可以得知一分钟的击掌数,最后再看看它与你自己的估计量相差与否,以此了解对自我能量的认知度。

结果表明:90%以上的人一分钟内的击掌数,都大大超过了自己事先的预计。毕淑敏以此开题说:"90%以上的人,都难以恰如其分地估计自己的能力。比如对自我判断,常常出现很大误差……"

"自我判断常常出现很大误差",就是自我认知方面的谬误。几乎人人都有此难以避免的"疾患",只是程度不同、成因有别,表现方式形形色色罢了。自我评价谬误,关涉个人天性、家庭教育、思维悟性、生活经历及种种成因,分为"拔高"与"贬低"的两极分化。依照个人经验及接触范围,我发现大多人都偏向"自我拔高"一端,容易"看自己一枝花,望别人一身疤"——美得不行。据心理学专家说,这样的"自恋"是人类与生俱来的天性使然,也是人类的自我保护本能之一。

四十年前,我还是个涉世未深、见识短浅的稚嫩青年时,因为喜欢阅读和抄录好书好文好篇章,也喜欢写写文字记记感想,熟能生巧,从小学到高中的作文几乎每次都能获得头彩。如此一来,老师常常将班级、学校的有关写作任务交付给我:小到墙角园地、黑板日志,大到学校广播稿、校园板报、朗诵诗比赛、话剧汇演剧本等,题材广泛、文体多样。让人开心的是自己操刀的原创作品,不论是朗诵诗还是小话剧,在学校里几乎每次都能获得成功,收割一片奖项,让人夸赞。那时候的自我感觉好到爆棚,以为自己离作家只有一步之遥了。

1977年禁闭十年的高考大门骤然洞开,幸运跨进了大学中文系课堂,我自觉离作家队列更加贴近了。不料,这踌躇满志很快就在"高手满堂"之下轰然崩塌:且不说古汉语的诗词格律我完全陌生,就连典籍断句的水平也远在那帮"老三届"成绩之下。看到班里居然有不少男生因为成果斐然,获得写作课免试待遇,方知"天外有天楼外有楼",深感自己就是一只见识偏狭的"井底之蛙"。记忆中,这是人生自我认知良好的第一次重大沦陷。

1998年我策划"海峡两岸名家亲情散文丛书"选题,其中有毕淑敏老师《儿子方程式》一本。约稿时聊起她对儿子教育的话题,有件事让我一直记忆犹新。毕老师说,台湾省一位著名教育学家来大陆作"原生家庭与自我认知"的专题讲习。她不惜花费每课时数百元的高价让儿子去学习。我颇为不解,问她说:"像你们这样高智商、高文化、高品质的家庭,还愁儿子的认知能力不优秀吗?"毕老师轻轻笑答:"家境优渥是优势,有助于孩子成功成才;可也有劣势,容易让孩子滋生优越感、自以为是。凡是过高估计自己、低看别人的孩子,以后在人生重大关头容易上演败走麦城的悲剧……"

话说"关羽大意失荆州,败走麦城"的三国故事,讲的是赤壁之战后兵家必争的荆州七郡被刘备、曹操、孙权三家瓜分。南郡之战后,刘备以土地稀少不利于发展为由,向孙权请求都督荆州,此议只有鲁肃极力主张

第五辑 谈雅说俗 | 279

借地,劝说孙权同意此议,于是刘备便有了完整的南郡,北抗曹操、东和孙权,占得益州(今四川),建立了蜀汉基业。建安十九年,刘备得蜀后,东吴派诸葛瑾入蜀要求刘备履约还地,向刘备索还南郡、长沙、零陵、桂阳。刘备以"取凉还荆"的借口再三搪塞推托……由此便有"刘备借荆州——有去无还"的歇后语流传至今。

刘备之所以会言而无信、一而无信、再而无信,盖因荆州已不仅是联吴抗曹的重要地理依据,更逐渐成为三国政治、经济、军事、文化的交叉汇聚点,战略位置极其重要。因此,刘备左思右想,最后派自己心腹爱将关羽镇守此地。

想不到性格"刚而自矜"(即傲气十足)、自视甚高的关羽对自己估计过高,"大意"轻敌,被东吴吕蒙突袭了荆州,导致自己腹背受敌无家可归,只好败走麦城,最终成了孙权刀下鬼魂……惜乎,一代忠义英雄败于"自知之明"不足!

《孙子兵法》有道:"知己知彼者,百战不殆;不知彼而知己,一胜一负;不知彼,不知己,每战必殆。"就是说能够正确了解自己也了解对方的人,百战不败;不了解对方而了解自己的,胜负尚能各半;既不了解对方,也不了解自己的,每战必败无疑。看来知己远远胜于知彼!如果对自己都缺乏正确了解的话,老天连一次获胜的侥幸都不会给的!

因为狂妄自大者必会小瞧他人,错估当下形势,以为自己是以一当十的盖世英雄,还将对方十倍于己的能力,看成不及自己十分之一的弱势,结果自然可想而知了。如今社会竞争日益激烈残酷、人际关系更加复杂难测,"知己知彼"当为生存奋斗必修之功。泅河渡江之时,务必衡量自己体力与游技能否扛过漩涡暗流?布阵出兵之前,焉能错估自己实力如何?举凡立业创成之人,若对自我认识缺乏清醒之功,必定都是无功而返甚至折戟沉沙的结局。

人是社会动物,对自己缺乏正确认识,不仅误导处世接物,还会伤及亲友、毁坏前程。见过一对夫妻,新婚伊始男人就向女人发布婚姻宣告:"我早就是将军级别的人才了,所喜你已在通往将军人才的道路上起步了……"女人不知底细信以为真,连连点头称好,抓紧一切空隙读书学习,生怕自己跟不上"将军级别"老公的前进步伐。

可时间一长,就发现这"将军老公"的实际能力乏善可陈。在职场上屡战屡败,搞不好上下左右的同事关系,换了好多茬岗位都是气急败坏地折戟而归。在家中更是喜欢强势压人,每天干的最多活儿就是喋喋不休地批评教育别人,即便是自己弄错的事情也决不饶人。女人勤奋好学、进步很快,在单位连连提级晋升,让她的老公非常不忿,总是和她找茬较劲,夫妻关系弄得越来越僵。

"人贵有自知之明"!认识自己之难,既是天性使然,也因为后天教育即原生家庭教育、学校教育和社会教育这三大课堂的"洗脑",存在着不可避免的偏狭与错漏,更因为每人的慧心与修炼乏善可陈。

无奈这一必修课目,实关人生事业行程近远、兴衰成败。早在两千多年前,老子的《道德经》就从正反两个方面阐释说:"自见者不明(固执己见的人头脑不清醒),自是者不彰(自以为是的人不明白是非),自伐者无功(自我夸耀的人不会成功),自矜者不长(骄傲自大的人不会长进)","不自见,故明;不自是,故彰;不自伐,故功;不自矜,故长。"又在《三十三章》论述人生自我修炼境界时强调:"知人者智,自知者明。胜人者有力,自胜者强。知足者富,强行者有志。"

老子认为,能够正确认识自己的人活得明白、看得清醒、想得透彻;能够勇敢战胜自我的人,意志坚定、心理强大、精神无坚不摧。这样力行不懈、百折不挠的的强者,才能够达到人生自我修养的理想境界。

(2022年5月完稿于书香苑)

也说人生意义

少年间读到奥斯特洛夫斯基《钢铁是怎样炼成的》的这段话:"人最宝贵的东西是生命,生命属于人只有一次。一个人的一生应该是这样度过的:当他回首往事的时候,他不会因为虚度年华而悔恨,也不会因为碌碌无为而羞耻。这样在临死的时候,他就能够说:'我的整个生命和全部精力,都已经献给世界上最壮丽的事业——为人类的解放而斗争。'"这段话犹如黄钟大吕,在我的脑海久久回荡、挥之不去,对无从谋面的奥斯特洛夫斯基顿时肃然起敬:是啊!人生最可怕的事情,就是蹉跎年华、一事未成;世间最可悲的人,就是成为饱食终日、一无所求的行尸走肉。

正值如痴如迷地酷爱文学、如饥似渴地搜刮所有能够到手的世界名著之际,我眼中"最壮丽的事业",无疑是由那些一提起名字就让人眼睛发亮的大作家们造就的。他们创造的作品跨越时代、地域、时间和不同文化的的疆界,哺育一代代人的心灵,为人类缔造了无比美好的精神家园。那时我认为,只有成为作家向社会奉献自己的杰作,才是生活的真正意义、人生的最高理想!即便是在"读书无用论"甚嚣尘上、大力鼓吹"知识越多越反动"的十年"文革"期间,我也不改初衷、如饥似渴地进行阅读。1997年国家恢复高考时,我填报的三项志愿都是中文专业。大学毕业被分配进入了众人艳羡的共青团省委工作。可很快就惊恐地发现:每日八小时内的工作与文学绝无半毛钱关系。再三考虑后,终于在工作六年、即将晋升提拔的关键期,硬生生地从"仕途大好"的共青团机关,毅然掉头转到与书结缘的出版社做文学编辑,将自己的职业选择最终扳道在通往文学理想的轨道上。无论身边的亲友怎样批评我"不懂政治、不懂社会",怎样扼腕痛惜我失去了"官运亨通"的大好机会——团省委同事们后来都无一例外地成为了厅级官员,我对改换门庭一举都志如金石毫无悔意:谋生养家与人生志趣合为一体,职业生涯同文学爱好比翼齐飞,这样的美事哪里可寻?

全身心地投入出版工作,殚精竭虑、废寝忘食地策划忙碌重点图书项目,超常用心和艰辛付出,得到的是十分丰厚的回报与鼓励:频频捧回行业国家级图书大奖,屡屡收获"国字号"各种嘉奖,就连两次高级(正高、副高)职称都是破格申报、全票通过,没费丝毫周折。八小时上班之外的时光,不是加班加点地看稿、出差,就是被吃喝拉撒满地鸡毛的家务琐事填满,只留下夜半三更独自向隅唧叹的缝隙。

时间!时间!我终于知道世界上最难的事情,就是从业已爆表的24小时里再追讨时光,如同"鹭鸶腿上劈精肉,蚊子腹内刳脂油"一般异想天开了:上班时间早已是满负荷——无论是书稿终审、组稿开会,还是策划选题、市场调研,我都不敢有丝毫"偷工减料"。回到家里更是只恨自己"分身乏术"——老公以笔墨为生,标准的"君子远庖厨",结婚几十年与柴米油盐酱醋茶的劳作基本绝缘;女儿是"学霸"型的好学生,除了吃饭睡觉,基本上和她的书堆不弃不离。家里吃喝拉撒睡诸事"舍我其谁?""唯我独当"——绝无任何帮手!结婚以后,我的个人社交、娱乐活动戛然而止——不看电影!不逛商场!不去歌舞厅!不去咖啡馆!单身时四处云游、逍遥八方的"交际花",变成了一只遁形远世的甲壳虫:除了背负职场与家务的重担之外,自我空间已被挤压殆尽。即便有了鸡零狗碎的时间,也再难找到"寂然凝虑,思接千载"的心境。

原本计划中的个人创作书稿一拖再拖，随着时光荏苒背景转换，书名业已四易其名，从二十世纪世纪九十年代的《闻香识巴黎》，到易名《被爱情绑架的婚姻》《与优秀男人为友》，直至成为如今的《细研碎墨悟人生》。看到身边亲朋好友新作频频问世，于衷心敬佩之余，对自己腹中那本久孕难产的作品倍感焦虑。想到这辈子"作家梦"无法实现、人生意义就此湮灭，顿时五内俱愧，寝食难安，那种深切的挫败感和郁闷心情深深笼罩着我，难以摆脱。

与我书稿日渐式微形成强烈对比，家人的事业日益兴旺发达——老公不负"众望"，屡有大作问世，有些还"出口"到了海外；已经成为"无话不说"的钻石级闺蜜女儿，高考那年，中国传媒大学广告学专业在全省仅有三个录取名额，女儿幸运入选，本科毕业又考入本专业研究生……朋友们纷纷赞不绝口说：家庭和谐融洽，女儿学业有成，本人事业"辉煌"，亦是我的人生成就！他们哪里知道，其时我已身陷个人理想与生活现实的冲突"开撕"中难以自拔。

偶然间读到了全球发行数百万册的畅销书《活出生命的意义》，作者维克多·弗兰克用自己的亲身经历与感悟，给了我十分切近且富有价值的启迪。他早先并非术攻写作，而是一位著名精神病学和神经学专家，"二战"期间已在世界精神病研究领域卓有建树，其有关研究理论在国际上引起了广泛关注。1941年，弗兰克毅然放弃了去美国实现个人事业成就的大好机会，自主选择了陪同妻子、父母一起进入纳粹集中营，尝尽人间惨痛悲苦。三年后，当他以119104号囚犯的身份幸运地走出纳粹集中营时，才顿悟生命的意义。他用了九天时间，就将在集中营经历的非人折磨和生命感悟写作成书并出版。1991年美国国会图书馆和每月一读俱乐部将这本《活出生命的意义》列为美国最有影响力的十本书之一。他在书中写道："如果生命有着它的意义，那么所经历的痛苦也一定是有意义的。"

2020年1月20日，北京朝阳医院发生的病患人员暴力袭医事件，是一则典型的现代版"农夫与蛇"惨剧：80后眼科主任陶勇凭着治病救人的执念信仰和悬梁刺股的刻苦学习，三十五岁成为国内眼科领域的顶尖专家，主持六项国际、国家级科研项目。接诊从小患有先天性近视1000多度、业已面临失明的北京郊区农民崔振国时，天生菩萨心肠的他，得知患者经三次手术均无成效、已被多家医院拒诊，决定全力帮助他解除病患之苦。他形容"这场手术很难"说："如果将视网膜比作用胶水黏住一年的卫生纸，那么这场手术便是要将这两张卫生纸分开，且不能损坏两张卫生纸。"

手术获得成功——患者从接近失明的状态，恢复了大部分视力。陶勇还自掏腰包救助了患者，这种额外帮助病患的义举，已经不止一次。2016年他接诊一位视网膜剥落加白内障患者。病人因家境贫穷，凑了只能做一只眼睛的两万元手术费，向陶勇求医一只眼睛。心地善良的陶医生爽快地说：两只眼睛都做吧！不够的钱我来补！这样才能彻底康复！

令人匪夷所思的是，陶勇这回倾力帮助的是个极度愚昧自私加上人性扭曲的蛇蝎恶人，居然在半年后趁他全心检查患者病情时，从背后向他举刀砍杀。陶勇头部、颈部、手臂被砍成重伤，鲜血如注染红了身上的白大褂，紧急抢救七个小时才保住了性命，但是头骨、枕骨和左手严重受伤，连接神经的血管断裂，左手臂落下的残疾让他失去了做手术的能力。经历了人生骤降灾祸、身心备受巨创、生命几近绝望的至暗时刻，重新出现在世人面前的陶勇，笑着对众人说："我领证了——残疾人证！我的左手就是我的功勋章。身残志不残，世界如此美好，值得我走这一遭。"

看似轻松而有些诙谐的口吻，让我们看到了一位破除了身心伤残的"魔咒"、击败精神黑暗的真正勇者。那双曾经做过一万五千多台眼科手术、掌握着国内仅有寥寥几人拥有的高精尖技术的"神来之手"，虽然不能再握手术刀了，但他四面奔走，联手八方，主持成立了公益项目"光盲计划"——让所有眼疾患者能够重建光明,帮助他们就业解除后顾之忧。在与新东方集团董事长俞敏洪进行直播对话中,他介绍"光盲计划"说:"它一方面用科技手段将光明引入眼中;另一方面用人文和公益将希望引入心中,是这样一个既解除眼盲又解除心盲的计划。未来还有很多事情要做,我还有我的价值和意义。""我可以做到,就是让自己的人生变成一个加法,变成以医学为核心的半径不断变大的圆。我希望做更多从0到1的工作,也希望通过科技成果转化,把我的能量和我的科研成果结合,让更多的人受益。"

无独有偶。弗兰克也说:"生命的意义在于帮助他人找到他们生命的意义。一个人的行动更多地是为了别人,而不是为了自己。一个人愈忘我——为了所爱之人、所爱之物燃烧自己——那个人才愈加是一个真正的人。"他创立了举世闻名的"意义疗法"——告诉人们通过"工作(做有意义的事)、爱(关爱他人、爱让他活了下来)以及拥有克服困难的勇气"这三个途径,能够"找到生命意义"。

弗兰克与陶勇的真实经历,将原本空渺难寻的人生意义诠释得淋漓尽致,也让我终于顿悟:生命美好的内涵,就在于它像晴空红日、大地星光,能够带给他人温暖与希望。它如四季雨露,万木葱茏,与我们的祥和人生须臾难分。

(2018年完稿,2023年6月修订于北京橡树湾)

细研碎墨悟人生(后记)

这部书稿与我缠绵厮守了三十个年头,交付出版社时的心情,像是送女出嫁,既兴奋不安又暗怀一腔落寞难舍之情。落轿时分再说些碎言细语,权作"后记"。

起意写这本书的时间应该是二十世纪九十年代初,我已从共青团安徽省委转岗到安徽少年儿童出版社工作了五六年。虽已过了而立之年,却还是痴迷文学、笃信爱情和热衷事业的"半拉子"热血青年。

1994年7月,全国少儿文学编辑年会在风景宜人的广西北海召开。几个月前,我刚送别结婚十年的老公去英国游学。满腔离愁别绪遇上旖旎风光,不免情思倍生,记下不少文字。听说我数月后要去英国探亲访问,时任湖北少年儿童出版社社长的陈贤仲先生很正式地向我约稿——写本游记随笔。大喜过望之下,我未作丝毫推脱便立刻答应,当即题名为《闻香识巴黎》。

其时还并未意识到这项"写作工程"于我所具有的"划时代意义":少年立志誓当作家的宏愿梦想,终于有了清晰可行的"线路图",不再如水中月、镜中花般缥缈无痕;更重要的是,重蹈世代传统妇女相夫教子覆辙的人生甬道,从此照进光焰缤纷的文学之光。至今都无法想象,当年若没有陈社长对我这般初出茅庐之辈的"点拨之恩"——使我得以用更多时光与文字耳鬓厮磨、同写作相向而行;没有他施手点燃这人生苍海的前行航灯,那么,那种没有文学滋养的生活、那种缺失写作磨砺的人生,会让自己的心灵陷入怎样一种狭隘晦暗的境地?

从英法旅行归来,我将工作之余的所有时间几乎全部投入了书稿写作。一番"打鸡血"式的狂热操作,将我英法之行的见闻转化成为一大沓稿纸。彼时,我也进入了家庭生活与职场生涯最繁忙亦最关键的阶段:先后出任编辑室主任和副总编辑后,复审、终审工作量激增;担任重点选题项目的策划组稿任务,不得不频频出差开会。更无法逃避的现实是,面临中考、高考双重大关的女儿正式跨入了"应试"赛道,融入千军万马争过"独木桥"的滚滚洪流。

家务重重分身乏术,琐事件件费时费神。书稿写作进程开始变得像病患心电图般起起伏伏、断断续续,很难再有平稳流畅的推进。诚如前文所说"背负职场与家务的重担之外,自我空间已被挤压殆尽。即便有了鸡零狗碎的时间,也再难找到'寂然凝虑,思接千载'的心境"。

光阴流转如箭,与陈社长两年交稿的约期再三推迟,直到他办完退休手续,我的书稿也没杀青。出版计划搁浅,时空环境日益逼仄,我的写作似乎陷入僵局。只有内心不肯罢休的呐喊,时常会在繁忙间隙、在夜深人静、在旅途小憩及种种喘息片刻,如潜流汩汩涌出、似春雷阵阵响动,始终挥之不去,让我寝食不安。没想到二十一世纪伊始,时任明天出版社社长的刘海栖先生偶然闻知此事,立马出手雪中送炭,解我后顾之忧——表态接棒出版此书。

再度审视这本游记随笔集的写作时,我意识到这一体裁已无法承载日益丰富的人生感悟与复杂情愫,便决定转型拓展写作思路和题材,将原先"谈天说地"为主的篇幅,扩展成为"谈婚说嫁""谈亲说友""谈女说男""谈天说地""谈雅说俗"五大部分,把笔触伸入对精神世界与平凡生活的抒写之中。

初稿告成,免不了拿去向家中以码字为生的户主展示、"请教"。想不到他随手翻看几页,便迎头泼来"一盆冷水":宏观看——篇章"缺少独特见解",微观察——文字"描写不够精当"。我虽知"忠言逆耳利于行",可这位文艺理论和美学专业人士的"攻势"有点儿凌厉难当,让我的写作热情倍受打击。以后我干脆舍近求远,宁愿不揣冒昧"恳请"文学圈里名家好友帮忙赐教,也不再向户主伸手求援了。

书中《老公生平不浪漫》是二十几年前完成的初稿,因素材非常丰富,且精准切中了我的感受"痛点",写来一气呵成非常轻松。得意之下就发给素来崇拜的池莉老师求教指点,迎来的"名人箴言"如旭日晨光让我胸襟大开。记得池莉大意是说"文章生活气息浓郁生动,能够进一步深化主题、提炼思想就更好了……"。近年来因诸多优秀长篇而声名鹊起的东北作家老藤先生,对《谈女说男》一辑的文字点评意见,更是鞭辟入里:"窃以为就男女写男女还是表象,若能由小见大,上升到哲学层面,文章的格局就出来了,所以要有画龙点睛的闲笔。"

承蒙不弃,他们的金口诤言与新出佳作源源而至。仔细考察他们丰富多彩的人生阅历与艰苦卓群的写作历程,耳闻目睹户主几十年如一日的潜心问学,深感创作是挖掘和熔炼思想灵魂结晶的苦活累活。那些隔靴搔痒的感叹、浅尝辄止的描述与走马观花的笔墨,不过是游走于文学殿堂门外的"粉丝"摆拍作秀，不入文学写作的门槛。

我们的人生故事、人际因缘以及种种生活场景的背后，其实都携带着人性、人心与社会时代的印记。唯有能够真正认识和揭示出它们瓜葛牵连的创作，才具价值，才能给人以启迪和影响。池莉所说的"深化主题、提炼思想"，老藤先生的"由小见大，上升到哲学层面"之论，正是此意！如果说我最初的写作多是感性抒发，形同"文学发烧友"的"自嗨"，那么，接下来的修订新创，才开始进入与理性思考协同互动的轨道，将生发与提炼的人生感悟与思想菁华竭力呈现出来。

《被爱情绑架的婚姻》是最早拟作书名的同名篇目，乃十年前某日晨起对镜梳妆时，忽然跃入脑子的"一念"，大概是源于成家后痛感爱情与婚姻拉扯开撕却又"剪不断理还乱"的情绪密码。这两者的"错乱"关系，与哈姆雷特"生存还是死亡"的难题同样让人挠头，都是人类无法摆脱命运困境的真实写照。初稿一气呵成，改了几遍都觉得文大于质，情胜于理。对于爱情与婚姻的"绑架"关系，究竟是因果互生，还是悖论扭曲，人们一直都无法厘清。十多年来我反复修改都不满意，怎么看都是一篇"鸡肋"之作，不由得深叹自己的认知太过狭窄、思想太过单薄。

翻遍手头所有的书籍材料，从古今中外大家的有关资料里，读到了古希腊哲学家苏格拉底和五四时期著名思想家、文学家、哲学家胡适先生的婚姻故事，领受了著名哲学家周国平先生和池莉女士的精辟见解，方才知道世上先贤大家对此主题的思考深度与认知高见。如果说年少时漫无目标的泛读是出自于兴趣爱好，那写作中沉潜书海、纵观古今的细读与思考，则是一次次地对世界、对自我进行重新认识与不断反省。读书越多,思考越深,对它们的认知越贴近真相,对生活的理解就越能脱离浅薄与偏激,写作的笔触也就越能切近思想主题。

如同职场颠覆梦想、婚姻背叛恋爱,此时的书稿修订已如驯马脱缰,从文字版图腾跃而出,进入了考量作者人生见解与认知世界的精神疆域。它形同农夫深耕细作、琴师调试音弦,让我从滚滚红尘中逃脱嘈杂,出离喧嚣,无形中觅得一处潜心向学的精神乐园,进入磨炼自我与净化心灵的修行道场。

在此过程中,有许多沉潜深处的陈年往事和尘封甚久的温情回忆,从浩瀚心海里悄无声息地浮动出来。书中《谈婚说嫁》《谈亲说友》两辑中有不少篇幅,如《父亲节追思》《夫君要远行》《家书抵万金》《小女记趣》《有女如此,徒唤奈何》《与女儿初别离》《小妹为我送行》《携女同游》等等,将前四十年甘甜初恋、苦乐悲喜及携女拥怀的美好往事一一呈现;《茶亦醉人何必酒,书自香我不须花》《我的"红舞鞋"情结》《难忘的"女生贾梅"》《看似寻常最奇崛,成如容易却艰辛》等,则记叙了编辑工作交友结缘、充满笑点的种种逸闻故事。它们虽已时过境迁,却历久弥醇,让人回归初心,重新品味出亲情友情、婚恋爱情及职场事业的别样意义与深厚内涵。

这段并无传奇甚至有些"离奇"的著稿生涯,在我精神生命画卷中占据了较多篇幅,成为自己心中十分耀眼的"高光"画面——但在他人眼中,这或许是我人生的一大"败笔":当年死活从前程似锦的"主流机关"共青团省委出走,楚入编辑行当,至今仍成为不少人评点我"政治上不成熟"的铁证。

书中《你不能同时蹚过两条河流》一文,是对人生常有"鱼与熊掌不可兼得"两难选择的思考与感悟。记得我们的花季少年期赶上了"无学可上、无书可读"的十年"文革",受到初中刚毕业就被招进文工团舞蹈队的发小影响,我整天忙着练功跳舞学芭蕾,做梦都想当上穿军装的"文艺兵",成了极为狂热的"文艺分子"。这个文艺爱好伴随了我的一生,只是在接受书稿任务后,工余、家务之外的所有时间,基本都是宅家码字,肖然不动。别说吹拉弹唱、跳舞K歌的各种文艺娱乐无缘享受,就连与好友聚会、节假日出游旅行的活动也基本归零。

如果说三十年"舞文弄墨"的偏激之举留下了无法弥补的遗憾,那一定是遗落了好些孝敬父母承欢膝下的天伦之乐,是丢失过许多与至亲家人共话互动的珍贵时光,是怠慢过不少远道而来的故交老友,以至于引发他们中有些人的埋怨与不满,甚至"渐行渐远渐无书",终至成为陌路人。

让我一直耿耿于怀的遗憾,还有因计划交稿的时间再三拖宕,前后错过了三家出版社的热忱邀约,辜负了他们好几位社长的一片美意。

书稿最终落户于我供职十多年的安徽文艺出版社,得到了时任社长朱寒冬先生、现任社长姚巍先生以及张妍妍主任的鼎力支持,如此"贵人相助"的因果渊源,不能不令人感怀不已。

《安徽画报》副主编兼图片总监马启兵先生,花费了许多业余时间和精力,帮忙扫描、修整老照片(因篇幅限制,书中仅用了一小部分),为拙著插图增色不少,在此一并感谢。

还有不能不说的是,与我"三十年磨一稿"的笨拙和磨蹭形成鲜明比照,昔日大学同窗,如今以金庸研究、口述史研究及诸多学术专著名满学界艺坛的陈墨先生慷慨援手,接到书稿一周左右就将此书的"前言"写就。我知道他多年来闭关治学、惜时如金,却能够毅然放下手中著述,逐字逐句耐心读完几十万字拙稿,为我标出错漏字句与资料欠缺之处,并对篇章分辑和书名提出中肯意见,如此同学恩谊、大家风范着实让我感铭至深。

人生大半走来,荣辱得失俱全。当年起意写书时气盛志满,时隔三十年后结稿,已是青丝变白发,颇多"古今多少事,都付笑谈中"的感慨。

"后记"封笔时,窗外正是一片皑皑白雪、银装素裹的世界,让人深感满目清亮,不由得心生欢喜。"回首向来萧瑟处",念及众多新知老友大半生来的鼎力加持,心中暖意融融。唯愿这世间的温暖与美好,能够通过我的笔端抵达读者心灵,让未曾谋面的你我相视一笑。

(2023年12月15日定稿于京城大雪纷飞之中)